데스티니 얼라이브

데스티니 얼라이브

1판 1쇄 발행 2019년 4월 29일

지 은 이 리자 팔머
옮 긴 이 김민성
감   수 김종윤(김닛코)
펴 낸 이 하진석
펴 낸 곳 ART NOUVEAU
주   소 서울시 마포구 독막로 3길 51
전   화 02-518-3919
I S B N 979-11-87824-58-9 03840

마블 MCU 소설 시리즈 07

MARVEL

DESTINY ARRIVES

데스티니 얼라이브

리자 팔머

PART 1

CHAPTER 1

그 함선은 불길에 휩싸인 채 죽은 듯이 우주를 떠다니고 있었다. 동력 시스템이 고장 났는지 조명도 깜빡이고 있었다. 도움과 자비를 바라는 목소리 하나가 누구 하나 들어줄 사람을 찾아서 울려 퍼지고 있었다.

"여기는 아스가르드 피난선 스테이츠맨. 현재 공격을 받고 있다. 반복한다. 현재 공격 받고 있다! 함선의 엔진과 생명 유지 장치가 기능을 잃고 있다. 근처의 모든 함선에 구조를 요청한다. 현지점은 아스가르드로부터 22 점프 떨어져 있다."

스테이츠맨을 파괴한 함선은 희생자가 초라해 보일 만큼 엄청난 규모를 자랑했는데, 그 규모나 양쪽으로 둥글게 펼친 양 날개는 실로 무시무시한 위용을 보여주고 있었다. 이 거대한 함선은 *생츄어리 II*, 바로 우주적으로 악명 높은 '매드 타이탄' 타노스의 요새였다.

"본 함은 아스가르드 민간함이다. 소수의 군인들이 타고 있을 뿐이다. 전함이 아니다. 반복한다. 본 함은 전함이 *아니다*."

스테이츠맨에 타고 있던 인영 하나가 파괴의 현장 속에서 모습을 드러냈다.

"들으라, 그리고 기뻐하라."

에보니 모는 온갖 잔해물들을 가로질러 걸어가며 말했다. 성마르고 길쭉한 얼굴에 두 눈이 움푹 파였고, 그 아래에 가로로 쭉 째진 입술은 미소조차도 거의 머금지 않을 것 같아 보였다. 머리 뒤쪽으로는 백발이 늘어졌고, 몸에 착 달라붙는 검은색 예복과 어두운 색의 바지 그리고 묵직한 신발은 모두 금실이 수놓여 있었다. 길다란 손가락 끝을 부드럽게 맞댄 채 양손을 가지런히 모은 에보니 모의 얼굴은 창백하고 쭈글쭈글한 주름살로 가득했다. 그의 목소리는 주변에 펼쳐진 참상에 어울리지 않게도 굉장히 평온했다.

"그대들은 위대한 타이탄에게 구원받는 영광을 누리게 되었다."

에보니 모는 큰 중상을 입은 시신들 몇 구를 넘어 걸었다. "이게 고통이라고 생각할 수도 있겠지."

바이프로스트의 전임 수호자였던 헤임달 역시 온통 피와 상처 투성이가 된 채, 신음을 흘리며 어떻게든 몸을 일으키려 하고 있었다. 하지만 이내 다시 쓰러지면서 피가 눈으로 흘러 들어가자 헤임달은 마음속으로 오딘과 옛 최고신들에게 기도를 올렸다.

"하지만 아니다." 에보니 모는 고개를 들어 위를 바라보며 목청을 높였다. "이는 구원이로다."

에보니 모가 죽은 자들과 죽어가는 자들 사이를 유유히 걷는 사이, 나머지 블랙 가드 역시 그를 뒤따르면서 아직 살아 있던 자들의 고통을 말끔히 끝내고 있었다. 이들은 에보니 모의 '형제'들로, 타노스가 사명을 완수하겠다며 우주를 떠돌던 중 각자의 고향 행성으로부터 직접 거두어 길러낸 자들이다. 그 사명이란 타노스와 그의 추종자들만이 옳다고, 또한 고귀하다고 믿는 것이었다. 그 추종자들 중 프록시마 미드나이트는 뿔이 돋은 머리 아래에 두 눈이 움푹 패인 인상을 갖추고 있었으며, 그 눈에서는 자신의 손에 들린 채 에너지를 뿜어내는 전기 봉만큼 강렬한 안광이 빛나고 있었다. 호리호리한 체구의 콜버스 글레이브는 마치 망토를 뒤집어 쓴 엘프와 같은 생김새를 한 채, 자신의 양날 창을 들고 언제든 싸울 준비가 되어 있었다. 나머지 모두를 압도하는 거대한 체구의 컬 옵시디언은 괴멸적인 위력과 첨단 기술의 저력을 모두 갖춘 망치를 들고 으르렁댔다. 비늘로 뒤덮인 피부나 곳곳이 울퉁불퉁 돌출된 머리는 감히 그를 올려다보는 생존자들에게 공포를 심어주고 있었다.

"너희의 희생을 통해 우주의 균형이 바로잡혔다." 에보니 모는 크나큰 상처를 입은 아스가르드인의 눈을 들여다보며 부드러운 표정을 지었다. "웃어라." 모는 죽어가던 여성이 마지막 숨을 내뱉는 모습을 보며 말했다. "너희는 죽어서 타노스의 아이들이 되리라."

에보니 모는 자신들의 포로를 둘러싸고 있던 블랙 가드에게 합류했다. 그 포로는 다름 아닌 장난의 신, 로키였다.

로키는 마침내 거만한 연설을 끝낸 모에게 멸시하는 듯한 눈빛을 보냈지만, 그 시선은 이내 그들 모두에게 그림자를 드리운 거구로 옮겨갔다. 바로 이 적들이 '아버지'로 섬기는 자, 타노스였다. 보랏빛 가죽과도 같은 피부는 전투용 갑옷에 가려져 있었고 투구를 쓴 머리 아래서는 차갑고 냉혹한 눈빛이 흘러나왔다. 로키는 그냥 입을 다물고 있어야겠다고 마음먹었다. 그런 결심은 평생 처음 해보는 것이었다.

"난 패배가 무엇인지 알지." 타노스는 경계와 반항을 여실히 드러내 보이고 있는 로키를 내려다보며 묵직하고 걸걸한 목소리로 말했다. "분명 너희가 옳다고 믿는 걸 위해 아무리 발버둥을 쳐도 여전히 실패하는 것이다."

타노스는 자신의 발밑에서 완전히 만신창이가 된 형체 하나를 내려다보더니, 바닥에서 토르를 집어 올렸다. 마치 끈 떨어진 꼭두각시와도 같은 몰골이었다. 그런 다음 별로 힘들지 않다는 듯 로키에게 다가가 아직도 신음하고 있던 토르를 형제의 코앞에 들이댔다.

"두렵겠지. 다리가 풀리는 기분일 거다. 하지만 무슨 소용이겠냐고 묻고 싶군. 두려워해라. 도망쳐라. 그래 봤자 여전히 운명은 다가온다. 그리고 이제 운명은 이곳에 왔다. 아니, 내가 왔지."

타노스는 황금빛 장갑을 낀 자신의 손을 장엄하게 들어 올렸다. 바로 인피니티 건틀렛이었다. 이 건틀렛에는 손등과 각 손가락이 이어지는 뿌리마다 장식용 홈이 하나씩, 그리고 손등에 더 크게 파인 홈 하나까지 총 여섯 개의 홈이 뚫려 있었다. 분명 저 홈들은 각각 인피니티 스톤들을 하나씩 끼우기 위한 것이리라. 그중의 홈 하나는 이미 타노스가 손에 넣은 보석으로 메워져 있었다. 타노스가 주먹을 쥐었다 폈다 하며 손가락을 풀 때마다 파워 스톤이 보랏빛 광채를 발했다.

"말이 참 많군." 토르가 입가에서 피를 흘리며 내뱉었다. 로키는 타노스에게서 토르 쪽으로 눈을 돌리며, 온갖 속임수와 다양한 계책 그리고 당장 도망칠 수 있는 탈출로 등을 생각해내기 위해 머리를 굴렸다.

"테서랙트를 내놔라." 타노스의 목소리가 현실로 돌아왔다. "아니면 네 형의 머리를 날리겠다. 어느 쪽이든 네가 선호하는 쪽이 있겠지." 로키는 마치 타노스의 제안을 재보듯이 일부러 무표정한 얼굴을 내보였다.

"그렇고말고." 장난의 신이 당돌한 목소리로 말했다. "죽여버려."

타노스는 로키가 자신의 형에 대해 무관심한 태도를 보여주는 걸 보며 놀랍다는 심정을 꾹 누른 채, 로키에게서 시선을 떼지 않고 자신의 손을 둥글게 말아 쥐었다. 그런 다음 인피니티 건틀렛을 토르의 얼굴 가까이 가져다 댔다. 토르의 얼굴에 닿으면서 빛을 발한 파워 스톤은 곧장 연기를 피워 올리며 그 살갗을 태우기 시작했다.

만신창이가 된 우주선 내부에서 토르의 비명이 울려 퍼지자 로키의 허세도 무너져내렸다. 로키는 동요하는 마음을 추스르며 자신의 감정을 통제하려 했다. 토르는 지금껏 수많은 고난도 능히 견뎌냈으니 이번에도 분명 아무 일 없이 버틸 수 있으리라고 생각한 것이었다. 하지만 곧 토르의 비명이 빠르게 커지면서 도저히 들어줄 수조차 없는 절규로 변하자, 로키는 자신의 생각이 완전히 틀렸다는 것을 깨달았다. 타노스는 로키의 충혈된 두 눈에서 공포가 번뜩이는 것을 보았다. 이번만큼은 달랐다. 토르는 절대 버텨낼 수 없었다.

"알겠어, 그만둬!" 로키는 좌절감 어린 목소리로 외쳤다.

타노스가 손을 치우자 파워 스톤도 빛을 잃었다. 로키는 토르의 비명이 사그라드는 것을 들으며 두 눈을 질끈 감은 채 안도의 한숨을 내쉬었다. 토르는 여전히 타이탄의 꿈쩍도 않는 손아귀에 머리를 단단히 잡힌 상태로 타노스에게 해명했다. "우리에겐 테서랙트가 없다. 그건 아스가르드와 함께 파괴되었거든."

하지만 로키는 토르에게 아주 익숙한 표정을 지어 보였다. 토르는 자신의 이복형제가 한 손을 들자 허공에서 푸른색으로 빛나는 입방체, 테서랙트가 나타나는 광경을 공포마저 어린 눈길로 바라보았다. 타노스는 멀쩡한 한쪽 눈에서 분노를 불태우고 있는 토르에게 미소를 지어 보였다. "넌 진짜 최악의 동생이다." 토르가 한숨을 쉬었다.

그러나 로키는 여전히 자신감을 잃지 않은 채 테서랙트를 쥐고 타노스를 향해 걸어갔다. 그 목소리에는 여전히 굳건한 결의가 실려 있었다. "장담할게, 형. 태양이 다시 우릴 비출 거야."

이제 테서랙트와 로키는 타노스로부터 몇 걸음도 채 떨어지지 않은 곳에 있었다. 허나 그 얼굴만큼은 단호했다. 타노스는 로키를 싸늘하게 바라보다가 웃음을 터뜨렸다.

"헛된 낙관론이로구나, 아스가르드인이여."

로키는 고집스럽게 턱을 들어 올렸다. 그 입술에는 특유의 잘난 척을 머금은 미소를 짓고 있었다. "일단 한 가지 짚고 넘어가자면, 난 아스가르드인이 아니야. 그리고 또 하나는…." 이 장난꾼 신은 마치 비장의 카드를 내놓을 때처럼 눈을 빛냈다.

"우리에겐 헐크가 있지."

그리고 로키는 테서랙트를 바닥에 떨어뜨린 다음, 토르에게 달려들어 안전한 쪽으로 밀쳐냈다. 곧 함선의 외진 곳에 있던 헐크가 **땅을 요란하게 울리며** 달려오더니, 당장 타노스에게 돌진해 그 거대한 체구를 벽으로 밀어붙였다. 두 거인들이 충돌하자 삐걱거리던 함선은 크게 흔들렸다. 타노스는 뚜렷한 신음을 흘리며 바닥에 쓰러졌고, 헐크는 타노스를 마주보며 전투의 함성을 내질렀다.

헐크는 아직 제정신을 차리지 못하고 있던 타노스에게 연거푸 강력한 일격을 먹였다. 그런 다음 양손으로 타노스의 목을 쥐고는 다 무너져 내린 스테이츠맨호의 벽으로 깊숙이 밀어붙였다. 컬 옵시디언은 자신의 '아버지'가 위기에 처한 것을 보고 저 녹색 거인과 자신의 괴력을 겨뤄볼 겸 헐크를 제지하러 나섰다. 하지만 에보니 모는 가벼운 손짓만으로 형제 거인을 멈춰 세웠다.

"즐기시게 돼." 에보니 모는 다 안다는 투로 말했다.

타노스는 헐크의 양 손목을 움켜쥐고 자신의 목을 조르던 두 손을 떼어낸 다음 헐크의 목에 강력한 펀치를 먹였다. 타노스의 엄청난 힘에 놀란 어벤져스의 거인은 고통과 좌절로 울부짖었으며 타노스가 일격을 날릴 때마다 싸움의 흐름은 점점 뒤집히고 말았다.

헐크를 제압한 타노스는 날렵한 동작 한 번으로 그 녹색의 거구를 머리 위까지 들어 올렸다. 그러더니 뒤틀린 미소를 짓고는 완전히 기절해버린 이 영웅을 땅바닥에 내던졌다. 친구가 곤경에 처한 것을 본 토르는 자신의 두 발로 고통스레 일어나 파이프를 하나 쥐었다. 타노스가 마지막으로 파괴적인 일격을 날리려던 찰나, 토르는 파이프를 휘둘러 타이탄의 등을 공격했다. 하지만 그저 *'깡'* 하고 아무 의미도 없는 미약한 소리만 날 뿐이었다.

타노스는 토르가 도저히 믿을 수 없는 속도로 움직이더니 한쪽 발로 천둥신의 가슴팍을 걷어차 뒤로 날려버렸다. 토르는 함선이 무너져버린 잔해, 이리저리 뒤틀린 금속 파편들 한가운데에 떨어졌다. 에보니 모는 부드러운 손짓으로 자신의 염력을 발휘해 토르의 근처에 널려 있던 금속 파편들로 이 아스가르드인을 속박해버렸다.

갑판 건너편에 널브러져 있던 헤임달은 심각한 중상을 입었지만 아직 목숨만은 붙어 있었으며, 다행히 타노스의 아이들에게도 아직 들키지 않은 덕분에 이 참상을 비통한 심정으로 지켜볼 수 있었다. 헤임달은 타노스가 지금껏 싸워보았던 그 어떤 적과도 다르다는 점을 깨닫고 더 이상 늦기 전에 자신이 뭐라도 해야 한다는 것을 깨달았다. 그는 마지막 한 방울 남은 힘까지 용맹하게 끌어 모아 자신의 소중한 검, 호펀드를 쥐었다. 그러고는 최후의 생명력을 짜내면서, 가쁜 숨과 함께 더듬거리는 목소리를 뱉었다. 헤임달은 극도의 고통 속에서 자신의 천리안을 감고 기도했다. "최고신들이여, 제게 마지막으로 암흑의 마력을 주십시오."

검의 손잡이를 쥔 헤임달의 손이 빛나기 시작했다. 타노스나 타노스의 아이들이 미처 대응하기도 전에 바이프로스트의 오색 에너지가 함선을 가득 채우더니 마치 통로와도 같은 형상으로 바뀌어 만신창이가 된 헐크를 감쌌다. 그렇게 녹색 거인은 눈부신 불빛 속에서 사라져 깊은 우주 속으로 침몰하던 스테이츠맨에서 탈출했다. 아마도 지금쯤은 이미 바이프로스트를 타고 빛보다 빠른 속도로 은하계 너머를 향하고 있으리라. 헤임달은 만족한 심정으로 완전히 탈진해 쓰러졌다. 헐크만은 구할 수 있었다.

타노스는 헤임달에게 몸을 돌렸다. 이 아스가르드인은 이미 자신이 헐크와 같은 구원을 얻을 수 없으리란 걸 잘 알고 있었다. 그는 쓰러진 바이프로스트의 수호자에게 다가오는 악당, 타노스를 마치 심판이라도 하는 듯한 눈길로 쏘아보았다.

"실수한 거야." 타노스는 잔혹한 형상을 띤 콜버스 글레이브의 양날 창을 쥐고 말했다. 헤임달은 자신의 운명이 다했다는 것을 직감하고는 토르의 하나 남은 눈과 마지막으로 시선을 맞추었다. 토르는 무력감으로 인한 공포에 휩싸인 채 헤임달이 타노스에게로 다시 시선을 돌리는 것을 바라보고 있을 수밖에 없었다. 이제 타노스는 무방비 상태인 헤임달의 나약한 육신 위로 창을 들어 올리고 있었다. 그러나 타노스가 자신의 가슴팍에 창날을 박아 넣는 순간에도 헤임달의 의연한 눈빛은 결코 흔들리지 않았다.

"안 돼!" 토르는 금속 파편에 묶인 채 분노하며 몸부림쳤다. 그 목소리는 타노스가 창날을 비틀며 헤임달의 시신에 더 깊이 박아 넣자 분노의 절규로 바뀌었다. "반드시… 죽음으로… 갚아주마." 토르가 씹어 뱉었다. 하지만 토르가 그 강력한 근육으로 아무리 몸부림을 쳐봤자 자신을 묶고 있던 구속은 도저히 떨쳐낼 수 없었다. 그러다가 에보니 모가 다시 한번 손목을 비틀자 파편 하나가 날아가 토르의 입까지 단단히 막아버렸다. 이제 토르가 무슨 말을 하든 그저 고통 어린 신음 소리로 들릴 뿐이었다.

"쉿." 모가 비난하는 듯한 눈길로 나직하게 말했다.

에보니 모는 땅바닥에 떨어진 테서랙트로 걸어가 경이로워하는 몸짓으로 그 입방체를 집어 들었다. 지금 자신의 손에 들린 이 정육면체의 물건은 지금껏 수많은 사람들, 미약한 의지를 가진 숱한 자들에게 온갖 속삭임과 유혹을 불어넣어 오직 힘만을 갈구하는 신세로 타락시켜왔다. 하지만 모는 이미 우주의 모든 패

권은 단 한 명, 바로 자신의 주인이자 양아버지에게 있다는 사실을 오래전에 받아들인 상태였다. 그는 타노스에게 테서랙트를 바쳤다.

"위대한 분 앞에 이 미천한 몸을 조아립니다." 에보니 모는 타노스 앞에 무릎을 꿇고 존경 어린 태도로 머리를 숙였다. 마침내 테서랙트를 손에 넣은 타노스는 자신이 걸치고 있던 투구와 흉갑을 벗었다. 모는 자신에게 다가오는 타노스를 향해 가느다란 팔로 테서랙트를 들어 보였다. "지금껏 인피니티 스톤을 하나도 아니고 두 개나 소유하는 힘과 *자격*을 보인 이는 아무도 없었습니다."

타노스는 자신의 사명에 한 발짝 더 가까이 다가서게 되자 크게 기뻐하며 자신의 충실한 종의 손에서 테서랙트를 집어 들었다. 그는 테서랙트를 자신의 손바닥 위에 올려둔 채 그 물체가 품은 힘에 경이를 느끼며 잠시간 아무 말도 하지 못했다.

"주인님의 손에 우주가 깃들어 있습니다." 모가 찬양했다.

갑자기 타노스의 거대한 손이 푸른 입방체를 와락 움켜쥐자, 테서랙트는 눈부신 빛을 내며 박살나고 말았다. 타노스가 다시 손을 펴고 파편들을 날려 보내니 그곳에는 태초 이래 가장 순수한 푸른 광채를 발하는 둥근 돌만 남아 있었다.

새 주인의 손에 놓인 스페이스 스톤은 빛나는 에너지로 맥동하고 있었다.

타노스는 양손으로 스페이스 스톤을 잠시 굴려본 다음, 이내 엄지와 검지로 그 돌을 부드럽게 쥐었다. 그러고는 황금빛 인피니티 건틀렛을 끼고 있던 오른손을 들어 올렸다. 이미 검지 쪽의 홈에 자리 잡고 있던 스페이스 스톤의 '형제'인 파워 스톤이 진동하기 시작했다. 타노스가 건틀렛 중지 쪽 홈에 스페이스 스톤을 떨어뜨리자 눈부신 푸른빛 에너지가 그의 온몸을 감쌌다.

이제 두 개의 인피니티 스톤을 손에 넣은 타노스는 방금 전에 보인 최강자적인 풍모보다도 더욱 더 강력해진 듯한 모습을 하고 있었다. 그는 건틀렛을 낀 손을 쥐락펴락하면서 만족스러운 미소를 지었다. 그런 다음 타노스의 아이들 쪽으로 몸을 돌렸다.

"지구에 인피니티 스톤 두 개가 더 있다." 온통 망가져버린 함선 안에서 타노스의 낮은 목소리가 절절히 울렸다. "스톤을 찾아 타이탄으로 가져오너라, 나의 아이들아."

프록시마 미드나이트가 뿔이 돋은 머리를 깊숙이 숙였다. "결코 실망시키지 않겠습니다, 아버지." 그녀가 목례를 하자, 콜버스 글레이브와 컬 옵시디언 역시 그녀를 따라서 잘 알겠다는 듯한 목례를 해 보였다.

하지만 블랙 가드들이 떠나려던 찰나 머뭇거리는 목소리 하나가 끼어들었다. "내가 지금 끼어들어도 될지는 모르겠지만," 로키는 그 간드러지고 남의 마음을 조종하는 목소리로 말했다. "지구에 가려거든 내가 안내를 해줄 수 있는데." 그는 미소를 지었다. "그 별에 방문해봤던 경험이 좀 있거든."

"실패한 경험도 경험으로 친다면 말이지." 타노스가 조롱했다. 그는 6년 전에 로키가 자신의 치타우리 전사들을 이끌고도 뉴욕

시를 함락시키지 못했던 실패담을 잊지 않고 있었다.

　로키는 타노스의 조롱에도 꿈쩍 않고 꿋꿋한 태도로 말했다. "그것도 엄연한 경험이라고 해야지."

　콜버스 글레이브가 그 나긋나긋한 몸을 움직여 두 사람 사이에 끼어들려 했지만, 타노스는 손을 흔들어 그를 제지했다. 로키는 말을 이었다. "전지전능한 타노스여." 그는 자신감 넘치는 목소리로 말했다. "나, 로키는 아스가르드의 왕자이자…" 로키는 잠시 말을 끌었다. 한순간 그의 표정과 몸짓에 바짝 들어 있던 힘과 온몸에 두르고 있던 허세가 한 꺼풀 벗겨졌다. "오딘의 아들," 로키는 꽁꽁 묶인 채 입까지 틀어막힌 토르를 바라보았다. 토르는 로키가 대체 또 어떤 정교하고 복잡한 속임수와 허세를 부리려 드는지 도저히 확신할 수 없었기에 공포에 찬 눈으로 동생을 바라보고만 있었다.

　로키는 계속 타이탄 쪽으로 걸어갔다. "요툰하임의 적법한 왕이자, 장난의 신으로서," 타노스는 로키가 손에 숨기고 있던 단검이 번뜩이는 것을 눈치채지 못했지만 토르에게는 똑똑히 보였다. 토르는 경고와 걱정 그리고 분노로 눈을 빛냈다. 저 동생이란 녀석은 뭘 믿고 저렇게 무모한 행동을 벌이는 것인지, 타노스에게는 그딴 잡다한 속임수 따위가 절대 먹히지 않는다는 걸 왜 알지 못하는지 답답한 심정이었다. 하지만 로키가 아무리 순진하고 치기 어린 행동을 취한다 한들 그 용기에는 진심으로 감탄했다는 감정도 살짝 섞여 있었다. "여기서 결코 스러지지 않을 충성을 바치

고자 합니다." 로키는 심호흡을 하더니, 눈에 보이지도 않을 몸놀림으로 타노스에게 칼날을 찔러 넣었다… 허나 그 기습은 스페이스 스톤의 권능에 의해 허공에서 저지당하고 말았다.

타노스는 눈을 가늘게 떴다. "결코 스러지지 않는다고?" 타이탄은 로키가 한 말을 혼잣말로 되뇌며 상대의 손목을 잡아챘다. 타노스가 실패한 암살자의 손목을 비틀자 뼈가 갈리는 소리와 함께 단검이 로키의 손에서 떨어졌다.

"단어를 좀 더 신중하게 선택했어야지." 타노스는 끌끌 웃었다. 곧 건틀렛을 낀 손이 로키의 목을 졸라 생명을 앗아가기 시작했다. 타노스의 교활하고 냉혹한 두 눈은 고통스러워하는 로키의 얼굴이 점점 시퍼렇게 변해가는 모습을 똑똑히 지켜보았다.

로키의 실패를 지켜보는 이는 또 있었다. 토르는 철저하게 무력한 상태로 자신의 눈앞에서 펼쳐지는 믿을 수 없는 광경을 그저 보고만 있어야 했다. 당장 로키가 죽어가고 있는데, 직접 나서서 동생을 구하기는커녕 지켜볼 수밖에 없었기에 토르의 마음은 무너져 내리는 것 같았다. 로키는 마지막 유언을 간신히 토해냈다. "넌… 결코 신이 되지 못해." 그게 위협이었는지 예언이었는지 타노스는 결코 알 수 없을 것이다. 또한 애초에 알아낼 생각조차 없었기에 그는 로키의 목을 더욱 힘주어 졸랐다.

동생이 마지막 호흡을 토해놓자 토르는 재갈에 억눌린 비명을 질렀다. 로키의 몸은 축 늘어졌고, 이를 냉담하게 쳐다보던 타노스는 생명 잃은 로키의 시신을 더 자세히 보여주겠다는 듯이 시체를 들고 토르에게 다가갔다. 토르는 지금 눈앞에 벌어지고 있는 일이 생시인지 알아내기 위해 몸부림쳤다. 어느새 공황에 빠져버린 토르의 머릿속에서는 로키는 지금껏 밥 먹듯이 "많이도 죽었으니", 이번에도 마찬가지일 거라고 생각하기 시작했다. 로키는 그저 장난을 치고 있을 뿐이다. 다시 돌아올 것이다. 토르는 혹시 살아 있는 징후는 없는지, 로키가 얄미운 윙크나 비웃는 듯한 미소를 짓지는 않는지 필사적으로 동생의 시신을 살폈다. 하지만 그런 건 아무것도 없었다.

아무것도.

안 돼… 이런… 이런 일이 벌어질 리가 없어. 타노스가 죽어버린 로키를 아무렇지도 않게 땅바닥으로 던지자 순수한 공포가 토르의 온몸을 감쌌다. 로키의 시신은 목 멘 소리로 "안 돼!"라며 절규하는 토르의 앞에 떨어졌다.

"이번에는 살아나지 못하겠지." 타노스는 평온한 목소리로 토르에게 말했다. 로키의 처참하고 미동조차 없는 시신은 그런 주장의 강력한 근거가 되어주었다.

타노스가 건틀렛을 낀 손을 들어 주먹을 쥐자 거기 박혀 있던 스톤들이 빛을 발했다. 그러자 타노스의 아이들 뒤쪽으로 검은색의 소용돌이가 일어났다. 타노스의 부하들은 모두 그 소용돌이 안으로 걸어 들어가 사라져버렸다. 에보니 모마저 사라지자 곧 토르를 묶고 있던 강철 족쇄들도 모두 땅바닥으로 떨어졌고, 토르도 덩달아 쓰러졌다.

타노스는 토르를 마지막으로 바라보았고 토르 역시 살의까지 풍기는 눈빛으로 그 시선과 맞섰다. 하지만 토르가 다시 일어설 힘을 끌어모으기도 전에 타노스는 사라져버렸고 순간이동에 사용한 에너지 역시 서서히 잦아들고 있었다.

토르는 동생 쪽으로 기어가 로키의 무정물 같은 시신을 가까이 끌어당겼다. "안 돼, 로키." 토르는 조용히 울었다. "안 돼." 토르는 이게 로키의 장난이 아니었단 걸, 두 번째나 세 번째, 혹은 네 번째의 기회는 결코 오지 않을 거란 걸 마침내 깨닫고 로키의 가슴팍에 머리를 떨군 채 흐느꼈다.

로키는 죽었다. 그리고 토르는 그 죽음을 막기 위해 아무것도 하지 못했다.

토르가 동생의 죽음을 애통해하던 사이, 저 어두운 우주 속에 떠 있던 *생츄어리 II*는 스테이츠맨의 잔해에 일제 포격을 가하기 시작했다. 미사일이 함선을 강타하면서 섬광이 번쩍거렸다. 고요한 폭발이 한때 위풍당당하던 함선의 흔적을 갈갈이 찢어놓으면서 그 잔해와 아스가르드인들의 시신을 공허한 우주 속에 흩뿌렸다.

임무를 마친 *생츄어리 II*는 사라져버렸다.

몇 광년 떨어진 곳, 헐크를 품고 우주를 쏜살같이 질주하던 바이프로스트는 밝게 빛나는 별 하나를 지나쳤다. 거의 불가능에 가까운 속도로 날던 이 오색 빛기둥은 익숙해 보이는 위성의 근처에서

방향을 틀어 그 아래에 있던 청록빛 행성을 향해 뻗어나갔다.

지구였다.

뉴욕 시 그리니치 빌리지의 블리커 가에는 위풍당당한 저택 하나가 자리 잡고 있었다. 평범한 행인들의 시선에는 그저 옛 빅토리아 양식의 건물로 보일 뿐이었다. 하지만 얼마 되지 않는 소수의 사람들은 이 건물의 정체를 잘 알고 있었다. 이곳은 바로 생텀 생토럼이자, 마법 주술의 대가인 닥터 스티븐 스트레인지의 거처였다.

"진짜? 돈이 하나도 없어?" 스트레인지는 자신의 동료이자 또 다른 마법 주술의 대가, 웡에게 물었다. 웡과 스트레인지는 둘 다 뉴욕 생텀의 수호자라는 사명을 맡고 있었다.

"물질에의 집착은 정신으로부터의 이탈을 불러오는 법." 웡은 생텀의 널찍한 계단참으로 향하는 스트레인지의 뒤를 따르며 말했다.

"그 말 그대로 식당 직원들에게 전해주지, 어쩌면 너한테 형이상학적인 호밀빵 햄 샌드위치를 만들어서 줄지도 몰라." 스트레인지는 회색 추리닝 상의와 헐렁한 검정 코트 차림을 한 채 청바지 주머니에 가볍게 양손을 찔러 넣고 계단을 빠르게 걸어 내려갔다.

"아 잠깐, 잠깐만 기다려. 한 200 정도는 있는 것 같은데." 웡은 윗옷의 안주머니를 뒤지면서 말했다. 그런 다음 꼬깃꼬깃한 지폐 뭉치를 의기양양하게 꺼내 들었다.

"달러야?" 스트레인지가 잠시 멈춰 서서 기대하지도 않았던 횡재에 소소한 행복을 느낄 준비를 하며 물었다. 웡은 지폐 뭉치를 펴보더니 풀이 죽었다.

"인도 루피야."

"달러로 환전하면…?" 스트레인지가 약이 바짝 오른 목소리로 또박또박 물었다.

"어, 대충 1.5달러 정도?" 웡은 순순히 말했다.

해탈해버린 스트레인지는 머리를 절레절레 흔들고는 뒤도 안 돌아보고 계단을 계속 내려가다가, 결국 한숨을 쉬었다. "뭐 먹고 싶은데?" 스트레인지가 묻자 웡이 반색했다.

"참치 치즈 샌드위치라면 거절할 수 없지."

하지만 두 사람이 위처럼 형이상학적 논쟁을 다투며 길모퉁이의 식당으로 갈 준비를 하던 사이, 생텀 중앙에 뚫린 커다란 원형 창문으로 바이프로스트의 무지갯빛이 쏟아져 내리면서 대화의 흐름을 끊어버렸다. 목적지에 도착한 바이프로스트는 사라져버렸으며, 조금 전까지만 하더라도 중앙 계단참이 있던 자리에 거대한 구멍을 뚫은 채 자신이 싣고 온 유일한 승객을 남겨놓았다.

웡과 스트레인지가 이 폭발을 피하기 위해 몸을 숙인 사이 어디선가 레비테이션 망토가 날아왔다. 다시 몸을 일으킨 웡과 스트레인지, 그리고 망토는 대담하게도 아직 남아 있던 계단참 위로 뛰어 올라갔다. 두 사람은 언제나 평범한 사람들이라면 도망쳐 나올 만한 위험의 근원으로 뛰어드는 이들답게 깊이 파인 구덩이 쪽으로 다가가 그 안을 들여다보았다. 충격적이게도 구덩이 속에는 헐크가 있었는데, 지금은 자신의 또 다른 인격인 브루스 배너로 서서히 변해가고 있었다.

완전히 엉망진창이 된 배너의 두 눈에는 오직 공포라는 감정만이 가득했다. "타노스가 오고 있어." 그는 두려움에 찬 목소리로 외쳤다. "놈이 오고 있다고!"

스트레인지와 웡은 잠시 눈빛을 교환했다. 다시 배너 쪽으로 고개를 돌린 닥터 스트레인지는 지금껏 수많은 이들이 해온 질문이자, 그 대답을 듣고는 심장까지 멎는 듯한 공포를 느껴야 했던 바로 그 질문을 던졌다.

"누가 온다고?"

CHAPTER 2

140

"알았어, 좀 진정해봐. 다 설명해 줄 테니까." 토니 스타크는 페퍼 포츠를 따라잡으면서 말했다. 두 사람은 뉴욕 센트럴 파크의 산책로를 따라 걷고 있었다.

"헛소리 좀 작작 하셔." 페퍼는 눈동자를 굴리며 말했다. 지금까지 토니한테 이런 핀잔을 몇 번이나 췄더라? 한 백 번? 천 번? 정말 열불이 터졌다.

페퍼는 지금껏 토니와 몇 년 동안이나 알고 지낸 사이이자 지금껏 서로 사랑해온 사이였다. 입만 열면 헛소리가 튀어나오는 이 천재 양반은 그녀가 평생을 함께할 동반자라고 유일하게 생각하는 사람이었다. 페퍼는 이런 현실을 깨달을 때마다 맥이 좀 빠졌지만 동시에 완전하고 순수한 즐거움을 느끼기도 했다. 토니는 자신에게 완벽한 인물이었으나 가끔은 그 사실을 어떻게 받아들여야 할지 알 수가 없었다.

페퍼는 언제나 옳은 일을 하고, 안전한 선택지를 고르며, 자신이 통제할 수 있는 아주 규칙적인 생활을 살고 있었다…. 그러다 토니와 만나게 되었다. 토니는 자신과 모든 면에서 완전히 상반된 성격을 가진 사람이었다. 물론 페퍼도 토니가 항상 자신이 옳다고 믿는 바를 행하는 사람이란 건 알고 있지만, 그러면서도 스스로에게 안전한 선택은 단 한 번도 해본 적이 없었을 거라고 확신할 수 있었다. 토니 스타크와 자율적이고 규칙적인 생활이란 도저히 짝지을 수가 없는 궁합이었다.

페퍼와 토니는 서로 완전히 상반된 사람들이었다. 딱 한 가지만 뺀다면 말이다. 두 사람은 모두 자신이 품는 불편함마저 기꺼이 감수할 수 있을 정도로 서로를 지극히 사랑했다. 이처럼 토니와 페퍼는 서로 사랑하기에 지금껏 온갖 말도 안 될 정도로 위험한 모험들까지 함께 숱하게 겪어왔다.

"헛소리 아니거든." 토니 스타크의 항변이었다.

"이해가 하나도 안 되네." 페퍼와 토니의 말은 서로 끊임없이 계속 이어지고, 또 얽혔다. 두 사람은 서로가 말하는 흐름을 너무도 잘 파악하고 있었기 때문에, 도대체 언제 한쪽의 말이 끝나서 다른 쪽이 치고 들어오는지를 분간하기조차 힘들었다. 토니와 페퍼는 분명 서로 사랑하는 연인 사이였다. 하지만 두 사람이 서로를 얼마나 좋아하고 또 사랑하는지를 한눈에 알아볼 수 있는 순간은 바로 이렇게 티격태격 할 때였다.

"자 봐, 가끔씩 꿈속에서 오줌이 마려울 때가 있잖아?" 위아래로 온통 검은 운동복에 어깨에는 추리닝을 대강 걸친 토니는 열심히 자기 의견을 늘어놓기 시작했다.

"그렇지." 페퍼가 토니의 말을 끈기 있게 들어주며 말했다.

"그래, 그런 다음에는 '이런, 화장실이 없잖아! 어떡하지?'라고 생각하게 되잖아."

"그렇지."

"아이고, 누가 보고 있는데 이러다 바지에 싸겠—.'"

페퍼는 쓸데없이 자세해지는 토니의 설명을 끊었다. "그리고 꿈에서 깨어났더니 진짜 오줌이 마렵더라, 이거지."

토니는 몸을 돌려 페퍼에게 득의만만한 삿대질을 해댔다. 마침내 자신의 이야기를 들어주던 상대에게서 토니 스타크나 주절거릴 만한 헛소리를 뽑아내다니. 페퍼도 완전히 이해한 거다. 그 사실이 매번 놀라운 이유는 대체 무엇일까?

"그렇지!" 토니가 의기양양하게 말했다.

"그렇지…."

"그래." 두 사람이 대화하며 주고받는 말들은 서로 화음처럼 어우러지면서, 마치 긴 호흡의 교향곡을 거의 두 배는 더 빠르게 연주하는 듯한 느낌을 자아냈다.

"다들 그런 꿈은 꾸지." 페퍼가 웃음을 터뜨리며 말했다.

"그렇지! 내가 짚고 넘어가려는 부분이 바로 그거야." 토니는 페퍼의 바로 앞에 우뚝 섰다. 그는 헐떡이고 있었지만 그렇다고 숨이 가쁘거나 한 것은 아니었다. 그저 평소대로의 성격에서 우러나온 것일 뿐이다. 자신이 살면서 단 한 번도 해본 적 없는 중대한 선언을 꺼내려는 순간이기에 숨이 절로 헐떡이는 것이다. 바로 페퍼 포츠, 토니 스타크 본인조차도 자신의 삶에 이런 여성이 들어왔다는 것 자체를 도저히 믿을 수 없는 여성에게 말이다.

토니는 숨을 들이켰다. "그래서 내가 어제 무슨 꿈을 꾸었냐면…" 토니는 아주 찰나의 순간 말꼬리를 끌었다. 토니 역시 자기 자신이 이런 사람이 될 줄은 꿈에도 몰랐다. 그 점은 분명히 인정한다. 하지만 그는 페퍼를 만났다. 자신이 '토니 스타크' 그 자체라는 결점에도 불구하고… 기꺼이 사랑해주는 여성. 자신이 아이언맨으로 거듭나기 훨씬 전부터 이미 자신을 보살펴주던 여성. 자신이 세계를 숱하게 구한 만큼이나 자신을 구해주었던 여성. 누군가의 슈퍼 히어로가 되어주는 방법은 실로 정말 다양한 것이다.

그래서 지금 이 자리, 센트럴 파크 한가운데에 선 토니는 마침내 자신이 하려던 말을 토해냈다. "우리한테 아이가 있었어."

페퍼는 조용했다. 너무 조용했다. 토니는 계속 말했다. "너무너무 진짜 같았어. 아이 이름은 당신네 그 괴짜 삼촌의 이름을 따서 지었더라고. 그 양반 이름이 뭐였더라?"

"그랬구나." 페퍼는 고개를 끄덕이며 말했다. 그 목소리는 여전히 사랑스러우면서도 의심이 짙게 깔려 있었다. 토니와 대화할 때 종종 튀어나오는 어투였다.

"모건!" 토니는 자신이 정말로 그 이름을 기억해냈단 사실을 믿을 수가 없었다. "모건이었어."

"그래서 당신이 잠에서 깨서—."

"그렇고말고." 토니는 이렇게 심각한 대화가 이루어지는 와중에도 도저히 장난기를 저버릴 수가 없었다.

"— 잠에서 깨서 생각해보니까, 혹시 우리 사이에…." 페퍼는 토니를 올려다보면서 말했다. 그 얼굴에는 전혀 숨김없는 상냥함이 드러나 있었다. 그렇게 부드러울 수가 없었다.

"기대할 만하지 뭐." 딱 한 단어면 돼. 토니는 기다렸다. 온 세상이 멈춰버린 것 같았다.

"그래." 페퍼는 미소 지으며 말했다. 토니의 심장이 덜컥, 했다.

"그래?" 토니가 물었다.

페퍼는 단호하게 고개를 저었다. "아냐."

"진짜 생시 같은 꿈을 꿨다니까 그러네." 토니는 마치 자신이 꾼 꿈이 반박의 여지조차 없는, 심지어 과학조차도 딴죽을 걸 수 없는 절대 불변의 사실인 것처럼 항변했다.

"당신이 아이를 갖고 싶었다면—." 페퍼는 토니의 가슴팍에 단단히 박힌 채 은은한 빛을 내고 있는 소형 아크 리액터로 눈길을 주었다. 그러더니 토니의 어깨에 정말 편안하고 안정적으로 걸쳐져 있던 추리닝 상의를 사랑스러운 손길로 풀어버렸다. "이런 짓은 하지 말았어야지." 페퍼는 아크 리액터를 톡톡 두드리며 말했다.

토니는 눈길을 한번 떨구더니 멋쩍은 미소를 지으며 어떻게든

이 상황을 무마하려 했다. "이 주제를 꺼내줘서 너무너무 고맙군. 사실 별거 아닌 거거든. 그냥 나노 입자를 보관해두는 장치일 뿐이야." 그는 손을 태평하게 흔들며 말했다. 페퍼는 고개를 흔들면서 토니가 아크 리액터에 의존하고 있다는 말이 나올 때마다 항상 둘러대는 핑계를 참을성 있게 넘겼다.

"지금 하나도 설득이 안 되고 있거든?" 페퍼는 장난스럽게 비꼬는 목소리로 대꾸한 뒤 하늘을 한번 바라보고, 자신에게 이토록 좌절감을 주면서도 그저 사랑할 수밖에 없는 남성으로부터 몇 걸음 물러났다. 아크 리액터가 자신들의 관계에 지나치게 큰 존재감을 차지한다는 점을 지적할 때마다 토니는 정말 얼간이처럼 행동했지만, 이 사랑이란 감정은 어쩔 수가 없었다. 토니 스타크 같은 천재도 가끔씩은 정말 숨이 막힐 정도로 멍청해질 수 있었다.

"아냐, 이건 탈부착식이라서 별거 아니 —."

"당신은 그런 거 필요 없어." 온 세상이 아는 토니 스타크와 페퍼가 아는 토니 스타크는 달랐다. 페퍼가 아는 토니 스타크는 스스로 더욱 놀라운 존재로 거듭나기 위해 굳이 소형 아크 리액터까지 달고 있을 필요가 없었다. 페퍼는 토니처럼 똑똑한 사람이 그런 간단한 사실을 깨닫지 못하는 이유가 궁금했다.

"나도 내가 수술을 받았단 건 알지. 난 그냥 우리 모두를… 미래의 우리들까지 다 지키려는 거야. 그냥 그렇게 생각해. 혹시 벽장 안에 괴물이 숨어 있지는 않을까 대비해두는 거지. 사실 알다시피, 그 안에는 —."

"셔츠밖에 없겠지만." 페퍼가 자신의 말을 끝내버리자 토니는 그녀에게 한 걸음 다가섰다. 두 사람이 서로 가까워질수록 페퍼가 토니에게 품고 있던 불만도 점점 사라져버렸다.

"당신은 날 너무 잘 알아." 토니가 부드럽게 말했다.

"세상에…." 페퍼가 혼잣말로 중얼거렸다.

"내가 할 말까지도 전부 끝내버리잖아."

페퍼를 고개를 흔들었다. 이 남자 참. 이렇게 멋진 고집불통이 있다니. "벽장 안에는 당연히 셔츠만 있겠지."

"그래." 토니가 생각에 잠긴 말투로 말했다. "더 이상은 깜짝 놀랄 것도 없어. 오늘 저녁은 근사하게 먹자." 토니는 페퍼의 왼손을 들어 보였다. 그 손에 끼워져 있던 커다란 다이아몬드 약혼반지가 햇빛에 빛났다. "해리 윈스턴 반지도 자랑해야지." 페퍼는 웃음을 터뜨렸다. 항상 자신을 웃게 하는 남자였다. "그렇지? 그리고 앞으로는 더 이상 깜짝 놀랄 일도 없을 거야. 절대로. 내가 약속할게—."

"그래." 페퍼는 말했다. 또다시 넘어가고 말다니.

"약속할게." 토니가 말했다. 그러더니 페퍼 쪽으로 고개를 숙여 길게 키스했다. 페퍼가 눈을 감자 세상 모든 것들이 사라져버렸다. 두 사람이 함께할 때는 언제나 그런 느낌이 들었다. 꼭 이 세상에 토니와 자신, 그리고 자신들이 서로 나누는 사랑만이 존재하는 것 같았다.

"고마워." 토니는 미소 짓는 페퍼에게 속삭였다. 그 입술은 여전히 페퍼의 입술로부터 떨어지지 않고 있었다.

"토니 스타크."

토니와 페퍼는 고개를 휙 돌려 말소리가 들려온 쪽을 보았다. 정말 깜짝 놀랄 광경이 펼쳐져 있었다. 두 사람의 앞에 허공에서 빙글빙글 도는 포탈이 하나 열려 있던 것이다. 그 포탈 안에는 방금 토니의 이름을 불렀던 사내가 서 있었다. 두 사람 모두 지금껏 한 번도 만나본 적이 없는 사내였다. 또한 토니가 더 이상 깜짝 놀랄 일이 없을 거라고 몇 번이나 약속한들, 그들의 인생은 여전히 놀라운 사건으로 가득 찰 것이란 걸 증명하는 장본인이기도 했다.

포탈 안의 사내가 말했다. "나는 닥터 스트레인지야. 나랑 같이 가야겠어."

스트레인지는 페퍼와 토니의 반응을 보고 자신의 지나치게 극적인 등장이 상대방에게 상당한 불안감을 안겨줬다는 사실을 재빨리 눈치챘다. 또한 자기가 같은 편이란 점을 토니 스타크에게 알려주지 않는다면 상황이 훨씬 폭력적으로 변할 수도 있다는 점도 깨달았다. 그래서 스트레인지는 긴장감을 좀 풀어보려 했다. "아, 그건 그렇고 결혼 축하해요."

"미안한데, 당신 무슨 공연하는 사람이야?" 토니는 페퍼와 함께 멀찍이 떨어지면서 퉁명스럽게 물었다.

"우리는 당신 도움이 필요해." 스트레인지의 목소리는 무겁고

심각했다. 그는 토니와 시선을 똑바로 맞춘 채 말을 이었다. "저기, 지금 우주의 운명이 위험에 처했다고 해도 과언이 아니야."

토니는 여전히 설득되지 않은 표정이었다. "누구한테 내 도움이 필요한데?"

그때 닥터 스트레인지 옆에 토니가 아주 잘 아는 사내가 나타났다. 더 이상 재앙을 일으키기 싫어서 멀리 떠나버렸던 사내. 오랫동안 연락이 끊겨 있었던 사람. 토니 자신이 그토록 그리워하고 또 애도했던 친구.

브루스 배너였다.

"안녕, 토니."

"브루스." 토니가 말했다. 그 부드러운 목소리에는 걱정이 가득했다.

"페퍼." 브루스는 두 사람 쪽으로 다가가며 말했다.

"안녕." 페퍼도 말했다. 하지만 그 목소리는 아주 작았고, 오랜 친구의 눈빛에 깃든 공포를 보고 덩달아 겁에 질려 있었다.

"괜찮아?" 브루스가 토니에게 달려들어 와락 끌어안자, 토니가 물었다. 토니는 브루스가 자신을 거의 찌부러뜨리려 들자 겁에 질린 눈길로 페퍼를 바라보았다.

더 이상 설득도 필요 없었다. 토니는 브루스의 얼굴에 나타난 표정을 보고는 두 사람을 따라가야겠다고 마음먹었다.

잠시 후, 생텀 생토럼에 도착한 토니는 웡으로부터 우주의 진정한 역사에 대해 듣고 있었다.

"태초에 우주에는 아무것도 없었지. 그러다가 …." 윙은 신비로운 금빛 원반으로 둘러싸인 두 손을 흔들었다. 주문을 마친 윙이 손을 앞으로 뻗자 허공에서 다섯 개의 보석 형상이 나타나 공중에서 맴돌기 시작했다. "…빅뱅이 일어나면서 여섯 가지 속성을 띤 수정들이 처음 생겨난 우주의 곳곳으로 흩어졌지." 보석의 형상들도 사방으로 흩어졌다. "이 인피니티 스톤들은 각각 우주의 존재를 구성하는 근원적인 요소들을 지배해."

앞으로 나선 닥터 스트레인지는 허공에 떠 있던 인피니티 스톤들을 하나하나 가리키며 각자의 스톤이 맡은 근원적 요소들을 읊었다. "스페이스, 리얼리티, 파워, 소울, 마인드." 그러고는 몸을 돌려 토니와 마주하더니, 자신의 목에서 녹색 광채를 발하고 있던 아가모토의 눈을 보여주었다. 스트레인지가 양팔을 교차하자 아가모토의 눈이 열리면서 그 속에서 녹색으로 빛나던 스톤이 드러났다. "그리고 타임."

토니는 뭔가가 자신의 마음 한구석을 갉아먹는 듯한 느낌을 받았다. 6년 동안이나 마음 한구석에 있던 그 불안감이었다. "그놈 이름이 뭐라고?"

브루스가 한 걸음 앞으로 나섰다. 스테이츠맨호에서 보았던 공포가 그 눈빛 속에 생생하게 살아 있었다. "타노스. 놈은 재앙이야, 토니. 별들을 침공하면서 자신이 원하는 것은 모조리 빼앗아. 그리고 행성에 살고 있던 사람들의 절반을 쓸어버려." 계속 이어진 브루스의 말은 토니가 품고 있던 가장 어두운 의심을 확신시켜주었다. "로키를 보낸 것도 타노스야. 뉴욕 침공이 바로 놈의 짓이었어."

그 말을 듣자마자 토니 스타크를 사로잡고 있던 악몽이 생생하게 되살아났다. 그때, 치타우리의 침공을 끝장내기 위해 핵폭탄을 들고 날아갔을 때, 어둠 속에서 뭔가 보지 말아야 할 것을 보고 만 그때 이후로 자신을 놓아주지 않던 그 악몽이었다. 마침내 모든 것이 명백해졌다.

"이거였군." 토니는 되뇌었다. 머릿속에서 계획이 갖춰지기 시작했다. "시간은 얼마나 남았지?"

브루스는 그저 어깨만 으쓱해 보였다. "모르지. 놈은 이미 파워 스톤과 스페이스 스톤을 손에 넣었어. 그것만으로도 이미 우주 최강의 생명체로 거듭났을 거야." 브루스의 목소리가 가늘어졌다, 마치 앞으로 일어날 미래를 감히 헤아릴 수조차 없는 것 같았다. "토니, 만약 놈이 스톤 여섯 개를 모두 손에 넣으면…."

토니가 서성거리다가 다 박살나버린 계단참 옆에 있던 커다란 금속 단지에 팔을 얹자 닥터 스트레인지가 한 발짝 나섰다. "지금껏 유례없는 규모의 학살이 일어날 거야."

토니는 도저히 믿을 수 없다는 눈빛으로 스트레인지를 바라보았다. 그는 한 손으로 단지를 짚은 채 균형을 잡으면서, 다른 손은 뒤쪽으로 뻗어 발목을 잡아당기며 몸을 풀었다. 방금 전에 정말 충격적인 정보를 들은 것 치고는 여전히 소탈한 행동거지였다.

"'지금껏 유례없는 규모'라니, 진심으로 하는 소리야?"

토니는 무례하게 구는 게 아니었다. 최소한 의도적으로 그러는 것은 아니었다. 그저… 이런 행동은 토니가 뭔가를 준비하고 또 처리하는 방식이었다. 지금 자신이 들은 재앙의 예언이 사실이라면 스트레인지의 말도 모두 옳기에, 우주의 운명이 위험에 처했다면 페퍼의 생명도 위험에 처했다는 뜻이었다. 그리고 페퍼의 생명이 위험에 처했다는 걸 생각만 해도 자칫하면 토니 자신의 머리도 제대로 굴러가지 못하는 위기를 맞을 수 있었다. 그러니 자기 자신의 능력을 계속 유지하기 위해서라도 침착함을 유지해야 했다. 즉 토니의 입장에서는 경박한 행동 양식을 계속 유지해야 한다는 뜻이었다. 상황이 그다지 재미없게 흘러가더라도 말이다.

닥터 스트레인지는 토니가 팔을 얹고 있던 커다란 솥을 가리키며 대꾸했다. "지금 진심으로 '코스믹 캘드론'에 기대고 있는 거야?"

토니는 솥을 한번 쓱 훑어보았다. 토니처럼 출중한 지성과 상당한 과학적 지식을 모두 갖춘 인재에게도 마법 유물은 낯선 물건이었다.

"이게?" 토니가 꿍얼거렸다. 갑자기 닥터 스트레인지가 걸치고 있던 레비테이션 망토 자락이 위로 솟더니 토니의 팔을 탁, 쳐서 솥단지에서 떨어뜨려놓았다.

토니는 화들짝 놀라 뒤로 물러났다. 그 얼굴에는 경악이 스쳐 지나갔지만 재빨리 제 표정을 되찾았다. "방금… 그건 용서해주지." 토니는 망토를 가리키며 말했다. 그렇게 슬슬 물러나던 토니의 머릿속에서 아주 간단한 해결책 하나가 떠올랐다. 그는 스트레인지 쪽으로 몸을 돌려, 마법사의 목에 걸린 목걸이를 가리켰다.

"타노스에게 스톤 여섯 개가 모두 필요하다면, 그 스톤을 그냥 쓰레기통에 박아버리지?"

"그렇게는 못 해." 스트레인지는 고개를 저었다.

웡이 설명을 거들었다. "우린 목숨을 걸고 타임 스톤을 지키겠다고 맹세했어."

토니는 잠시 그 말을 곰곰히 생각해보다가 그냥 묵살해버렸다. "나도 유제품을 끊겠다고 맹세했었지만… 벤 앤 제리에서 내 이름을 딴 아이스크림을 출시해버렸지. 그래서—."

"스타크 헤이즐넛 맛?" 스트레인지가 끼어들었다.

"괜찮은 맛이지?" 토니가 대꾸했다.

"좀 텁텁해." 스트레인지가 아무 감흥도 없다는 태도로 정정해주었다.

"우린 불타는 헐크 맛을 제일 좋아해." 브루스 옆에 서 있던 웡이 말했다.

"그런 것도 있어?" 브루스는 믿기지 않는다는 목소리로 웡에게 물었다.

토니가 끼어들었다. "어쨌든 요점은 상황이 변한다는 거야."

닥터 스트레인지의 맹세는 꿋꿋했다. "타임 스톤을 지키겠다는 우리의 맹세는 변하지 않아." 그는 자신의 목에 걸린 채 은은한 옥빛 광채를 발하는 아가모토의 눈으로 시선을 돌렸다. "그리고 이 스톤은 타노스를 이길 수 있는 최고의 카드일 수도 있어."

"반대로 놈이 우리를 이길 수 있는 최고의 카드도 될 수 있겠지." 토니도 물러서지 않았다.

"뭐, 우리가 할 일을 하지 않는다면." 스트레인지의 목소리가 낮아졌다.

"그래서 그쪽이 하는 일이 정확히 뭐야? 풍선으로 동물 인형 만들어서 주는 거 말고." 토니가 쏘아붙였다.

스트레인지는 토니를 바라보며 잠시 침묵했다. 물론 스트레인지는 토니가 이 세상에서 갖는 중요성과 가치를 대충 알고 있었다. 물론 토니가 지금껏 벌인 활약들에 대해서도 감사하고 있었다. 하지만 그렇다고 해서 자신이 토니를 좋아해야 할 필요는 없었다. 스트레인지는 토니의 시선을 정면으로 마주하면서 신중하고 신랄한 태도로 입을 열었다.

"당신이 사는 현실을 지키지." 스트레인지는 아무 공포도 망설임도 없이 말했다.

"저기, 이봐들." 브루스가 두 사람에게 말했다. "이런 대화는 잠깐 미뤄두면 안 될까?" 그는 말싸움을 벌이고 있던 두 사람 사이에 끼어들었다. 토니가 자신에게 대꾸를 하거나 언쟁을 마무리하지 못하는 처지에 놓이자, 스트레인지의 입가에 옅은 미소가 감돌았다. 브루스는 스트레인지의 목에 걸린 타임 스톤을 가리켰다. "지금 확실한 건 우리가 이 스톤을 가졌단 거야. 그 위치도 정확히 파악하고 있지. 그리고 마인드 스톤은 비전이 갖고 있으니, 당장 비전을 찾아야 할 거고." 브루스는 더 나은 계획을 짜내기 위해 토니와 스트레인지가 서로 말다툼을 그치도록 설득했다. 그는 이미 타노스를 한번 목격했기 때문에 그 타이탄이 스톤을 더 모아서 나타난다는 생각만 해도 얼굴에서 핏기가 가실 지경이었다.

"그래, 그래야 하는데." 토니는 머리를 벅벅 긁었다. 그 자신이 불안할 때 보여주는 습관이자 브루스에게는 토니의 마음에 뭔가 걸리는 게 있다는 걸 알려주는 신호였다.

"그게 무슨 뜻이야?" 브루스가 초조하게 물었다.

토니는 이 소식을 최대한 부드럽게 전달하려 했다. "비전이 이 주 전에 통신기를 꺼버렸어. 지금 잠적한 상태야."

"뭐?" 브루스가 물었다. 토니가 또 이런 실수를 저질렀다는 데 완전히 경악한 목소리였다.

"그래."

"토니, 슈퍼 로봇을 또 잃어버린 거야?" 브루스는 최악의 상황을 걱정하고 있었다. 지난번에 슈퍼 로봇을 잃어버렸을 때는 울트론이 탄생했으니까. 그리고 브루스 자신도 그 사고에 어느 정도 일조했기 때문에 다시는 그런 실수가 일어나지 않길 바라기도 했다.

토니는 재빨리 브루스의 걱정을 해소해주었다. "잃어버린 게 아냐. 비전은 이제 사람이 잃어버릴 수 있는 물건 같은 게 아니라고. 걔는 *진화하고 있어.*"

"그럼 비전을 찾아낼 수 있는 사람이 있나?" 닥터 스트레인지는 현재 주어진 상황에만 집중하려 노력하고 있었기에, 목소리도 지극히 사무적이었다. 토니는 그 대답을 떠올리고 나머지 두 사람으로부터 몇 걸음 물러났다.

그는 숨소리에도 가려질 정도로 작게 욕을 뱉었다. 비전을 찾아낼 사람이 있냐고? 지금 당장 생각나는 선택지는 자신이 절대 만나고 싶지 않은 바로 그 사람뿐이었다. "아마 스티브 로저스?" 토니는 웅얼거렸다.

"경사 났군." 스트레인지도 토니로부터 물러나며 말했다.

"어쩌면 찾을 수 있을 거야." 토니는 브루스를 바라볼 엄두도 내지 못한 채 얼버무렸다. "하지만…." 하고 싶은 말이 도저히 나오지 않았다. 큰 소리로 말할 수가 없었다. 침묵이 길어졌다.

"스티브한테 연락해." 브루스가 충고했다.

"그렇게 간단한 일이 아니야." 토니는 인정했다. 피로, 수치 그리고 후회 등이 토니의 머릿속에서 왕왕거렸다. 브루스 쪽을 돌아본 토니는 브루스가 자신의 친구를 얼마나 그리워하고 있는지 깨닫고는 갑자기 온갖 감정들이 한꺼번에 밀려오는 것을 느꼈다. "세상에, 지금 우리가 어떤 상황인지 아무것도 모르는구나?"

"몰라." 브루스는 어떻게든 상황을 이해해보려 노력하고 있었다.

토니는 머리를 절레절레 흔들며 브루스를 마지막으로 봤던 이래로 벌어졌던 모든 일들을 떠올렸다. 좋은 일도 있었고 나쁜 일도 있었다. 자신의 탓이 아닌 일도, 완전히 자신의 탓인 일도 있었다. "어벤져스는 해체됐어. 끝났지."

"해체가 돼?" 브루스는 재빨리 머리를 굴렸다. "어벤져스가 무슨 밴드야? 비틀즈라도 돼?"

"캡틴이랑 내 관계가 좀 심하게 벌어졌어. 지금은 말도 안 섞는 사이야."

브루스는 토니를 바라보면서 도저히 이해할 수가 없다고 생각했다. 운동장에서 대판 싸운 어린애 두 명을 보고 있는 것 같았다. 지금 다가오고 있는 재앙은 친구들 간의 절교 따위와 비교도 되지 않았다. 당장 타노스가 몰고 올 파멸은 두 사람의 하찮은 갈등 따위보다 훨씬 어마어마할 것이란 점을 이해시켜야만 했다.

"토니, 잘 들어. 토르가 죽었어." 브루스는 토르의 이름을 말하다가 목이 메었다. 자신이 직접 보았던 비극과 정신적 상처는 아직도 너무 생생했다. "타노스가 오고 있어. 네가 스티브와 절교를 했든 말든 아무 상관없이 말이야."

토니는 자신이 들은 말을 받아들이기 위해 안간힘을 썼다. 그리고 브루스의 뜨거운 눈빛을 피해 물러난 다음 마지못해 휴대전화 하나를 꺼냈다. 전화기에 저장된 연락처는 단 하나, 스티브 로저스뿐이었다. 토니는 아직 이 전화를 사용해보지 못했지만 이런 날이 오게 될 줄은 상상도 못했다. 그렇게 캡틴에게 전화를 걸려던 찰나, 깊은 진동이 생텀 전체를 울렸다. 토니는 여전히 휴대폰을 손에 쥔 채 점점 커지고 있는 이 우레 같은 진동이 대체 무엇인지 생텀 곳곳을 살폈다. 그는 몸을 돌려 혹시 다른 사람들도 자신처럼 똑같은 소음과 진동을 느끼고 있는지 확인했다. 닥터 스트레인지 쪽을 본 토니의 눈에는 스트레인지의 앞머리가 너무도 부드럽게 앞뒤로 흩날리고 있는 모습이 들어왔다. "저기, 닥터 양반. 지금 당신이 그 앞머리 살랑거리고 있는 거 아니지?"

스트레인지는 그 괴상한 질문에 얼떨떨해하며 토니를 바라보았다. "지금은 아닌데."

웡과 닥터 스트레인지, 토니, 그리고 브루스는 바람이 불어오고 있는 방향을 바라보았다. 바로 현관 위쪽의 박살 난 유리였다. 그쪽으로 불어오던 바람이 점점 강해지고 있었다. 네 사람은 이 사실을 알아차리자마자 바깥의 거리에서 사람들의 비명 소리와 자동차 경보음까지 들려온다는 사실을 깨달았다. 브루스는 얼굴에 완연한 공포를 띄운 채 뒷걸음질 쳤다. 여기 네 명 중에 저 소동을 일으키는 자들이 누구인지 정확히 아는 사람은 브루스뿐이었다.

그 말은 저 문 너머에 있을 존재가 얼마나 무시무시할지 정확히 이해하고 있다는 뜻이기도 했다.

토니는 생텀의 정문을 부드럽게 밀었지만, 문은 토니가 손을 대자마자 밖에서 밀려오는 바람과 온갖 잔해들에 밀려 쾅, 하고 활짝 열려버렸다.

히어로들은 웨스트 빌리지 한가운데에 몰아치고 있는 회오리바람 같은 것을 피해 수많은 사람들이 도망치는 광경을 보았다.

먼지와 종이, 심지어 차들까지도 공중에 붕 뜬 채 날아다니는 바람에 앞이 제대로 보이지도 않았으며 혼란까지 더욱 심해지고 있었다.

토니는 그 혼돈 한가운데에 서 있었다. 주변에서 지옥도가 펼쳐지는 사이 그는 마음을 다잡고 뒤따라오는 스트레인지, 웡, 그리고 브루스와 함께 행동에 나섰다. 토니 스타크는 자신의 약혼자에게 마치 미래를 예언하는 듯한 꿈을 설명하거나, 오래전에 절교한 친구와 다시 연락을 취하거나, 혹은 경박한 행동이 어울리지 않는 상황에서 사회적 관계를 새로 맺는 데는 좀 서투른 사람이었다. 하지만 사람들을 구하는 일이라면?

그건 바로 자신의 특기였다.

토니는 저 알 수 없는 진동의 근원지로부터 대피하는 인파를 거슬러 올라갔다.

"괜찮아요?" 토니가 바닥에 넘어진 여성을 일으키는 사이 차 한 대가 달려오더니 바로 앞의 가로등을 박아버렸다.

"그 사람 도와줘!" 토니는 배너와 웡에게 소리쳤다. "어서!"

"가, 가! 우리가 알아서 할게!" 브루스가 토니에게 손을 흔들며 말했다. 웡과 배너가 행동에 나서는 동안 토니는 자신의 선글라스를 꺼내 썼다. 그러자 선글라스 렌즈 안쪽에 분석 화면이 출력되었다.

"프라이데이, 현재 상황은?" 토니는 자신의 최첨단 컴퓨터 조수에게 물었다.

"확실하지 않아요. 분석 중이에요." 프라이데이가 말했다. 프라이데이의 침착한 아일랜드식 어조는 지금 눈앞에서 펼쳐지고 있는 총체적 혼란상과 완전히 대조되는 것이었다.

토니는 자신을 바짝 쫓아오던 스트레인지 쪽으로 몸을 돌렸다. "자, 그 타임 스톤은 어디 안전한 곳에 박아두셔, 닥터!"

스트레인지는 토니의 시선을 따라가더니 표정을 굳혔다. 그가 양팔을 떨치자, 손목에 황금빛 원반이 나타났다.

"나중에 쓰고 싶어질지도 모르지." 그 목소리는 어두웠다.

네 사람은 이 혼란과 파괴의 근원지가 무엇인지 보고 걸음을 멈췄다. 건물들 위쪽의 높은 상공에 꼭 고리처럼 생긴 우주선 하나가 세로로 서서 회전하고 있었다. 그 모습은 지구에서 볼 수 있는 그 어떤 물체와도 닮아 있지 않았다. 이 광경이 의미하는 것은 단 하나였다.

더 이상 시간이 없다는 것이었다.

CHAPTER 3

129

퀸즈 카운티 스쿨의 노란 스쿨 버스는 시끌벅적 떠드는 청소년들을 가득 태운 채, 퀸즈보로 다리를 건너 맨해튼으로 들어가고 있었다. 현장 학습을 가는 중이던 미드타운 과학기술고등학교 학생들은 다들 짜릿한 기대감에 젖어 있었다. 하지만 피터 파커만큼은 뭔가 다른 느낌으로 인해 짜릿한 감각을 느꼈다. 마치 자기 팔에 돋은 잔털들이 일제히 곤두서는 것 같았다. 그는 빳빳이 곤두선 팔의 솜털을 손으로 쓸어본 다음, 혹시 근처에 위험이 닥쳐온 것인지 저 멀리 지평선을 훑어보았다.

바로 그 감각이었다. 자신이 나서야 할 상황이었다. 꼭 스타크 씨가 자기를 처음 찾아왔던 그날 느꼈던 느낌과 똑같았다. 그날 피터는 유튜브에 올라왔던 스파이더맨 비디오들은 싹 다 디지털로 합성한 거라고, 당연히 진짜 영상도 아니고 자신도 스파이더 맨이 아니라고 둘러댔다. 물론 스타크 씨는 믿지 않았다.

토니 스타크는 피터의 정체를 그대로 꿰뚫어보았다. 스타크 씨가 그날 피터의 집을 방문한 이유는 그가 스파이더맨이라고 생각했기 때문에 아니라, 그가 스파이더맨이라는 걸 알기 때문이었다.

스파이더맨으로 활동하게 된 이후 겪었던 온갖 괴상한 사건들과 지극히 이타적으로 행동했던 생활에 비교한다면 스타크 씨와 나누었던 대화는 정말… 괜찮았다. 평범하고, 일상적이었다. 다시는 느끼지 못할 거라 생각했던 바로 그 기분이었다.

피터는 스타크 씨의 칭찬이 없더라도 그런 기분을 스스로 느낄 수 있어야 한다는 걸 잘 알고 있었다. '친절한 이웃 스파이더맨'이 자기 동네의 이웃들을 돕는다는데, 억만장자 겸 슈퍼 히어로 겸 박애주의자의 칭찬이나 인정 따위는 필요 없지 않나. 그래도 뭐 어때. 상관없다. 그런 자립은 나중에 하지 뭐. 왜냐면 피터가 지금 당장 가장 원하는 건 스타크 씨의 인정을 받는 것이었으니까.

결국 피터는 최근 몇 개월 동안 스타크 씨에게 깊은 감명을 안겨드리기 위해 최선을 다했다. 스타크 씨의 눈에만 들 수 있다면 좀 더 굉장한 거물들, 그러니까 어벤져스와 함께할 수도 있지 않겠나. 그것도 지난번처럼 독일에서 다른 어벤져스 멤버들과 치고박는 수준에 그치지 않고 말이다. 어벤져스끼리 싸우는 일은… 분명 그런 거물들이 벌일 만한 짓이 아니니까. 그렇게 어벤져스에 낄 수만 있다면 피터도 마침내 공식적으로 사람들에게 더 많은 도움을 베풀 수 있게 될 터다. 이런 희망은 그날 자기 집에 처음 방문했던 스타크 씨에게 직접 말했던 피터의 다짐과도 관련이 있었다. 분명 자기가 나설 수 있는데 가만히 있다가 더 나쁜 사건이 터져버린다면, 그건 자신의 잘못이 되는 것이다. 최소한 피터는 그렇게 생각했다.

창문 밖의 미드타운 맨해튼 쪽을 바라본 피터는 마치 고리처럼 생긴 우주선 하나가 허공에 뜬 채 점점 빠르게 회전하고 있는 모습을 발견했다. 그는 우주선으로부터 시선을 돌려, 혹시 버스 안의 다른 아이들도 저 우주선의 존재를 눈치채지는 않았는지 확인했다. 물론 아무도 없었다. 언제나처럼.

피터는 여전히 버스 안의 다른 아이들을 바라보면서, 자기 바로 앞자리에 앉아 있던 절친 네드 쪽으로 손을 뻗었다. 다행히 네드 역시 현재 코앞까지 닥쳐온 위험을 전혀 눈치채지 못하고 있었다. 피터는 황급히 네드의 주의를 끌기 위해 친구의 몸 곳곳을 두들겼다. 처음에는 팔 위쪽부터 시작했다가 그다음은 어깨, 그러다 뺨, 끝내는 머리 옆통수까지 치기 시작했다. 마침내 네드는 귀에서 이어폰을 빼고 대체 무슨 일인지 피터 쪽을 돌아보았다.

"야 네드, 애들 관심 좀 돌려봐." 피터가 아주 긴급하고 초조한 목소리로 말했다.

네드는 피터의 어깨 너머로 고리형 우주선이 떠 있는 광경을 발견하자마자, 피터가 왜 이렇게 초조해하는지 완전히 이해했다.

"오졌다." 네드는 완전히 흥분해서 말했다. 시간이 촉박하기는 했지만 피터는 네드가 그 놀라운 첫인상의 충격을 극복하고 행동에 나설 때까지 잠시 기다렸다. 곧 네드는 피터의 부탁대로 애들의 관심을 돌릴 만한 행동에 들어갔다. "우린 다 죽었어! 외계인 우주선이다! 으아!" 네드는 고래고래 소리치면서 맨해튼의 마천루 위로 높이 떠 있는 외계 우주선을 '더 잘 보려고' 버스 뒤쪽으로 달려갔다. 다른 학생들도 네드가 가리키는 버스 한쪽으로 우르르 몰려갔다. 그렇게 피터의 절친은 버스 안에 엄청난 혼란을 만들어내면서 피터의 부탁대로 아이들의 관심을 제대로 돌려주었다.

피터는 자기 가방에서 웹 슈터를 꺼내 양 손목에 찼다. 그런 다음 웹 슈터의 거미줄을 버스 반대편에 있는 비상구의 손잡이에 발사한 후 홱 잡아당기자 걸쇠가 풀리면서 창문이 활짝 열렸다. 자리에서 일어난 피터는 아무도 모르게 버스 반대편의 창문으로 나갔다.

같은 반 친구들이 외계 우주선을 보고 놀라워하는 소리 사이로 아이들을 조용히 시키려는 버스 운전사 아저씨의 성난 목소리가 들렸다. "그게 별일이냐? 우주선 처음 봐?"

이제 버스의 옆에 달라붙은 피터는 재빨리 스파이더맨 마스크를 얼굴에 뒤집어썼다. 그리고 버스 안으로 손을 뻗어 가방을 챙긴 다음 웹 슈터의 거미줄을 타고 차선 두 개를 거뜬히 넘더니, 퀸즈보로 다리 아래의 이스트 리버 강물 위를 아슬아슬하게 스치며 사건의 현장으로 날아갔다. 자신이 보고 있는 한 더 나쁜 사건이 일어나는 건 최대한 막아야 하니까.

생텀 생토럼 바깥의 도로는 방금 전보다 훨씬 더 혼란스러워져 있었다. 토니는 우주선이 만들어내는 강풍을 뚫고 걸어가 길가에 버려진 자동차의 열린 문 뒤에 숨었다. 그러고는 귀에 장착한 통신기를 건드려 자신의 인공지능 보조 시스템을 호출했다.

"프라이데이, 43번가 민간인들 모두 대피시켜. 구조대한테도 알리고."

"알겠습니다." 기계적인 여성의 목소리가 응답했다. 프라이데이는 뉴욕 시 전역의 신호등을 빨간 불로 바꾸고, 경찰, 소방대, 그리고 응급 의료진들에게 부상자들을 구조해 달라는 긴급 알림을 전송하고, 또 남부 맨해튼으로 통하는 다리와 터널 등의 모든 진입로를 차단했다.

스트레인지는 대담하게도 거리 한복판을 걸어와 토니의 바로 뒤까지 다가왔다. 그는 오늘 아침에 벌어진 사고 중에서 최소한 하나는 확실하게 해결해야겠다는 마음을 단단히 먹고, 양팔을 우주선 쪽으로 들고 자신의 손목에 두르고 있던 마법진을 전개했다. 그런 다음 우주선을 감싸는 일종의 막을 만들어 주변에 휘몰아치던 바람을 완전히 잠재워버렸다. 사방에 휘날리던 종이 쪼가리와 쓰레기들이 갑자기 괴이할 정도로 얌전하게 가라앉았다.

스트레인지는 양팔을 내린 다음, 상당히 놀랐다는 감정을 애써 숨기려는 토니 스타크 쪽을 보고 윙크를 했다. 이제 바람은 완전히 가라앉았고 토니 역시 스트레인지가 확실히 도움이 된다는 점을 받아들여야 했다. 하지만 그 점을 인정해야만 한다는 뜻은 아니었다. 그래서 토니는 스트레인지에게 최대한 따갑게 눈을 흘겨주었다. 아마 그 곁눈질에는 제아무리 재수 없는 활약을 과시해서 재수 없는 놈에게 재수 없는 훈계를 내리려고 해봤자, 시공간의 절대적인 연속성, 이를테면 자신의 드높은 콧대를 거스르지는 못한다는 메시지를 듬뿍 담고 싶었을 것이다. 물론 토니가 아무리 눈을 흘겨봐야 스트레인지는 아무런 감흥도 받지 않았다. 스트레인지와 스타크는 (물론 당사자들은 극구 부정하겠지만) 정말 많은 면에서 굉장히 닮아 있었다.

이제 브루스와 웡까지 합류해 네 사람이 된 일행은 우주선 쪽으로 걸어가기 시작했다. 바로 그때 우주선으로부터 에너지의 기둥이 뿜어져 나와 히어로들로부터 대략 9미터 정도 앞쪽에 떨어졌다. 사그라드는 광선 속에서 두 사람의 인영이 나타났다. 한쪽은 말랐고 다른 한쪽은 거대한 체구를 갖고 있었다. 토니는 이 두 사람의 정체를 최대한 파악해보려 했지만 알아낼 수 있는 정보가 전혀 없었다. 이렇게 상대방에 대해 알 수 있는 게 전무하다는 점은 방금 스트레인지가 보여준 과장된 윙크만큼이나 짜증나는 것이었다.

"들으라, 그리고 기뻐하라." 주변의 먼지들이 가라앉는 가운데 에보니 모의 목소리가 들려오면서 그 목소리의 주인과 컬 옵시디언이 나타났다. "너희는 곧 타노스의 아이들의 손에 죽게 될 것이다." 컬 옵시디언도 으르렁거리는 듯한 소리처럼 들리는 자신의 외계 언어로 뭔가 흉악한 말을 덧붙였다. 토니의 인내심이 점점 바닥나고 있는 가운데 모의 말이 계속되었다. "너희의 무의미한 생명이 마침내 구원받았음을 감사 —."

"미안한데, 오늘 지구는 문 닫았거든?" 토니가 단호하게 말을 잘랐다. "당장 짐 싸서 나가는 게 좋을 거다."

에보니 모는 토니를 완전히 무시한 채 닥터 스트레인지 쪽으로 눈길을 돌렸다. 그가 걸고 있던 목걸이에는 에너지로 진동하고 있는 타임 스톤이 보관되어 있었다.

"스톤 키퍼여." 에보니 모는 닥터 스트레인지 쪽을 바라보며 말했다. 스트레인지는 상대가 자신의 정체를 단번에 꿰뚫어보았다는 사실에 눈썹을 움찔했다. "이 시끄러운 동물이 그대의 의견을 대변하는가?"

"아니고말고." 스트레인지는 한 걸음 나서며 말했다. "내 의견은 내가 직접 말하지." 스트레인지는 자신의 손목에 두르고 있던 마법진을 다시 전개하여 수호의 만다라를 만들어냈다. "너희는 이 도시와 행성에 무단으로 침입했다." 웡도 스트레인지의 바로 뒤에 와 섰다. 그의 양손도 황금빛 수호의 만다라로 빛나고 있었다.

"꺼지란 뜻이야, 이 오징어(원문은 Squidward, 만화 스폰지밥에 나오는 징징이-옮긴이) 자식아." 토니가 소리쳤다. '시끄러운 동물'이라는 평가가 가슴에 상당히 맺힌 모양이었다.

에보니 모는 짜증난다는 듯이 한숨을 쉬었다. 그는 컬이 싸우고 싶어 한다는 걸 느끼고는 말라빠진 손 하나를 앞쪽의 사인조 쪽으로 흔들었다. "피곤한 놈이로군." 컬 옵시디언도 알아들을 수 없는 언어로 모에게 대답한 다음 무기를 들고 전투태세를 갖췄다. "스톤을 가져와." 에보니 모의 허락이 떨어지자 컬 옵시디언은 알았다는 듯 한 번 으르렁거린 다음, 뉴욕 시의 도로에 그 거대한 망치를 내리찍었다. 도로는 무슨 살얼음판처럼 갈라지고 말았다.

외계인이 이쪽으로 다가오는 것을 본 토니는 쓴웃음을 지으며 브루스 쪽을 바라보았다. "배너, 네가 맡고 싶어?"

브루스는 움찔 놀랐다. "아, 아니. 별로 맡고 싶지는 않아." 그는 소심하게 말했다. "그런데 언제는 내가 싫다고 해서 안 맡긴 적 있어?"

"그렇고말고." 토니는 친구를 격려하며 응원해주었다. 배너는 토니의 응원을 대충 흘려버린 다음 눈에 잔뜩 힘을 주고 집중을 했다.

"좋아, 나와라!" 브루스는 끙끙거리며 '딴 놈'을 불러내려 했다.

"이것 참 오랜만이네. 자네가 있어서 참 좋아, 친구." 토니가 말했다.

"알았어, 쉿. 잠깐만 좀… 잠깐만 집중 좀 하자." 배너의 얼굴이 뒤틀리면서 가슴팍이 팽팽해졌고 서서히 초록색 기운이 돌기 시작했다.

그렇게 시간이 계속 흘렀지만 아무 일도 일어나지 않았다.

컬 옵시디언은 점점 가까이 다가오면서 엉망진창이 된 도로에 세워진 채 잔뜩 그슬려버린 차를 망치로 후려쳐 치워버렸다. 스트레인지는 스타크와 배너를 보면서 과연 저 두 사람은 컬 옵시디언이 얼마나 가까이 다가온 후에야 반격에 나설 것인지, 아니면 뭐라도 행동에 옮기긴 할 것인지 궁금해하고 있었다.

"나와라, 나와 좀!" 브루스가 으르렁거리자 다시 변신이 시작되었다…가 빠르게 사그라들었다. 웡은 브루스가 당최 뭘 하고 있는지 알 수가 없었기에 좀 불편해져서 브루스와 거리를 둘지 말지 고민하면서 안절부절 못하고 있었다.

"그 녀석 어디 있어?" 배너의 목에서 다시 한번 녹색 기운이 사라져버리자 토니가 물었다. 혹시 '딴 놈'을 불러내서 그 굉장한 괴력으로 컬 옵시디언에게 맞서는 게 불가능한 것은 아닌지 확인하려는 말투였다. 토니는 정말 오랜만에 만난 친구가 몇 년 동안 겪었던 변화를 왜 하필 지금 같은 상황에서야 알게 되었는지 의문과 짜증이 동시에 치밀었다.

브루스는 좀 부끄러워하는 것 같았다. "나도 모르겠어. 요새 우리 관계가 좀…."

토니가 자신의 실망감을 숨기며 배너에게 다가가 친구의 어깨를 '가볍게' 툭툭 치는 사이 스트레인지와 웡은 전투를 준비했다. 컬 옵시디언이 점점 더 가까워지자 토니의 응원은 곧 으름장이나 공갈 같은 것으로 변해버렸다. "지금 '좀' 같은 게 어디 있어. 저기 좀 큰 놈이 오고 있는데." 토니는 점점 다가오고 있는 컬 쪽을 가리키며 말했다. "빨리 좀."

"나도 알아. 난 그냥 —." 배너는 다시 온몸에 힘을 주었지만 여전히 아무 일도 벌어지지 않았다.

스트레인지는 고개를 돌려 스타크에게 아주 날카로운 눈빛을 보냈다. 실망과 짜증이 아주 사랑스럽게 섞인 매서운 시선에 순수한 혐오와 분노도 조금 엿보이는 것 같았다. 토니는 충분히 합당한 이유로 짜증을 내고 있는 스트레인지로부터 시선을 돌려 아직도 헐떡거리고 있지만 여전히 헐크로 변할 기미는 없는 자신의 친구를 바라보았다.

토니는 배너 쪽으로 몸을 기울이고 소곤거렸다. "아니, 지금 마법사들 앞에서 이게 무슨 망신이냐."

브루스는 얼굴이 빨개진 채 사과했다. "미안, 내가 … 녀석을 못 꺼내는 거던가 녀석이 나오지를 않는 거야. 아니면 내가 —."

"알았어, 괜찮아. 그냥 쉬고 있어." 토니는 브루스를 달래듯이 한번 팔을 둘러주고는 웡 쪽으로 부드럽게 밀어주었다. 웡이 전개하고 있는 수호의 만다라 뒤쪽으로 자기의 친구를 안전하게 피신시킬 심산이었다. 그는 브루스를 가리키며 말했다. "애 좀 봐줘요. 부탁해요."

"제가 책임지죠." 웡이 단호한 태도로 브루스 앞에 나서며 말했다.

"망할." 배너는 대체 왜 이런 일이 벌어지는지 알 수가 없었던데다 지금껏 자신이 맞닥뜨렸던 상대 중에서 최강의 적수들과 맞서 싸울 친구에게 아무런 도움도 되지 못한다는 점이 너무나 실망스럽고 또 혼란스러웠다.

컬이 자신의 거체를 이끌고 돌진하기 시작하자 토니는 브루스를 다시 한번 격려해준 다음 앞으로 나왔다. 그런 다음 자신이 걸친 상의 양쪽에 달린 줄을 잡아당겼다. 갑자기 토니의 옷이 검은색 전신 슈트로 바뀌더니 중앙에 박힌 아크 리액터가 빛나기 시작했다.

컬 옵시디언이 가까워지는 가운데 토니 역시 그 거인에게 맞서려 나섰다. 그가 아크 리액터를 톡 건드리자 수백만 개에 달하는 미세 입자들이 아크 리액터로부터 흘러 나와, 토니의 전신에 매끈한 아이언맨 슈트를 형성하기 시작했다.

이게 굉장한 싸움이 될 것이라 직감한 컬 옵시디언은 계속 돌진하면서 자신의 망치를 높게 들었다가 아래로 강하게 휘둘렀다. 아이언맨 역시 절대 물러서지 않은 채 팔을 들어 삼각형의 방패를 만들어낸 다음 컬 옵시디언의 일격을 막아냈다. 망치와 방패가 부딪히자 귀청이 울리는 소리가 울려 퍼졌고 외계인의 돌진도 막혔다. 컬 옵시디언은 그 공격의 여파에 정신을 차리지 못하고 뒤로 물러났다.

갑자기 아이언맨의 등에서 곡선형의 금속 장치 두 쌍이 튀어나와 푸른빛을 발산하며 컬 옵시디언을 겨냥했다. 제자리에 정렬한 금속 장치들은 상대에게 일제히 포격을 가해 에보니 모 쪽으로 날려버렸다. 모는 손을 한번 슬쩍 흔들어 염력을 발휘하더니 자기 쪽으로 날아오던 '사랑하는 형제'의 거구를 옆으로 흘려서 버려져 있던 자동차에 처박아버렸다.

"그건 다 어디서 났어?" 브루스는 자기 친구가 새로 마련한 장난감들을 보고 입을 떡 벌린 채 물었다. 아이언맨은 마침내 스트레인지와 웡 앞에서 한 건 했다는 생각에 의기양양해서 뒤쪽을 돌아보았다.

"나노 기술이야. 괜찮아 보여? 별거 아니긴 하지만 —." 하지만 그 말은 더 이상 이어지지 못했다. 에보니 모가 발휘한 염력이 토니의 발밑에 있던 땅을 솟구치게 만들어 그를 하늘 저 멀리 날려버린 것이다.

에보니 모의 임무와 목표는 단 하나였다. 타임 스톤을 타노스님께 바치는 것. 그 밖의 모든 것은 그저 신경 거슬리는 방해일 뿐이었다. 모는 다시 한번 손을 흔들어 나무 한 그루를 통째로 뽑아 웡과 배너 쪽으로 날려 보낸 후 자신이 직접 스트레인지를 잡으러 나섰다. 웡은 재빨리 일행을 감싸는 마법 방어막을 만들어냈다. 날아오던 나무는 방어막과 부딪히더니 사라져버렸다.

스트레인지는 브루스를 계속 안전하게 지키기가 힘들다는 걸 깨닫고 그를 전투가 벌어지는 현장에서 최대한 멀리 떨어뜨려 두어야겠다고 생각했다. 브루스 쪽으로 몸을 돌린 스트레인지가 팔을 둥글게 돌리자 배너의 뒤쪽에 포탈이 열렸다.

"배너 박사." 스트레인지는 아주 침착한 목소리로 충고했다. "그 녹색 친구가 우리 싸움을 도와줄 생각이 없다면…."

123

스트레인지는 말을 끝맺지도 않은 채 브루스를 포탈 속에 집어넣어버렸다…. 배너는 한창 싸움이 벌어지던 거리로부터 두 블록 떨어진 워싱턴 스퀘어 공원 한가운데, 그것도 1.5미터 상공으로 갑작스레 이동하는 바람에 꼴사나운 '쿵' 소리를 내며 땅바닥에 떨어지고 말았다. 그는 웬 택시 한 대가 포탈을 통해 자신에게 떨어지는 것을 보고는 재빨리 그 자리를 피했다. 그 택시는 미처 포탈을 다 통과하기도 전에 문이 닫혀버리는 바람에 반토막이 나버렸다.

전투의 현장에서는 스트레인지와 웡이 계속 수호의 만다라를 전개한 채 모가 날려대는 자동차들을 막아내고 있었다. 그때 아이언맨이 하늘에서 급강하하더니 웡과 스트레인지 사이를 날아서 통과한 다음, 자신들에게 쇄도하던 자동차에게 블래스트 공격을 가해 다시 모 쪽으로 날려 보냈다. 모는 심드렁하게 한 손을 들고 강력한 염력을 발휘하더니 자신에게 날아오던 차를 별 힘도 들이지 않고 반토막 내버렸다. 그렇게 아이언맨은 모가 다시 자동차를 날려 보내기 전까지 귀중한 시간을 벌어서 스트레인지와 계획을 상의할 수 있었다.

"스톤은 여기서 치우는 게 좋겠는데." 아이언맨이 스트레인지에게 말했다.

"이건 내 몸에서 절대 떨어뜨릴 수 없어." 스트레인지가 확고한 목소리로 대꾸했다.

"내 말이 그 말이야. 잘 있어!" 아이언맨은 한순간도 망설이지 않고 땅을 박차더니 에보니 모를 향해 날았다. 제자리에 가만히 선 채 모가 던져대는 물체들을 맞아줄 생각은 추호도 없었으니, 놈과 직접 붙을 생각이었다. 말 그대로 들러붙을 작정이었다는 뜻이다. 모가 원하는 게 타임 스톤이라면 아이언맨은 놈이 타임 스톤을 손에 넣는 걸 아주 짜증날 정도로 어렵게 만들어줄 작정이었다.

하지만 하필 그때 블래스트 공격의 여파에서 다시 회복한 컬 옵시디언이 자신의 적수에게 망치를 휘둘렀다. 그러자 쇠사슬로 연결된 망치머리가 아이언맨 쪽으로 날아갔다. 망치머리는 아이언맨의 가슴팍에 정통으로 직격했다. 컬이 손목을 한 번 휙 털자 아이언맨에게 엉켜 있던 망치는 그를 땅바닥으로 떨어뜨린 다음 건물 하나를 뚫고 날려버렸다.

사방에 파편과 잔해로 가득했지만 다행히 에보니 모와 컬 옵시디언이 계속 파괴를 자행하고 있는 길거리에 민간인은 단 한 명도 없었다. 컬은 아이언맨을 뒤쫓기 시작했다.

아이언맨은 컬 옵시디언의 일격으로 슈트의 로켓 통제 시스템이 잠시 고장 나는 바람에 하늘을 멀리 가로질러 워싱턴 스퀘어 공원의 나무에 처박혔다. 브루스는 땅에 쓰러져 있던 친구에게 달려갔다.

"토니, 괜찮아?" 브루스는 말했다. 아이언맨은 자신이 땅과 충돌하면서 만들어진 자그마한 구덩이에 사지를 뻗고 누워 있었다.

"상황은 어때? 좋아? 나빠?"

"좋아, 좋고말고, 완전 좋지." 아이언맨이 비꼬았다. 에보니 모에게 정면으로 돌진하겠다고 안일하게 생각했다가 머리가 깨질 것 같은 결과가 나와버렸다. "아직 도와줄 생각은 없어?"

"노력은 하고 있는데 이 녀석이 나오질 않아." 브루스는 말했다. 자신이 이 상황에 도움이 되지 못한다는 상황은 아직도 혼란스러운 데다 부끄럽기까지 했다.

브루스가 겪고 있는 인격적 문제에 대해 아이언맨이 한마디 해주려던 찰나, 컬 옵시디언의 망치가 워싱턴 스퀘어 공원을 가로질러 날아왔다. 그 망치는 브루스를 똑바로 노리고 있었다.

"망치 조심해!" 아이언맨은 소리를 치며 브루스에게 달려들어 그를 멀리 밀어버렸다.

컬 옵시디언의 망치는 방금 전까지만 하더라도 브루스 배너의 머리가 있던 공간을 붕 하고 휩쓸며 지나쳤다. 브루스를 안전하게 대피시킨 아이언맨은 컬 옵시디언 쪽으로 돌아서서 양손에서 리펄서 빔을 발사했다. 컬은 자신의 방패로 이 공격을 막아내면서 에너지 블래스트를 다른 방향으로 흘려버렸다.

그렇게 컬이 튕겨낸 블래스트 공격이 근처에 있던 나무 한 그루를 반토막 내버렸고, 브루스는 혼비백산하며 자신을 덮치는 나무를 피해야 했다. 한심한 기분이었다. 우주에서 가장 공포스러운 생명체 중 하나가 별로 크지도 않은 나무를 피해 도망쳐야 한다고? 브루스는 쓰러진 가로수 밑에서 엉금엉금 기어 나와서는 좌절감에 찬 채 주먹을 불끈 쥐었다. "좀 나와라 헐크, 나한테 왜 이러냐? 나와, 나와, 나오라고!" 브루스는 헐크에게 애원하면서 한 마디씩 뱉을 때마다 자신의 얼굴에 따귀를 갈겼다.

갑자기 브루스의 얼굴이 흐릿하게나마 헐크의 얼굴로 변했다. 하지만 헐크는 우렁차게 "싫어!"라고 포효하더니, 다시 배너의 몸속으로 숨어버렸다. 브루스는 뒤로 픽 쓰러졌다. 갑자기 자신과의 싸움이라니, 머릿속이 다 어지러웠다. 그는 하마터면 자신을 죽일 뻔한 악랄한 나무의 나뭇가지 밑에서 땅에 등을 대고 누운 채, 좌절감에 찬 비명을 질렀다.

"싫다니 그게 무슨 말이야?" 브루스는 더 이상 어찌 해야 할지 알 수가 없었지만 헐크에게서는 아무런 대답이 없었다.

공원에서 벌어지던 컬 옵시디언과 아이언맨의 싸움은 점점 더 격렬해지고 있었다. 놀랍게도 컬 옵시디언의 두꺼운 피부와 외계 무기는 토니 스타크가 가하는 블래스트 공격을 대부분 튕겨내고 있었다. 아이언맨은 재빨리 머리를 굴려 좋은 방법을 생각해내려 했다. 이 싸움이 어떻게 흘러가든 간에 오랫동안 버틸 수 있을 것 같지가 않았다. 예전에도 순수한 육박전은 많이 벌여봤고 언제나 승리했었다. 하지만 이번만큼은 달랐다. 아이언맨은 컬 옵시디언이 순수한 괴력 면에서는 자신을 훨씬 능가한다는 점을 빠르게 깨달았다.

컬 옵시디언은 엄청난 일격을 가해 아이언맨을 조그만 잔디밭 너머로 날려버렸다. 다행히 콘크리트 바닥은 아니었던 덕분에 아이언맨은 금세 착지해 땅에 납작 엎드릴 수 있었지만, 자신에게 빠르게 쇄도해오는 컬 옵시디언에게 완전한 무방비 상태로 노출되고 말았다. 진이 쭉 빠진 채 정신까지 혼미해져 있던 아이언맨은 자신에게 똑바로 떨어지고 있는 거대한 망치를 한발 늦게 알아차렸다. 하지만 동시에 그 망치가 더 이상 움직이지 않고 있다는 사실도 알아차렸다. 아이언맨은 고개를 돌려 대체 누가 자신을 도와준 것인지 바라보았다.

아이언맨의 앞쪽에 버티고 선 사람은 다름 아닌 자신의 가장 어린 동료, 스파이더맨이었다. 스파이더맨은 무슨 뻑뻑한 창문을 열려고 씨름하듯이 컬 옵시디언이 내리치는 망치를 대수롭지 않게 막아내고 있었다.

"어이, 안녕." 스파이더맨은 컬 옵시디언에게 고개를 까닥였다. 그런 다음 아직도 바닥에 누워 있던 아이언맨 쪽을 바라보며, 토니를 우러러보는 사심을 거의 감추지 못한 목소리로 물었다. "안녕하세요, 스타크 씨?"

피터의 목소리는 언제나처럼 활기차고 밝았다. 토니는 그런 피터의 성격을 남몰래 흡족해하면서도 또 두려워하고 있었다. 그는 이 꼬마에게 일종의 책임감을 느끼고 있었기 때문에 스파이더맨이 자신을 도와준 건 고맙지만 이 녀석을 타노스와 관련된 일로부터 최대한 멀리 떼어놓아야만 한다는 생각이 퍼뜩 떠올랐다. 브루스의 말이 전부 사실이라면 이번 싸움은 피터 파커처럼 맑고 순수한 영혼에게는 결코 어울리지 않을 것이었다.

하지만 동시에 토니는 피터를 떨어뜨려놓을 수 있는 방법은 전혀 없다는 것도 알고 있었다. 토니와 마찬가지로 피터에게도 일종의 사명감이 있었다. 바로 사람들을 구한다는 것, 그리고 나쁜 사건들을 막는다는 것이었다. 토니가 대체 뭔데 다른 사람의 사명감을 막고 이래라저래라 한단 말인가? 상대가 십 대 청소년에 불과하고 이 녀석이 품고 있는 '사명감'이라는 것도 아직은 트위터나 인스타그램에 올릴 수 있을 만큼 가볍긴 했지만 말이다.

현재 자신에게 주어진 상황을 빠르게 분석한 토니는 결국 피터와 함께 싸우기로 결정했다. 하지만 그렇다고 해서 피터가 감당하지 못할 일까지 맡길 생각은 전혀 없었다. 그는 피터를 최대한 안전하게 지킬 작정이었다. 그게 토니나 피터 같은 초인들에게는 의미가 살짝 달라지긴 하더라도 말이다.

"꼬맹아! 대체 어디서 나타난 거야?" 아이언맨이 물었다. 자신이 듣기에도 안심과 감사가 조금 과하게 배어 나오는 목소리였다.

"뉴욕 현대미술관으로 현장 학습을 가던 길이었는데—." 스파이더맨이 막 대답하려던 찰나, 컬 옵시디언의 거대한 손이 꼬마를 후려치더니 공원 반대쪽으로 날려버렸다. 스파이더맨은 몇 미터 정도 근처에 떨어져 있던 분수에 처박히고 말았다. 하지만 다시 벌떡 일어나 나무에 거미줄을 붙이더니 다시 싸움에 끼어들었다.

"얘는 뭐가 문제래요, 스타크 씨?" 피터는 컬의 주위를 맴돌면서 블래스트 공격을 날리며 적의 약점을 찾고 있던 아이언맨에게 물었다.

"어, 얘는 우주에서 왔는데 웬 마법사가 가진 목걸이를 뺏으려고 해." 토니 자신이 들어도 정말 어처구니없는 말이었다.

스파이더맨은 컬 옵시디언의 주위에서 까불거리며 주의를 끌다가 곧 컬 옵시디언의 거대한 갈퀴 같은 무기에 옴짝달싹 못하게 잡혀버리고 말았다.

"야, 야, 야!" 컬이 스파이더맨을 단단히 붙잡은 채 마치 투포환처럼 빙글빙글 돌리기 시작하자 비명이 터져 나왔다. 그 외계인은 결국 꼬마를 하늘 높이 던져버린 다음 옆에 있던 택시 쪼가리도 함께 던져버렸다.

하지만 스파이더맨은 꽤나 볼썽사납게 날아가는 와중에도 금세 균형을 잡았을 뿐만 아니라 자신에게 날아오던 택시의 잔해에 거미줄을 붙여서 컬 옵시디언 쪽으로 다시 던지는 기지를 발휘했다. 택시는 컬의 머리를 정통으로 내리쳤고, 덕분에 스파이더맨과 아이언맨은 잠시나마 숨을 돌리며 계속 이어질 싸움을 준비할 수 있었다.

한편 닥터 스트레인지와 웡은 생텀 생토럼 바깥의 거리에서 여전히 에보니 모의 공격을 막아내고 있었다. 에보니 모는 자신의 능력을 발휘해 벽돌 한 무더기를 날카로운 가시들로 바꿔서 자신이 상대하던 마법사들에게 날려 보냈다. 스트레인지와 웡은 각각 자신들의 앞쪽에 포탈을 하나씩 만들었다. 빠르게 날아오던 날카로운 가시들은 스트레인지가 연 포탈로 빨려 들더니 윙이 연 포탈로 곧장 튀어나와 다시 모에게 날아갔다. 에보니 모는 자기가 날려 보낸 공격이 오히려 자신의 홀쭉한 얼굴을 향해 쇄도해오자 크게 당황하고 말았다. 스스로와 대등한 적수를 별로 만나보지 못한 모는 그답지 않게 약간 느리게 반응하였고, 결국 잿빛으로 쭈글쭈글한 얼굴이 가시에 깊이 긁혀 피까지 맺히는 상처가 생기고 말았다. 이제 모는 지금껏 유지해왔던 콧대 높은 가식은 집어치운 채 근처에 있던 소화관에 염력을 집중하여 윙을 날려버렸다. 이제 모는 스트레인지와 그가 가진 타임 스톤에 다시 전념할 수 있게 되었다.

하지만 모가 극히 찰나의 시간 동안 윙에게 주의를 돌리는 사이, 닥터 스트레인지는 자신의 손을 휘둘러 마법 채찍을 만들어냈다. 스트레인지는 모에게 채찍을 휘둘러 황금빛 에너지로 이 외계인을 단단히 속박했다. 그는 채찍을 당겨 모를 자기 쪽으로 끌고 왔다.

모는 순순히 스트레인지 쪽으로 날아왔다. 하지만 그는 놀랍게도 이 마법 채찍을 간단히 없애버렸고, 스트레인지는 자신에게 날아오는 모를 받아내려 했지만 결국 이 외계인과 부딪혀 뒤쪽으로 날아가버리고 말았다. 모는 자신의 염력을 사용해 이 마법사를 근처 건물의 벽돌 벽에 처박아버렸다. 이제 두 사람은 모두 허공에 거꾸로 떠 있었으며, 모는 스트레인지를 벽 속에 더욱 깊이 집어넣으면서 온몸을 벽돌로 덮어버렸다.

"아주 인상적인 능력이로군. 애들에게 인기가 많겠어." 모가 조롱했다.

그는 의기양양한 미소를 지으며 아가모토의 눈에 손을 뻗었다. 시선은 타임 스톤에 완전히 붙박혀 있었다. 하지만 그 손이 아가모토의 눈에 닿자마자 고통스러운 비명이 터져 나왔다. 모의 손바닥에 닿은 목걸이가 뜨겁게 달아올랐던 것이다.

"간단한 주문이지, 하지만 풀기는 어려워." 스트레인지는 여전히 벽돌 속에 파묻힌 상태에서도 자신 만만하게 말했다.

에보니 모의 어두운 눈이 가늘어지면서 그 입술은 증오로 한껏 비틀렸다. "그럼 네 시체에서 가져가도록 하지." 크게 실망한 에보니 모는 스트레인지의 목을 잡아채더니 아래의 도로로 집어 던져버렸다. 땅바닥에 부딪힌 스트레인지는 안전하게 몸을 굴려 다시 무릎을 꿇고 일어났다. 그 얼굴은 완전히 집중한 표정이었다. 스트레인지는 재빨리 자신의 팔을 교차하고는 양옆으로 떨치며 아가모토의 눈을 작동시켰다. 아가모토의 눈이 열리면서 그 안에서 빛나고 있던 타임 스톤의 모습이 나타났고, 그 녹색 광채가 마법사의 손목을 감싸며 원형의 마법진이 그려졌다. 하지만 스트레인지가 미처 그 힘을 발휘하기도 전에 발밑의 도로가 요동치더니 쇠파이프와 철근 수십 가닥이 땅을 뚫고 뻗어 나와 닥터 스트레인지의 온몸을 속박해버렸다. 쇠파이프 하나가 스트레인지의 목을 조르기 시작하자 아가모토의 눈도 다시 닫혀버렸다. 금속의 구속이 자신의 몸을 점점 죄어오면서 스트레인지의 입에서도 고통에 찬 신음이 흘러나왔다.

단단히 속박된 스트레인지는 발버둥을 치며 모를 바라보았다. "망자의 주문을 풀 수 있을 거라 생각하나?" 그는 꿋꿋하게 말했지만, 도저히 숨을 쉴 수 없는 상황에서 뱉은 말이었기에 나약하고 무력하게 들릴 수밖에 없었다. 모는 음험한 미소를 지었다.

"차라리 죽고 싶어질 거다." 모가 주먹을 단단히 쥐자 스트레인지를 묶고 있던 강철의 속박도 더더욱 죄어들면서 마법사를 완전히 제압했다. 의식을 잃은 채 땅에 쓰러진 스트레인지는 이제 모의 손아귀에 완전히 떨어지고 말았다. 모는 자신의 염력을 사용해 스트레인지가 쓰러져 있던 시멘트 바닥을 모조리 퍼 올려 허공에 띄웠다. 그런 다음 이제 스트레인지를 싣고 있는 시멘트 덩어리가 자신을 따라오도록 만들었다. 드디어 자신의 임무를 완수했다고 생각한 모는 마음을 놓았다. 바로 그때, 스트레인지가 걸치고 있던 레비테이션 망토가 혼자 꿈틀거리더니 자신의 주인을 감싼 채 온몸을 죄고 있던 강철의 구속으로부터 마법사를 쏙 빼내버렸다.

"안 돼!" 모는 자신의 먹잇감이 눈앞에서 달아나 저 멀리 워싱턴 스퀘어 공원을 향해 날아가는 것을 보고 격분했다.

공원에서는 아이언맨이 자신의 나노 슈트로부터 만들어낸 방패로 컬 옵시디언이 연신 날려대는 공격을 막아내고 있었다. 그러다 거의 의식을 잃은 상태의 닥터 스트레인지가 망토에 감싸인 채 공중을 날아가는 모습을 봤다.

"꼬맹아!" 토니는 전혀 지친 것 같아 보이지 않는 컬 옵시디언과 계속 드잡이질을 하면서도 스트레인지 쪽을 가리켰다. "저게 그 마법사야! 쫓아가!" 그는 기진맥진한 목소리로 외쳤다.

고개를 돌린 피터는 자신의 눈에 들어온 광경에 입을 떡 벌렸다. 자기가 이 슈퍼 히어로 업계에서는 신참이긴 하지만 그래도 어벤져스와 함께, 그래도 어벤져스를 상대로 싸우면서 나름 산전수전 다 겪었다고 생각했던 몸이었다. 하지만 그런 생각은 완전히 틀렸다. 처음에는 외계인과 외계 우주선이 나타나더니 이제는 마법의 망토가 마법사를 태운 채 워싱턴 스퀘어 공원을 가로질러 날아가고 있었다. 피터는 마치 대물을 낚는 낚시꾼처럼 날아가던 망토에 거미줄을 쏘았다.

"바로 가요!" 피터는 대답했다. 하지만 레비테이션 망토의 생각은 다른 것 같았다. 이 망토에게 가장 중요한 임무는 스트레인지를 자신의 뒤를 부리나케 추격하고 있는 에보니 모로부터 최대한 멀리 떨어뜨려놓는 것이었다. 그래서 망토와 스트레인지가 에보니 모를 피해 달아나는 동안 스파이더맨이 이 추격전을 다시 뒤쫓아가는 진풍경이 펼쳐졌다. 자신도 누군가에게 쫓기고 있다는 사실을 깨달은 에보니 모는 이 추격자를 떼어놓기 위해 눈에 보이는 물건들을 모조리 뒤로 날리기 시작했다. 스파이더맨은 장애물들을 요리조리 피해냈으나, 모가 오만한 손짓 한 번으로 날려보낸 광고판은 아슬아슬하게 피하지 못하고 말았다.

"반칙이야!" 피터는 임무가 두 배로 힘들어지자 큰 소리로 투덜거렸다.

레비테이션 망토는 스트레인지를 안전한 곳으로 빠르게 대피시키려 했으나 모가 그 앞에 늘어선 가로등들을 무더기로 구부려서 진로를 막아버렸다. 그런 가로등 중 하나가 망토 자락에 걸리는 바람에, 망토는 아직도 축 늘어져 있던 스트레인지를 떨어뜨렸다. 이제 스트레인지는 모의 손아귀에 꼼짝없이 들어가게 될 판이었다. 다행히 모가 스트레인지와 타임 스톤을 잡아채기 직전, 스파이더맨이 웹 슈터의 거미줄을 사용해 마법사를 낚아챌 수 있었다.

"잡았다." 스파이더맨은 의식을 잃은 상태의 마법사에게 말했다. 스트레인지를 단단히 붙든 스파이더맨은 다시 도시를 가로질러서 아이언맨에게 돌아가려 했다.

그때 갑자기 상황이 바뀌었다. 머리 위에 있던 에보니 모의 우주선에서 웬 푸른빛 기둥이 내려오더니 닥터 스트레인지를 단단히 붙들어버린 것이다. 두 사람은 주변의 잔해나 먼지들과 함께 천천히 끌려 올라가기 시작했다. 피터는 그 빛기둥을 보자마자 SF 영화에서 우주선이 희생자들을 납치해가는 장면을 떠올렸다.

"기다려!" 스파이더맨이 외쳤다. 주변을 둘러본 스파이더맨의 눈에 근처에 있던 가로등이 들어왔다. 그는 가로등에 거미줄을 쏘아 단단히 붙잡고 버티려 했다. 레비테이션 망토 역시 자기 주인이 빛기둥에 맥없이 갇힌 채 뉴욕 시 상공으로 점점 더 높이 올라가는 것을 곁에서 지켜보며 안절부절 못하고 있었다. 하지만 모가 대수롭지 않은 듯한 손짓으로 스파이더맨이 붙잡고 있던 가로등까지 땅에서 뽑아버리자 스파이더맨은 스트레인지나 레비테이션 망토와 함께 저 위쪽의 우주선으로 꼼짝없이 딸려 올라가는 신세가 되어버렸다.

스파이더맨은 마스크에 내장된 통신기로 말했다. "어, 스타크 씨, 저 지금 우주선으로 끌려 올라가고 있어요."

공원에서는 아이언맨이 여전히 컬 옵시디언의 계속되는 공격에 맞서고 있었다. "버텨, 꼬마!" 그는 신음을 뱉었다.

하지만 현재 상황에서 그런 충고는 아이언맨 본인에게 더 어울리는 꼴이었다. 씁쓸하게도 완전히 지고 있었으니 말이다. 스파이더맨을 잃었고 스트레인지와 타임 스톤도 잃었는데, 자기 자신은 지금 땅에 완전히 붙박힌 채 초중량급 외계인과 육박전을 벌이며 애를 먹고 있었으니. 그것도 자신보다 모든 면에서 더 강력한 놈을 상대로 말이다. 그래, 자신은 적들의 주의를 끄는 역할이었지만 그게 계획대로 흘러가지는 않았다. 오히려 에보니 모가 컬 옵시디언으로 아이언맨의 주의를 끈 다음 스트레인지와 타임 스톤을 직접 손에 넣으려 했고, 방금 전에 성공해버렸다.

자기가 닥터 스트레인지에게 그냥 타임 스톤을 떼어놓으라고 했던 말이 머릿속에서 맴돌며 스스로를 조롱하고 있었다. 브루스 역시 이번 적수는 자신이 지금껏 맞서본 그 어떤 상대와도 다를 거라고, 타노스는 다를 거라고 경고했었다. 대체 왜 그 말을 듣지 않았던 걸까?

컬 옵시디언의 무장 중 일부가 아이언맨의 슈트를 단단히 감싼 다음 토니를 감전시켜서 완전히 제압해버리고 말았다. 토니는 이 족쇄를 풀기 위해 몸부림쳤지만 그의 눈에는 자신의 몸에서 거대한 금속 검을 뽑아내는 컬 옵시디언의 모습이 들어왔다. 경사 났군. 토니는 상대가 자신 쪽으로 돌진해오는 동안 재빨리 머리를 굴려 탈출 계획, 정교한 모략 그리고 가능한 모든 시나리오를 짜냈다. 하지만 결국 할 수 있는 것이라곤 그저 적의 공격을 피해 땅바닥을 구르는 것뿐이었다. 그때 허공에서 웬 포탈이 나타나 자신에게 달려오던 거인을 감싸버리자, 토니는 크게 놀랐다.

포탈 반대쪽에는 얼어붙은 동토의 풍경이 보였고, 막 닫히던 포탈에 끼어버린 컬의 한쪽 손은 깔끔하게 잘리고 말았다.

"우와." 브루스는 자신에게 굴러오는 컬의 손을 보고 말했다. 그는 역겨워하며 손을 멀리 걷어차버렸다.

브루스와 토니는 고개를 돌려 황금빛 에너지에 감싸인 채 추방의 주문을 마무리하는 웡을 바라보았다. 토니는 다시 생기를 되찾고 하늘로 도약했다. 아직 만회할 수 있었다. 아직 이길 수 있었다. 아직 진 게 아니었다.

"웡, 우리 결혼식에 초대할게." 토니는 마법사에게 한마디 던지고는 자신이 놓친 모든 것을 향해 전속력으로 날아갔다.

스파이더맨과 닥터 스트레인지는 이제 막 이륙하려는 우주선을 여전히 따라가고 있었다. 토니는 조용히 욕설을 내뱉었다. 분명 에보니 모가 저 우주선을 타고 타노스한테 가서 닥터 스트레인지와 타임 스톤을 바칠 테지. 그때 토니는 모의 우주선에 끌려가는 사람이 또 하나 있으며, 우주까지 나간다면 오래 버티지 못하고 곧 사망할 것이란 사실을 깨닫고는 가슴이 덜컥 내려앉았다.

토니가 빠르게 대처하지 못한다면 피터 파커는 죽을 거고, 그 죽음은 다 자신의 잘못이 될 것이었다.

PART 2

114

109

108

CHAPTER 4

아이언맨은 헬멧의 망원 시야를 통해 피터 파커가 자신의 거미줄을 타고 올라가 우주선에 매달린 모습을 보았다. 재빨리 계산해본 토니는 우주선이 대기권을 돌파해서 피터가 질식사 할 때까지 정확히 8.6초 남았다는 사실을 알아냈다.

"나 좀 밀어줘, 프라이데이." 토니가 명령하자 슈트의 발 쪽에서 소형 로켓이 형성되었고, 곧 토니는 '쾅' 하는 소리를 내며 상공 저 높이 쏘아졌다.

토니는 당황하지 않기 위해 최대한 애쓰면서 외쳤다. "17-A 발사해."

프라이데이가 그 명령을 수행하자 수 킬로미터 바깥에 떨어져 있던 옛 어벤져스 기지의 17-A번 창고가 열렸다. 거기서 발사체 하나가 튀어나와 스파이더맨을 향해 초음속으로 날아갔다.

한편 피터는 춥고 탈진한 데다 숨 쉴 수 있는 공기까지 없어지는 바람에 정신이 점점 혼미해지고 있었다. 귓속은 온통 윙윙 울리고 있었기 때문에 그다음에 들려온 아이언맨의 말을 듣고는 스타크 씨가 미쳤구나 싶었다.

"피트, 그냥 손 놔. 내가 잡아줄 테니까." 토니가 또렷하고 급한 목소리로 말했다.

"하지만 마법사를 구하라면서요!" 피터는 점점 옅어져가는 대기권 너머로 소리쳤다. 말하기도 힘들었다. 공황 상태에 빠진 채 절박해진 피터는 마스크를 벗어버렸다. "숨을 쉴 수가 없어요." 그는 여전히 한 손으로 우주선을 붙든 채 헐떡거렸다.

"너무 높이 올라와서 질식한 거야." 토니는 더 속도를 내서 피터에게 접근하며 말했다. 두려워하던 상황이 실제로 일어나기 직전이었지만, 그는 여전히 논리적이고 이성적인 태도로 일관하고 있었다. 이건 어디까지나 피터를 진정시키기 위한 토니만의 비법이었고 사실은 그 자신도 정말 무섭고 걱정된다는 말을 하고 싶었다. 그리고 토니는 아무리 생각해봐도 자신이 이렇게 무섭고 걱정되는 이유가 이 녀석을 정말 아끼고, 또 녀석에게 책임감을 느끼기 때문이란 점을 깨달았다. 이런 감정을 전달하는 것이, 사람이 적절한 장비도 없이 이렇게 높은 고도를 날다 보면 어떤 일이 생기는지 과학적인 사실에 입각해서 설명하는 것보다 훨씬 힘든 법이다.

"네, 그거 말 되네요." 피터가 이렇게 말하자 토니는 가슴이 아팠다. 피터 파커는 우주선 바깥에 매달린 채 우주를 향해 끌려가며 곧 죽음을 눈앞에 둔 상황에서도 평소처럼 열린 마음으로 사람을 믿으려 하고 있었다.

피터는 그 마지막 말을 입 밖으로 내놓자마자 우주선으로부터 떨어져 지구의 대기권을 향해 추락하기 시작했다. 토니는 피터를 잡아주기에 너무 멀리 떨어져 있었지만 때마침 17-A 발사체가 시간 맞춰 도착했다. 이 물체는 피터의 등에 들러붙은 채 금속질의 슈트로 변하기 시작했다. 그것도 꼭 새로운 버전의 스파이더맨 슈트처럼 보였다.

토니가 스파이더맨을 위해 개발한 신형 슈트였다.

피터를 완전히 감싼 슈트에는 마스크도 포함되어 있었다. 스파이더맨은 원형의 우주선 표면을 통통 튕기더니… 마치 자석처럼 들러붙었다. 거미처럼 들러붙었다는 쪽이 더 정확하겠다고 피터는 생각했다. 슈트 내부 시스템에서 생성된 산소가 피터의 폐에 공급되면서 피터도 다시 의식을 되찾았다.

"우와! 스타크 씨, 꼭 새로 뽑은 차 냄새가 나요!"

신형 아이언 스파이더 슈트를 입고 우주선의 고리형 선체 위에 우뚝 선 피터의 모습을 보자 토니의 얼굴에 안도의 미소가 떠올랐다. 이제 워싱턴 스퀘어 파크에서 피터를 처음 만났을 때 진작 했어야 할 일을 해치워야 했다.

"잘 가라, 꼬마. 프라이데이, 녀석을 집으로 보내." 토니는 말했다.

"넵." 프라이데이도 대답했다. 피터가 토니에게 그게 무슨 뜻이냐고 물어보기도 전에 등에 달려 있던 낙하산이 활짝 펴졌다. 이제 대기권에 돌입하면서 불타버리지 않고도 안전하게 낙하할 수 있을 터였다. 그렇게 피터는 우주선에서 떨어져 나갔다.

"아 진짜!" 스파이더맨은 튕겨져 나가면서 소리쳤다. 이제 우주선에서 피터를 떼어놓았으니 타노스를 비롯한 각종 위험들로부터 안전할 테고, 토니가 더 이상 이 녀석에게 복잡한 감정을 품고 지나치게 신경을 쓰느라 당장 직면한 문제를 해결하는 데 방해를 받을 일도 없어졌다.

스파이더맨을 안전하게 지구로 보내버린 아이언맨은 우주선에 들러붙은 채 슈트의 손에서 레이저를 쏘아 선체에 구멍을 뚫기 시작했다. 그렇게 우주선의 표면을 한 꺼풀 벗겨낸 토니는 구멍으로 들어갔다.

"보스, 포츠 양의 전화예요." 토니가 에보니 모의 우주선에 탑승하자마자 프라이데이가 알렸다. 토니는 페퍼의 걱정 어린 목소리를 듣고 안색이 어두워졌다.

"토니? 이런 세상에, 괜찮아? 어떻게 된 거야?"

토니의 주변에는 지금껏 한 번도 본 적이 없었던 풍경이 펼쳐져 있었다. 하지만 그러면서도 괴상할 정도로 익숙했다. 다 타노스와 관련된 것이었으니까. 토니는 버튼 하나를 눌러 슈트의 발소리를 방음한 다음 자신이 들어온 우주선을 조용히 살펴보기

시작했다.

"그래, 난 괜찮아. 그냥, 음, 오늘 8시 반에 먹기로 했던 저녁 약속은 좀 미뤄야겠어."

"왜?" 페퍼의 목소리는 다급하고 겁에 질려 있었다. 토니는 침착한 마음을 유지하기 위해, 또 방금 전까지만 하더라도 피터 파커를 잃을까봐 두려움에 떨었던 걸 드러내지 않기 위해 전력을 다해야 했다.

"그냥 당분간은 내가 돌아가기가 힘들 것 같아." 토니의 헬멧을 구성하고 있던 나노 입자들이 사라지면서 페퍼의 대답을 걱정스레 기다리는 토니의 표정이 드러났다. 그는 계속해서 우주선 안으로 들어갔다.

"그 우주선에 탄 게 아니라고 말해줘."

토니는 고통스러운 한숨을 내쉬었다. 이렇게 바로 들켜버리다니. 페퍼는 자신을 너무 잘 알았다. 그리고 페퍼가 자신에게 던진 질문은 이미 두 사람 모두가 대답을 알고 있는 것이었다. 이 우주선에 타지 않았다면 토니의 성을 갈아야 했을 거다.

"탔어." 토니는 간신히 대답을 토해냈다. 이처럼 간단한 단어 한마디로 자신이 그토록 사랑하는 사람의 마음을 아프게 할 수 있다는 사실이 싫었다.

"세상에, 안 돼. 제발 그 우주선에 탄 게 아니라고 말해줘." 두 사람의 말은 다시 한번 화음처럼 서로 이어지고, 또 얽히고 있었다. 지금 이 순간에도 두 사람은 서로가 무슨 말을 할지 다 알고 있었으며 서로가 할 말을 먼저 끝내버리고 있었다.

"자기, 미안해. 내가 미안해. 무슨 말을 해야 할지 모르겠네, 내가 —." 토니는 페퍼의 고통을 덜어주고 싶었지만, 그럴 수 있는 방법은 이 우주선을 떠나 뉴욕으로 돌아가는 것뿐이란 사실도 알고 있었다. 그렇게는 할 수 없었다. 그렇게는 하지 않을 것이었다.

"돌아와, 토니. 제발. 당장 돌아와줘."

"페—."

"돌아와." 토니는 얼어붙은 채 페퍼의 말을 듣고 있었다.

"보스, 통화 연결이 끊어지고 있어요. 제 연결도 마찬가지예요." 프라이데이의 목소리가 들리더니 통화가 끊겨버렸다. 이제 페퍼는 없었다. 그리고 토니는 페퍼가 자신의 빈자리를 보며 슬퍼할 것이란 걸 알았다. 자신이 돌아가서 그녀에게 다시 말을 걸 때까지… 그녀를 다시 볼 때까지 말이다. 즉 토니는 자신에게 주어진 사명을 반드시 끝내야 한다는 것, 그것도 아주 빨리 끝내야 한다는 뜻이기도 했다.

아이언맨은 알지 못했지만, 세상의 모든 나쁜 일을 막겠다는 피터 파커의 사명감을 겨우 낙하산 한 장으로 꺾을 수는 없었다. 프라이데이가 전개한 낙하산을 떼어버린 스파이더맨은 우주선에 붙인 거미줄을 붙잡고 선체를 차근차근 타고 오르고 있었다.

"이런 세상에." 스파이더맨은 비상구를 통해 우주선 안으로 들어간 다음 숨을 헐떡거렸다. "그냥 버스에 있을걸." 피터는 발아래 멀리 보이는 지구를 바라보며 툴툴거렸다. 비상구가 닫혔다.

조종 장치 앞에 선 에보니 모는 목적지의 좌표를 입력한 후 미소를 지었다. 그는 자신의 아버지가 분명 기뻐할 것을 알고는 몸을 돌렸다. 저 마법사를 타이탄 앞에 대령한다면 타노스는 타임 스톤을 손에 넣을 수 있을 것이었다.

빛이 한 번 번쩍 하더니 우주선의 둥근 선체는 초공간에 진입하여 우주 저 너머로 사라져버렸다.

몇 킬로미터 아래의 맨해튼 거리에는 브루스 배너와 웡이 각종 잔해들 사이에 서 있었다. 이들은 궤도상에 있던 우주선이 사라져버리는 걸 무력하게 지켜볼 수밖에 없었다. 무거운 한숨을 쉰 웡은 생텀 생토럼으로 향하는 포탈을 열고 들어가, 박살이 나버린 계단참을 올라가기 시작했다.

"어디 가?" 브루스가 물었다.

"타임 스톤을 빼앗겼잖아." 웡은 한숨을 쉬었다. "생텀을 지켜야 해." 웡의 목소리에서는 무거운 책임감이 느껴졌다. 브루스는 그 목소리에서 슬픔이 묻어 나오는 것도 알아차렸다. "이제 어쩔 건데?" 웡이 물었다.

브루스가 막 대답을 하려던 찰나, 잔해들 사이에 파묻혀 있던 뭔가가 그의 눈길을 사로잡았다. 바로 토니의 휴대폰이었다. 그가 휴대폰을 열자 마치 기적처럼 전원이 들어왔다. 그 전화에 저장된 유일한 연락처는 스티브 로저스의 것뿐이었다.

브루스는 전화기를 귀에 가져다 댄 채 웡을 바라보며, 거의 몇 년 만에 처음으로 눈가에 희망의 빛을 띄웠다.

"전화 한 통화 해보게."

CHAPTER 5

102

지구 몇 광년 바깥에서는 주황색과 은색의 배색이 멋들어진 우주선이 우주를 날고 있었다. 조종실에서는 1970~1980년대에 지구에서 히트를 쳤던 명곡들이 울려 퍼지고 있었으며, 그 분위기에 심취한 승무원들 역시 다 함께 노래를 따라 부르고 있었다.

가디언즈 오브 갤럭시의 우주선이었다.

물론 그 승무원들도 가디언즈 오브 갤럭시였다.

이런 승무원들은 우주 그 어떤 곳에서도 찾을 수 없을 것이다. 우주 해적의 손에 자란 인간 혼혈 전과자 스타 로드, 타노스가 키워낸 녹색 생체 병기 가모라, 머리에 더듬이가 돋아난 순진한 외계인 맨티스, 온몸에 문신과 근육을 두르고 언제나 사실만을 말하는 드랙스, 한창 반항할 사춘기를 보내고 있는 묘목 그루트

그리고 유전자 조작을 받은 너구리이자 입이 걸걸한 로켓까지, 이들은 모두 우주를 구하고 겸사겸사 전리품도 좀 챙기겠다는 일념으로 한데 뭉친 일당이었다.

"우리가 이 짓을 왜 하고 있는 거야?" 로켓이 하품을 하면서 현재의 임무에 대해 물었다.

음악에 맞춰 고개를 까닥거리던 가모라는 우주선의 부조종석을 돌아보았다. "구조 신호가 들어왔잖아, 로켓." 가모라는 설명했다. "누군가 죽어가고 있을지도 몰라."

로켓이 눈을 굴렸다. "그건 알지, 그런데 우리가 이 짓을 왜 하고 있냐고?"

피터 퀼은 가모라를 바라보았다. 피터는 자신의 양심이 시험을 받는 순간마다 언제나 가모라를 바라보았다. 이는 가모라의 윤리관이 완벽한 도덕 교육을 통해서 만들어지기는커녕, 그녀의 양아버지인 타노스에 의해 공포와 파괴 그리고 살육을 흩뿌리고 다니던 생체 병기로서의 인생을 거치며 형성된 것이기 때문이었다. 가모라가 지금껏 사람이 상상할 수 있는 가장 어두운 광경들을 두 눈으로 보았지만, 그러면서도 일말의 인간성을 지킬 수 있었다는 것은 그 피터 퀼조차도 경의를 표할 만큼 기적적인 사실이었다.

가모라와 피터는(아마 두 사람 모두 부인하겠지만) 서로 낭만적인 감정도 느끼고 있기는 했으나, 그 감정은 단순한 연애 감정을 초월해 있었다. 그보다는 자신이 상실한 내면의 조각을 서로에게서 찾아낸 쪽에 더 가까웠다. 둘 다 불완전한 사람들이었고 감추고 싶은 치부도 있었지만, 그렇기에 서로의 굴곡에 꼭 맞는 모양의 조각들이 되어 서로의 마음속에 비어버린 공백을 완벽하게 채워줄 수 있었다.

그들은 서로에게서 마침내 자신이 있을 곳을 찾았던 것이다.

그래도 피터는 가끔 윤리적인 선을 조금씩 넘나드는 편이었다. 가모라가 이해해주겠지, 하는 생각을 하면서 말이다… 물론 가모라는 이해해주지 않았다.

"우리가 착한 편이니까 그렇지." 피터가 힘 있고 명확한 목소리로 말했다. 그는 자신이 착한 마음씨를 먹고 새 출발을 했다고 생각할 때마다 굉장히 뿌듯하고 자랑스러워했다. 하지만 로켓은 그 가식에 전혀 휘둘리지 않은 채 눈을 다시 한번 굴렸다. 피터가 착한 사람 흉내를 낸다니 믿어질 리가 없었다. "그리고 어쩌면 누군가 우리의 선행에 대한 보답을 베풀어줄지도 모르지."

"그게 중요한 건 아니잖아." 가모라는 피터를 돌아보지도 않은 채 일깨워주었다.

"그게 중요한 건 아니고." 피터가 복창했다. 누가 듣더라도 그게 중요한 게 아니다, 난 정말 그렇게 생각했다는 걸 강조하고 싶어하듯이 한껏 무게를 잡은 목소리였다. 그런 다음 피터는 조금 목소리를 낮춘 채 말을 이었다. "그러니까, 정 보답을 해주지 않는다면 말이야…"

"그럼 놈들의 우주선을 빼앗지." 드랙스가 실로 중후하고 사무적인 목소리로 말했다. 가모라가 드랙스를 쏘아보았다.

"정확해." 로켓도 말했다.

"그-그-그-그렇지!" 피터도 동감이었다.

"좋아!" 가모라는 격분한 눈으로 퀼을 바라보았다. 퀼은 다들 그냥 농담으로 하는 소리지 정말로 누군가의 우주선을 빼앗지는 않을 거란 신호처럼 손을 흔들어 보였다.

두 사람 사이에 무언의 소통이 이루어진 것은 겨우 몇 초에 불과했지만, 이렇게 서로가 침묵한 채로도 대화할 수 있게 된 것은 지난 몇 년에 걸쳐 서로 애정을 쌓아온 덕분이었다. 그리고 두 사람은 이제 완전히 새로운 관계의 영역에 들어서는 중이었다. 가모라와 퀼은 지금껏 살아오면서 사랑과 애정을 가장한 폭력과 학대에 시달리며 마음의 상처와 실망감을 안고 괴로워하다가, 이제야 누군가 신뢰할 수 있는 사람, 아프지 않은 사랑을 주는 사람을 만나게 된 것이다.

"이제 도착해요." 맨티스가 말했다. 그녀의 칠흑같이 새까만 눈이 커졌다.

"좋아, 다들 이번 임무는 위험할 수 있다는 점 잊지 말라고. 아주 무서운 표정을 짓고 가는 거야." 퀼이 말했다.

퀼의 뒤에 앉아 있던 맨티스는 마치 포효하는 야수 흉내라도 내듯 이빨을 하얗게 드러냈지만 딱히 무섭다거나 위협적이지는 않고 오히려 귀여운 표정이 되어버렸다. 우주선의 조종실에 정적이 흐르는 가운데 게임기에서 흘러나오는 전자 신호음이 울려 퍼졌다. 다들 그루트 쪽으로 눈을 돌렸다. 그루트는 에고와의 결전을 치렀던 이후 이제 사춘기 청소년만 한 덩치로 자라 있었다. 물론 성질머리 역시 사춘기 청소년과 똑같았다. 그루트는 다리라고 불러야 할 나무줄기를 의자의 팔걸이에 걸친 채 쥐고 있는 휴대용 게임기에 온 신경을 집중하고 있었다.

쿼럴은 각오를 단단히 했다. 곧 익숙한 언쟁이 펼쳐질 찰나였다. "그루트, 손에 든 거 치워라. 다시 말 안 할 거야." 하지만 그루트는 쿼럴이 무슨 말을 했냐는 듯이 깔끔히 무시하며 게임에만 몰두하고 있었다. 삑삑거리는 게임의 효과음이 우주선 안을 가득 채웠다. "그루트." 쿼럴의 목소리가 좀 더 심각해졌다.

그루트는 눈길도 들지 않고 얼굴을 찡그린 채 툴툴거렸다. "나는 그루트다." 승무원 전원이 엄청난 충격을 받았다.

"우와!" 쿼럴이 외쳤다!

"인마! 나쁜 말 쓰지 마!" 로켓이 꾸중했다.

"이 녀석!" 가모라가 경고했다.

"세상에." 드랙스가 말했다. 그루트는 이런 반응들을 비웃어준 다음 다시 게임으로 관심을 돌렸다.

"이 녀석 요새 성깔 좀 부리네." 쿼럴은 반항적인 모습을 보이는 그루트를 더 자세히 보려고 몸을 뒤로 길게 기댄 채 말했다.

"너 요새 머리에 수액 좀 차더니 완전 버릇이 없어졌다?" 로켓이 점점 분이 차오른다는 듯이 말했다. 그는 의자에서 몸을 일으켜 그루트 쪽을 돌아보더니 그 버르장머리 없는 녀석을 향해 앞발을 들이댔다. "어디 자꾸 그 따위로 행동해봐. 게임기를 박살내버릴 테다." 로켓이 위협했다.

이렇게 벌어지던 언쟁은 맨티스가 작게 헉, 하고 놀라는 바람에 뚝 끊겨버렸다. 그녀는 조종실 창문 바깥을 가리키며 말했다. "무슨 일이 일어난 걸까요?"

창밖을 바라본 모두의 눈앞에 스테이츠맨호가 참혹하게 파괴된 현장이 펼쳐졌다. 우주선의 잔해, 찌그러진 고철, 생기 잃은 시신들…. 이 모든 것들이 깊은 우주 속을 떠다니고 있었다. 홀로 잊힌 채 아무도 찾지 않을 꼴이었다.

"이런 세상에." 퀼은 공포에 질려 중얼거렸다. 승무원들은 모두 숨죽인 채 아무 말도 하지 못하고 있었다.

그러다가….

"보수를 받기는 글렀구면." 로켓이 입을 열고는 우주선을 돌리려 했다.

쾅! 뭔가가, 아니면 누군가가 조종실의 유리창에 부딪혔다. 그 남성은 유리창에 들러붙은 채 쭈욱 미끄러졌다. 조종실에 있던 가디언즈 오브 갤럭시 대원들은 침착을 유지하려 했지만 결국 실패했다.

"우왁!" 가모라와 드랙스가 동시에 외쳤다.

"우웩! 와이퍼, 와이퍼 켜! 걷어내버려!" 로켓도 외쳤다.

"우우와!" 맨티스는 그 광경을 보고 꽥 소리쳤다.

퀼은 묘하게 침착한 태도로 몸을 앞으로 숙여 그 남성을 자세히 살펴보았다. 그러다 남자가 온전한 한쪽 눈을 번쩍 뜨자 소스

라치게 놀라고 말았다.

"이 녀석은 대체 어떻게 살아 있는 거야?"

퀼이 질문을 던졌다. 간신히 숨만 붙은 채 우주선의 휴게실 탁자 위에 누운 아스가르드인을 바라보는 동료들의 심정을 대변하는 말이었다. 그자를 우주선 안으로 데려오는 데만 네 명이 나서야 했고, 탁자 위로 올려서 눕히는 데는 전원이 들러붙어야 했다.

"이자는 녀석이 아냐." 드랙스가 엄숙하게 말했다. 그는 우선 퀼을 가리키며 "녀석은 널 말하는 거고"라고 한 뒤 다시 토르에게 주의를 돌리며 말을 이었다. "이자는 사나이다. 잘생긴 근육질의 사나이지."

"나도 근육질인데." 퀼이 분한 듯이 말했다.

"장난 치냐, 퀼? 넌 지금 몸통 앞뒤로 지방밖에 없어." 로켓이 평소처럼 재치 있게 말했다.

"그래, 그렇겠지." 퀼은 로켓의 말을 대충 농담으로 넘기려 했다.

"사실이야, 퀼." 드랙스가 평소처럼 사실만을 엄숙하게 적시하는 말투로 말하자 퀼은 분개했다. "너 살쪘어."

"뭐?" 퀼은 화를 냈다. 드랙스는 퀼의 공포에 찬 눈길을 받으며 그의 뺨과 배 부분을 가리켰다. 퀼은 누가 뭐래도 자신에게 사실만을 말해줄 거라고 믿는 단 한 사람에게 돌아섰다.

"가모라, 네가 보기엔 내가 …." 가모라는 퀼을 마주볼 수가 없었다. 그녀가 시선을 회피한다는 것만으로도 퀼에게는 충분한 대답이었다. 그가 입을 멍하니 벌린 채 서 있는 동안 맨티스는 토르의 머리 양옆에 두 손을 가져다 댔다. 그녀는 손이 머리에 닿는 순간 몸을 휘청거렸지만 여전히 손을 떼지는 않았다.

"불안해하고… 또 분노에 차 있어요…." 맨티스는 토르의 정신 속 깊숙이 들어가면서 토르의 무의식 속에 잠재된 감정들에 젖어들었고, 두 눈도 점점 커지고 있었다. "크나큰 상실감과 죄책감을 느끼고 있네요."

아직도 남성의 몸을 살펴보던 드랙스는 크게 감탄했다. "꼭 해적과 천사 사이에서 나온 자식 같군."

"와, 그 말 들으니 정신이 확 드네. 좋아, 이제 진짜 운동한다. 진짜 할 거야. 아령도 들고 그럴 거라고." 퀼이 다짐했다.

"아령은 못 먹는 거 알지?" 로켓이 놀리는 동안 가모라는 사내의 왼쪽 팔을 잡고 근육을 살펴보며 순수하게 감탄했다.

"이 근육은 꼭 코타티 금속 섬유로 만들어진 것 같아." 가모라가 말했다. 그 목소리에서는 찬탄이 뚝뚝 떨어졌다.

그것이 한계였다. 피터 퀼도 참을 만큼 참았다. "거 근육 좀 그만 주물러." 가모라는 '순순히' 토르의 팔을 놓았다. 퀼은 다시 맨티스에게 돌아섰다. "이 녀석 깨워."

맨티스는 몸을 앞으로 숙여 한마디 말을 속삭였다. "일어나요."

사내가 괴성을 지르며 탁자에서 벌떡 일어나자 소동이 벌어졌다. 가디언즈 오브 갤럭시는 일제히 무기를 집어 들었다. 하지만 사내도 아드레날린이 찾아들면서 제자리에서 휘청거리다가 우주선 내벽을 짚은 후에야 간신히 버티고 설 수 있었다.

사내는 숨을 헐떡이며 의심스러운 눈초리로 가디언즈 오브 갤럭시를 쏘아보았다. "당신들 누구야?"

가모라는 언젠가 이런 날이 올 줄 알고 있었다. 자신의 옛 삶에 쫓기는 신세라니.

"내가 아는 한, 타노스의 목표는 단 하나였어. 우주의 생명 절반을 쓸어서 균형을 맞추겠다는 거였지." 가모라는 입을 열었다. 그녀는 우주선의 창문 바깥을 바라보며 이야기를 하고 있었다. 비록 자기가 사랑하는 사람들이 자신의 과거에 대해 자세히 알고 있긴 하지만, 그 추악한 옛이야기를 털어놓는 와중에는 그들을 도저히 똑바로 바라볼 수가 없었다. "그래서 행성을 돌아다니며 사람들을 학살했지."

"내 동족들도 당했어." 드랙스가 말했다. 그 목소리는 과거의 고통에 묻혀 있었다.

가모라의 목소리가 더욱 침울해졌다. "그놈이 인피니티 스톤 여섯 개를 모조리 손에 넣는다면 이렇게 손가락 한 번만 튕겨도 생명 절반을 쓸어버릴 수 있게 돼." 그녀는 자신의 손가락을 딱, 튕기면서 강조했다.

"타노스에 대해 아주 자세히 알고 있는 것 같군." 자신이 토르

오딘슨이자 아스가르드의 왕이라 밝힌 사내가 말했다. 의혹에 찬 목소리였다.

"가모라는 타노스의 딸이다." 드랙스가 도와주겠답시고 말했다.

가모라의 정체를 알게 된 토르의 얼굴이 어두워졌다. 가모라는 고개를 떨궜다. 대체 언제쯤이면 이런 우주적 수치심으로부터 자유로워질 수 있을까? 언제쯤이면 타노스에게서 자유로워질 수 있을까? 그게 가능하기나 할까?

"네 애비가 내 동생을 죽였어." 토르가 으르렁거리며 일어나 가모라를 노려보았다.

"이런, 망했네." 로켓은 둘 사이에 끼어들어야 할지, 아니면 거리를 두어야 할지 갈팡질팡하며 말했다. 그는 결국 거리를 두는 쪽을 선택했다.

반면 퀼은 이 상황을 어떻게든 무마해보려 했다. "사실은 양아버지지." 이제 토르는 가모라부터 불과 30센티미터나 떨어질까 말까 한 거리에 서 있었으며 그 얼굴에 드러난 험악한 표정은 전혀 변화가 없었다. "그리고 너만큼이나 놈을 싫어해." 피터는 최대한 빠르게 말했다.

토르는 가모라 바로 앞에 와 섰다. 우주선은 정적에 휩싸였다. 가모라는 눈길을 들어 토르를 바라보면서 자신의 턱을 고집스레 치켜들었다. 그녀는 토르와 눈을 똑바로 맞춘 채 앞으로 다가올 공격에 대비했다.

토르는 자신의 손을 가모라의 어깨에 얹었다. "가족 문제란 복

97

잡하지." 가모라는 자신의 어깨에 올라온 토르의 손을 바라보았다. "우리 아버지께서는 돌아가시기 전에 내 배다른 누나가 헬에 유폐되어 있다고 하셨지. 그리고 누나는 고향으로 돌아와서 내 눈을 찔렀어." 토르는 가모라의 어깨를 강하게 움켜쥐었고, 퀼은 그 모습을 보며 크게 동요했다. "그래서 난 우리 누나를 죽여야 했지. 그래도 그런 게 인생 아니겠어? 그 왜, 돌고 도는 거… 난 네 고통을 이해해." 퀼은 가모라의 뒤쪽에서 걸어 나와 토르에게 다가섰다.

"나도 네 고통을 이해해." 퀼은 토르와 가모라 사이에 섰다. "그 왜, 이런 걸로 경쟁하자는 건 아닌데, 나도 꽤 많은 굴곡을 겪었거든." 가모라는 눈을 한 번 굴리고는 다른 곳으로 걸어가버렸다. 퀼의 유치한 질투심에 딱히 동참하고 싶지도 않았다. 토르가 가디언즈 오브 갤럭시가 준 죽을 요란하게 후룩거리며 먹는 동안 퀼은 장광설을 계속 이어나갔다. "우리 아버지가 우리 어머니를 죽이는 바람에 나도 아버지를 죽일 수밖에 없었지. 정말 힘든 일이었어. 아마 누나를 죽이는 것보다 훨씬 더 힘들었을 거야. 그러면서도 나는 두 눈 다 멀쩡하게 간수했지, 그 말인즉슨…."

토르는 갑자기 자기 손에 뭐가 들려 있는지 깨닫고는 밥그릇을 들어 올리며 퀼의 말을 끊었다. "난 숟가락이 아니라 망치가 필요해." 토르는 우주선의 격납고로 갔다. 그 안에는 토르의 필요에 완벽하게 부합하는 장거리 탈출선 한 대가 보관되어 있었다. 그는 조종석의 버튼들을 이것저것 눌러보기 시작했다. "이거 어떻게 열어? 네 자리 비밀번호 같은데… 누구 생일 같은 건가?"

"뭐 하는 거야?" 로켓이 물었다.

"너희 탈출선 가져가려고." 토르는 참 웃기는 질문도 다 듣는다는 듯이 대답했다.

"안 돼." 퀼이 토르에게 걸어가며 말했다. 그 목소리는 한껏 낮아진 채 위엄이 뚝뚝 떨어졌다. 억지로 권위를 내보려는 티도 나고, 또 아스가르드식 억양을 내보려고 한 티도 났다. "우리 탈출선은 못 가져가."

"어, 퀼. 너 지금 목소리 일부러 낮추는 거야?" 로켓이 물었다.

"아닌데."

"아니긴. 지금 저 신이라는 양반 따라 하고 있잖아. 되게 이상해."

"아니라고."

"또 그랬어요!" 맨티스가 놀랐다.

"이게 원래 내 목소리야." 퀼은 아무리 들어도 자기 목소리가 아닌 목소리로 말했다. 토르는 발소리를 쿵쿵 내며 퀼의 바로 앞에 와 섰다. 두 남자는 서로를 쏘아보았다.

"지금 나 따라 하나?" 토르는 물었다.

"지금 나 따라 하나?" 퀼도 지지 않고 토르를 따라 했다.

"그- 그만해. 또, 또 그런다."

"얘가 날 따라 하는 거야." 퀼이 자신의 동료들을 돌아보고 말했다.

"그만둬라." 토르가 낮게 으르렁거리며 말했다.

"작작 좀 해!" 가모라가 소리를 빽 질렀다. 다 큰 성인 남성들이 지금 상황의 심각성을 이해하지는 못할망정, 자기가 다그쳐야 한다는 사실이 믿기지가 않았다.

"얘가 먼저 했다." 토르가 말했다. 꼭 지금 상황은 자기 탓이 아니란 걸 가모라가 이해해주길 바란다는 말투였다.

"우린 타노스를 저지해야 해." 가모라가 분위기를 다시 돌렸다. 토르는 마지막으로 퀼을 바라본 다음, 다시 가모라 쪽으로 시선을 돌렸다. "놈의 다음 목적지를 알아내야 돼."

"노웨어야." 토르가 자신이 알고 있는 사실을 툭 던졌다. 노웨어는 우주의 깊은 심연에 위치한 곳으로 아는 사람이 거의 없는 장소였다. 가디언즈 오브 갤럭시도 몇 번 가본 적이 있었다.

"분명 어딘가 목적지가 있을 텐데요." 맨티스가 당연하다는 듯이 말했다.

"아니, 아니. 그러니까 노웨어가 그 목적지란 거야. 우리도 가봤는데 되게 구린 곳이었어." 퀼이 맨티스에게 말하는 동안 토르는 가디언즈 오브 갤럭시의 저장고를 뒤지기 시작했다. "저기 죄송한데, 그거 우리 식량이거든?" 퀼도 손님에게 죽 한 끼를 대접하는 정도는 괜찮았지만 그렇다고 우주선의 식량을 거덜내게 놔둘 수는 없었다.

"이젠 아냐." 토르는 퀼을 깔끔히 무시한 채 자신이 챙긴 짐을 확인하며 말했다.

"토르, 타노스가 왜 노웨어에 간다는 거야?" 가모라가 두려움이 묻어나는 목소리로 물었다.

"왜냐면 콜렉터라는 작자가 지금껏 몇 년 동안 리얼리티 스톤을 안전하게 보관하고 있었거든."

가디언즈 오브 갤럭시도 콜렉터는 알고 있었고, 이 정보를 듣자마자 심장이 덜컥 내려앉는 것 같았다.

"그게 콜렉터에게 있다면 전혀 안전하지 않아. 인피니티 스톤 같은 물건을 그 작자한테 주다니 바보나 저지를 만한 짓이야." 퀼은 점점 더 분개하며 말했다.

"아니면 천재적인 행동이던가." 토르가 말했다.

"다른 스톤을 찾으러 갈 거란 생각은 안 해봤어?" 가모라가 물었다. 심장이 점점 빠르게 뛰는 게 느껴졌다.

토르는 한숨을 푹 쉬고 돌아서서 가모라를 바라보았다.

"스톤이 총 여섯 개지. 타노스는 이미 지난주에 잔다르를 습격해서 파워 스톤을 손에 넣었어." 토르는 자신의 말이 가져올 여파를 전혀 짐작도 못한 채 말했다.

가모라, 그루트, 로켓, 드랙스, 그리고 퀼은 서로 눈빛을 주고받았다. 이들은 잔다르에서 서로를 만났으며 잔다르 정부의 친구 대접을 받고 있었다. 또한 애초에 파워 스톤을 잔다르의 유능한 사람들에게 넘긴 것도 바로 자신들이었다.

이게 우리 잘못일까?

토르는 심각하게 말을 이었다. "그리고 놈은 내게서 스페이스 스톤을 빼앗으면서 내 우주선을 부수고 백성들 중 절반을 학살했지." 토르의 목소리에서는 뭔가 굉장한 거리감이 느껴졌다. 아직도 자신의 상실감을 애도하고 받아들일 시간이 필요했던 것이다. 하지만 지금은 아니었다. 그는 버텨내야 했다. "타임 스톤과 마인드 스톤은 지구에 안전하게 있지. 어벤져스가 지키고 있으니까."

가디언즈 오브 갤럭시는 의문을 품었다. 퀼이 물었다. "어벤져스가 뭐야?"

"지구 최강의 영웅들이지." 토르는 누구나 그 이름을 들어봤을 거란 투로 가볍게 말했다. 그는 다음 여정을 준비하느라 너무 바빠서 가디언즈 오브 갤럭시 중 그 말을 이해한 사람은 한 명도 없단 걸 눈치 채지 못했다.

"케빈 베이컨처럼요?" 맨티스가 진지하게 물었다.

"뭐 새로 합류했을 수도 있지. 나도 잘 몰라. 요새 좀 떨어져 있었거든."

지금 이 우주선에서 케빈 베이컨이 정말 누구인지 아는 사람은 퀼 밖에 없었다. 퀼은 케빈 베이컨도 이 '어벤져스'의 일원일 수도 있다는 말에 머릿속이 좀 헷갈려져서 미간을 찌푸렸다.

토르는 말을 이었다. "그리고 소울 스톤은 아무도 본 적이 없지. 어디 있는지 아는 사람도 없어." 토르가 말하는 동안, 가모라는 시선을 땅바닥으로 떨궜다. 소울 스톤에 대한 이야기가 나오자 굉장히 불안해진 것이다. "그러니 타노스도 손에 넣을 수 없지. 그러니 노웨어로 갈 거라는 거야."

토르는 다들 자신의 간단한 논리를 잘 이해하고 있는지 둘러보았다. 허나 토르는 몰랐지만, 논리는 가디언즈 오브 갤럭시와 그

다지 친한 개념이 아니었다. "그러므로," 토르가 강조하며 한마디 덧붙였다. "리얼리티 스톤을 손에 넣으러 가고 있을 거야."

토르는 가모라를 쳐다보았다. 브리핑은 끝났다. "고맙다는 말은 됐어."

가모라는 피터 쪽으로 갔다. 머릿속에서는 이미 대충 계획이 세워졌다. "그럼 우린 당장 노웨어로 가야 해." 가모라가 주장했다. 그녀는 현재 상황에서 신속하게 움직이는 게 얼마나 중요한지 설명하려 했지만, 그때 말이 끊기고 말았다.

"아니, 우리가 가야 할 곳은 니다벨리르야." 토르가 주장했다. 그 말에 잠시 정적이 흘렀다.

"그건 지어낸 말이잖아." 드랙스가 지적했다.

"말은 다 지어내는 것 아니겠나." 토르는 현명하게 대꾸했다.

"니다벨리르가… 진짜라고? 농담하는 거 아냐?" 로켓은 토르 쪽으로 걸어갔다. 크게 치켜뜬 두 눈은 초점도 제대로 맞지 않았으며 입가에는 좀처럼 보기 힘든 진심 어린 미소가 귀까지 걸려 있었다. "거긴 전설이야. 우주 역사상 가장 강력하고 *끔찍했던* 무기들을 만들어낸 곳이잖아." 로켓의 목소리는 마치 어린 아이가 산타의 뒤틀린 작업장을 설명하는 듯한 어투였다. 니다벨리르가 실존한다는 사실을 알게 된 로켓은 꼭 자신의 오랜 꿈이 실현된 것이나 다름없이 느껴졌다. 그는 웃음을 터뜨렸다. 갑자기 로켓의 눈빛에 초점이 돌아오더니 토르 쪽으로 돌아섰다. "나도 정말 가고 싶어, 제발 같이 가면 안 돼?"

94

퀼은 로켓의 입에서 '제발'이란 단어가 나오는 걸 듣고 하마터면 사레가 들릴 뻔했다. 평소의 로켓이라면 총칼이 목에 들어와도 절대 입 밖에 꺼내지 않을 단어였다.

가모라는 고개를 흔들었다. 이건 헛고생이 분명했다.

토르는 로켓에게 허락한다는 듯한 눈길을 보낸 다음 나머지 대원들에게 자신의 감상을 전했다. "이 토끼의 말이 옳다. 그리고 너희들 중에서 제일 똑똑한 것 같군."

로켓은 한껏 거드름을 펴며 방금 들은 칭찬을 곱씹어봤지만 단어 하나가 마음에 걸렸다. "토끼라고?"

"내게 필요한 무기는 오직 드워프 에이트리만이 만들 수 있지." 토르는 방금 토끼라고 불리면서 혼란에 빠진 로켓의 모습은 싹 무시한 채 설명했다. 대신 그는 로켓 쪽으로 살짝 목례를 하면서 마치 동지애를 나타내듯 가슴팍에 주먹을 올린 채 말했다. "아무래도 네가 선장인 것 같군. 안 그래, 선장님?"

"거, 사람 참 눈썰미 좋아." 로켓이 자신 만만하게 거짓말을 했다.

"존경하는 리더여, 혹시 니다벨리르로 향한 여정에 함께하겠어?" 토르는 로켓을 내려다보며 말했다.

"선장님한테 물어보지 뭐. 아, 잠깐만. 내가 선장이네!" 로켓은 다시 양쪽 귀까지 쭉 찢어진 미소를 지었다.

토르도 마주 웃어주었다. "멋지군!" 아주 뜻밖의 여정이 막 시작되려던 찰나였다. 그러나···

"어, 하지만 선장은 나인데." 퀼은 항의하듯 한 손을 들고 우주선의 보조 탈출선으로 가려는 토르의 앞을 막아서려 했다.

"조용." 토르의 딱딱한 명령은 실로 직설적이고 묵직한 권위가 실려 있었기에 스타 로드마저도 잠깐 입을 닫을 수밖에 없었다. 그제야 퀼은 토르가 앞으로의 긴 여정에 대비하여 가방에 보급 품과 식량을 가득 채워 가져간단 걸 알아차렸다.

"저것도 내 배낭인데." 퀼은 힘없이 말했다.

"가서 앉아." 로켓이 명령했다.

"야, 이건 내 우주선이야. 너희가 멋대로 그걸 끌고, 그 어디냐…." 퀼은 토르가 가겠다고 했던 목적지의 이름을 떠올리느라 말꼬리를 흐렸다. 하지만 결국 기억해내지 못했다. "기다려." 토르는 퀼을 돌아보았다. 피터는 목을 흠흠, 풀면서 어깨도 활짝 펴고 키도 좀 크게 보이려고 애썼다. "지금 무슨 무기를 만든다는 소리야?"

그 대답은 아무도 예상치 못한 것이었다.

"타노스를 죽일 만한 무기지." 토르가 이렇게 대답하자 휴게실에 있던 모두는 그런 무기라면 대체 얼마나 강력할지 잠시 곰곰이 생각에 빠졌다.

가장 먼저 정신을 차린 퀼이 말했다. "그런 무기라면 우리 모두가 하나씩 갖고 있어야 하지 않을까?"

토르가 반박했다. "아니. 너희는 그런 무기를 사용할 만한 힘을 갖추고 있지 못해. 아마 육체는 무너지고 정신은 미쳐버릴 거다."

"그 말을 들으니 더더욱 써보고 싶어지는데, 내가 비정상인 건가?" 로켓이 물었다.

"음, 아주 조금은 그런 것 같군." 토르가 대답했다. 갑자기 이 토끼를 데려가도 될지 살짝 의문이 들었다.

드워프니, 토끼니, 타노스를 죽일 무기니 하는 말에 신물이 난 가모라는 앞으로 걸어 나와 이성적인 목소리를 높였다. "지금 노웨어로 가서 타노스가 또 다른 스톤을 손에 넣는 걸 막지 않으면 놈은 도저히 저지할 수 없는 강력한 존재가 되고 말 거야." 같은 방 안에 있던 사람들은 그녀의 말을 듣고 다시 침중해졌다. 그들을 다시 현실로 끌어낸 것은 바로 토르였다.

"놈은 이미 그 정도로 강력해." 아스가르드인의 심각한 목소리는 고통스러운 기억으로 가득 차 있었다.

'선장'으로서의 사명감으로 가득 차 있던 로켓은 자신의 계획을 제시했다. "대충 이렇게 하지. 지금 우주선은 두 척이고 얼간이들은 많잖아." 모두는 이런 모욕을 무시하고 로켓에게 계속 말해보라는 눈빛을 보냈다. "그러니, 나랑 그루트가 여기 계신 해적 천사랑 같이 가고, 너희 얼간이들은 노웨어로 가서 타노스를 저지하는 거야. 좋지?" 이견은 없었다. "좋아."

"그거 좋군." 토르도 대답했다.

"그런데 솔직히 넌 그냥 쟤가 가는 곳에 타노스가 없으니까 같이 가겠다는 거잖아." 피터가 항의했다.

로켓은 씩 웃고는 토르도 충분히 들을 수 있는 큰 목소리로 말했다. "선장님한테 말버릇이 그게 뭐냐, 퀼." 이 말은 퀼의 성질을 제대로 건드렸고 로켓은 피터의 얼굴이 시뻘게지는 것을 보며 제대로 먹혔다는 걸 알았다.

로켓은 자신과 그루트의 짐을 탈출선에 실은 다음 자신의 나무 외계인 친구가 어디에 있는지 찾았다. 그루트는 눈앞에 게임기를 바짝 들이댄 채 손가락처럼 보이는 나뭇가지들을 바쁘게 놀리고 있었다. 자신의 최고 기록을 깨기 일보 직전이었다.

"가자, 그루트. 게임은 좀 치워라, 그러다 뇌 썩는다." 로켓의 훈계였다.

그루트가 뭔가 예의 없는 말을 툴툴대자 로켓은 충격을 받았다. 그는 입을 열고 이 까칠하고 말라비틀어진 나무의 버르장머리를 고쳐줄까 했지만 자신들이 이제 막 가려는 곳에서는 온갖 고통과 파괴를 안겨주는 무기들을 구경할 수 있을 것이었다. 세 사람 모두는 탈출선에 올라탄 다음 떠날 채비를 마쳤다.

탈출선에 탄 토르는 인사를 했다. "안녕과 행운을 빌어주지, 얼간이들."

그에게 손을 흔들어준 것은 맨티스뿐이었다. 나머지 사람들은 모욕감과 혼란이 뒤섞인 눈빛으로 그를 바라보았다.

토르도 맨티스에게 웃어주었다. "안녕."

토르의 마지막 인사를 남긴 채, 탈출선은 우주로 발사되면서 가디언즈 오브 갤럭시를 두 개의 임무로 쪼개놓았다. 그 두 가지 임무들은 모두 이 우주의 운명을 결정하게 될 것이었다. 그 사실은 가디언즈 오브 갤럭시의 우주선에 타고 있던 자들은 물론, 그들로부터 빠르게 멀어지는 토르 일행의 마음도 무겁게 짓눌렀다.

CHAPTER 6

딱히 주의 깊게 살펴보지 않는다면, 그 두 사람은 지루한 저녁 시간을 함께 보내고 있는 여느 커플과 똑같아 보였다. 여성은 침대에 누워 차 한 잔을 홀짝이고 있었고 남성은 창밖으로 어두운 밤하늘이 짙게 깔린 스코틀랜드의 풍경을 바라보고 있었다. 어떻게 봐도 평범한 저녁 일상의 모습이었다.

단 한 가지, 바로 이 커플들의 비범한 정체만 제외한다면 말이다. 여성은 바로 스칼렛 위치라는 별명으로 더 유명한 완다 맥시모프였고, 남성 쪽은 토니 스타크의 통제를 벗어나, 아마도 진화하고 있는 것이라 여겨지는 안드로이드인 비전이었다.

완다와 비전의 입장에서 이렇게 지루하고 일상적인 저녁이란 정말 간신히 훔쳐낸 것이었다. 두 사람은 이렇게 특별할 것 없는 밤의 일상을 지켜내기 위해서라면 정말 모든 것을 쏟아 부을 각오가 되어 있었다. 여느 평범한 연인들처럼 침대에 누운 채 차 한 잔을 들기 위해서라면, 예전에는 상상도 하지 못했던 분노와 헌신을 다해 싸울 것이었다.

왜냐면 이 지루한 방에서 일상 속으로 쉽사리 잊힐 스코틀랜드의 밤을 보내는 동안에는, 완다와 비전도 마침내 자유로운 몸이기 때문이었다. 끝도 없는 의무로부터, 또 주변의 비난과 기대로부터. 이 세상을 구하기 위해 싸우며 숱한 위기들을 넘겨봤자 그 두 사람 중 누구도 받아들여지지 않는 냉대로부터.

이 세상에는 단지 지루한 저녁 일상을 함께 보내기 위해 목숨 걸고 싸우는 사람들도 있는 법이다.

그러다 비전이 갑자기 몸을 숙이며 마치 고통스럽다는 듯이 머리를 부여잡자 방 안에 서늘한 긴장감이 돌았다. 그는 자신의 이마 중앙에 박혀 노란 광채를 뿜고 있는 마인드 스톤을 손끝으로 부드럽게 만졌다.

"비즈?" 완다가 물었다. 그 부드러운 목소리에는 염려가 실려 있었다. "또 스톤 때문에 그래?"

비전의 손가락은 호기심을 띤 채 스톤 위를 맴돌았다. "꼭 나한테… 무슨 말을 하고 있는 것 같아." 그의 목소리에서는 혼란과 고통이 조금 묻어났다. 완다는 침대에서 나와 비전에게 다가갔다.

"뭐라고 하는데?" 완다는 물었다. 하지만 자기가 그 대답을 정말로 알고 싶은지는 확신할 수 없었다.

"모… 모르겠어. 하지만 뭔가…" 비전은 말꼬리를 흐렸다.

완다는 그를 올려보았다. 이 얼굴. 비전의 얼굴. 그녀는 그 얼굴의 구석구석, 굴곡 하나하나를 모두 알고 있었다. 그렇기에 비전이 자신의 우려를 숨기려 한다는 게 가슴 아팠다. 명멸하던 스톤이 다시 한 번 빛을 발하자 비전이 표정을 찡그렸다. "어디 봐." 완다는 이렇게 말하며 자신의 두 손을 비전의 양쪽 관자놀이에 가져다 댔다. 그녀는 이미 비전을 잘 알고 있었다. 비전은 그녀의 한 손을 잡고 입을 맞췄다. 자신들이 훔쳐낸 시간이 점점 끝나가자 두려워진 탓이다. 당사자들이 좋든 싫든 저 바깥의 세상은 계속 두 사람 사이를 갈라놓으려 했다.

비전은 완다의 손바닥에 입술을 누르며 눈을 감았다. 완다가 자신에게 기대어 오자 그는 다시 눈을 뜨고 그녀와 눈빛을 맞췄다. 비전은 완다의 손을 마인드 스톤으로 이끌어 그 위에 부드럽게 얹어주었다. 그녀의 온기, 그녀의 느낌. 그것은 비전에게 있어 모든 것이었다. 그는 완다 쪽으로 몸을 숙이고 그녀에게 속삭였다. "뭐가 느껴지는지 말해줘." 비전의 목소리는 부드럽지만 또 지쳐 있었다. 사실 두 사람은 이 평범한 방 바깥 세계에서 자신들이 취하는 진정한 모습에 대해 생각하고 싶지 않았지만, 그래도 비전은 완다가 자신의 염력을 사용해서 마인드 스톤이 말하고 싶어 하는 게 대체 무엇인지 알려주길 바랐다.

완다는 비전을 올려다보았다. 그의 얼굴에는 공포와 혼란이 그대로 드러나 있었다. 그녀는 비전이 고통스러워하는 게 싫었다. 그녀는 자신들이 지루하고 할 일도 없는 하룻밤을 또 한 번 보낼 수 없다는 게 싫었다. 그녀는 자신들이 그저… 평범해질 수 없다는 게 싫었다.

하지만 지금 그 따위는 아무것도 중요하지 않았다. 지금, 바로 이 순간 중요한 것은 자신의 연인에게 약간의 평안을 선사하는 것이었다. 그녀는 비전의 이마에서 손을 살짝 뗀 다음, 손가락으로부터 뿜어낸 붉은빛의 미약한 에너지를 스톤과 연결했다.

완다는 마인드 스톤에 집중하며 해답을 샅샅이 찾아 다녔다. 지금껏 많이 해본 일이었고, 누구에게 하든 그 마음을 활짝 열어 볼 수 있었다. 하지만 이번만은 달랐다. 도무지… 해답을… 찾을 수가 없었다…. 그녀는 비전의 마음 속 흐릿한 안개를, 그 감정을, 온기를, 사랑을, 소속감을 도저히 꿰뚫어볼 수가 없었다. 지금 이 순간 그는 그녀와 함께하며, 그녀는 그와 함께하며 마침내 자신들이 있어야 할 곳에 있다는 느낌을 받고 있었다.

"그냥 당신이 느껴져." 완다가 말했다. 그녀는 자신이 그런 고백을 이토록 쉽사리 건넬 수 있다는 사실에 조금 놀랐다.

창밖으로는 비가 부슬부슬 내리는 가운데, 비전은 양손으로 완다의 얼굴을 감싸고 입을 맞췄다. 그녀는 비전을 느끼며 자기 자신의 존재를 잃었다. 한 번, 또 한 번. 자신이 마인드 스톤의 뜻을 읽어내지 못한다는 점이 걱정스럽지는 않았다. 그건 오히려 확실한 증거였다. 뭔가 새롭고 굉장한 일이 일어나고 있다는 증거. 완다는 자신이 기억하는 한 자기 마음을 항상 따라다니며 괴롭

했던 그 모든 능력과 목소리, 그리고 혼돈들을 한참 초월하여⋯ 느낄 수 있었으며, 또 사랑할 수 있었다. 또 느껴질 수 있었고 사랑 받을 수 있었다. 자신에게는 기회가 있었다. 두 사람 모두에게 기회가 있었다.

그렇지 않은가?

두 사람은 천천히 옷을 걸친 뒤 바람도 쐬고 따뜻한 식사도 한 끼 먹을 겸 숙소에서 나왔다. 서로 손을 잡은 채 잘 포장된 길을 걸어가는 두 사람이었지만 그 마음은 꽤나 초조했다. 자신들이 함께할 수 있는 시간이 끝나가는 게 너무도 강렬하게 느껴졌다. 이미 자신들이 원래 누릴 수 있는 시간보다 훨씬 오랫동안 함께 했다는 것은 알고 있었다. 하지만 매분 매초가 부족했고, 1초가 지날수록 2초가 아쉬웠다. 그렇게 시간은 계속 흘러만 가니 자신들을 박대하는 세상으로부터 시간을 더 많이, 더 탐욕스레 빼앗고 싶었다.

"글래스고로 가는 기차가 오전 10시에 있으니까 자기가 돌아가기 전까지는 시간이 좀 있겠네." 완다가 말했다. 그 목소리는 딱딱하고 무심했다. 일부러 이런 감정을 품고 있어야 앞으로의 몇 시간을 버틸 수 있을 터였다.

"내가 그 기차를 놓치면?" 비전이 물었다. 또렷한 목소리였지만 동시에 사랑스럽게 망설이고 있었다.

"그럼 11시 차도 있지." 완다는 최대한 감정을 배제하려 하고 있었다. 그녀의 감정은 그저 담담한 얼굴의 한 꺼풀 아래서 소용돌

이치고 있을 뿐, 완다 자신도 두려울 정도로 엄청나게 컸다.

"기차를 죄다 놓치면?" 비전은 걸음을 멈추고 완다를 바라보았다. 마치 그런 생각이 머릿속에서 점점 더 구체적으로 변해가는 것 같았다. "이번에 돌아가지 않으면?"

완다의 머릿속에서는 비전이 돌아가야 하는 오만 가지 이유가 떠올랐다. 최첨단 기술로 구성된 강력한 인공지능이 내놓는 가혹한 진실, 지금 자신은 이기적으로 굴고 있다는 사실이 그녀를 덮쳤다. 비전은 완다 자신에게도 필요했지만 이 세상 전체에 더욱 더 필요한 존재였다. 하지만 완다는 그러면서도 이 세상에 자신보다 비전을 더욱 더 필요로 하는 사람이 있다는 사실을 이해할 수가 없었다.

"하지만 스타크한테 약속했잖아." 완다는 이성적인 자신이 싫었다. 그냥 도망가버리면 어떻단 말인가? 자기도 행복하고 진정한 삶을 누릴 수 없는 이유는 대체 무엇일까?

"차라리 당신이랑 있고 말지." 완다는 이게 비전이 자신에게 전할 수 있는 실로 진지한 맹세라는 걸 깨달았다. 그런 결정이 자신들에게 얼마나 엄청난 위험을 가져올 수 있는지 알면서도 완다의 마음 역시 부풀어 올랐다.

"그래도 날 기다리는 사람들도 있어, 알잖아? 우리 둘 다 약속을 하고 온 몸이라고." 완다는 마음에도 없는 말을 입에서 내뱉으면서 밀려오는 거대한 감정의 물결을 애써 밀어냈다.

"서로에게 한 약속은 아니지. 지난 2년 동안 이렇게 몰래 만나면서 과연 우리 관계가 잘 될지 알아봤지만, 난… 모르겠어… 내 생각엔—." 비전은 숨을 깊이 들이마시며 이런 감정이 바로 긴장이구나 싶었다. "있지? 그냥 내 의견을 말해보자면, 내 생각엔… 내 생각엔 잘 되는 것 같아."

"잘 됐지." 완다도 긍정했다. 미소를 참을 수가 없었다.

"잘 됐어." 비전은 다시 말했다. 참 기분 좋은 말이었다. 하고 또 해도 기분이 정말 좋았다. 두 사람의 미소는 실로 가슴 시릴 정도로 후련했고, 두려웠으며, 또한 신기한 기분이었다. "여기 있어. 나랑 같이 있자." 비전은 말했다. 그 목소리는 정말 친근하고 매혹적이었다.

완다는 비전을 올려다보며, 아주 찰나 동안 자신이 비전과 함께하는 미래는 어떤 모습일지 상상해보았다. 아마 비좁고 심심한 방에 함께 틀어박혀서 차나 마시고, 아무도 모르게 이 세상을 떠돌아다니게 되겠지. 서로가 나누는 크나큰 사랑 외에는 신경 쓸 것도 없을 터였다.

하지만 그렇게 된다면 두 사람은 자신들의 이기심으로 인해 불필요한 고통을 받는 사람들을 그저 지켜볼 수밖에 없을 것이었다. 서로가 서로를 얼마나 많이 사랑하건, 그런 마음의 짐은 서로가 서로를 사랑하는 이유를, 애초에 자신들이 사랑하기 시작한 이유마저도 점점 갉아먹게 될 것이다.

완다는 고통스레 비전의 눈길을 피했다. 비전을 사랑한다는 건 곧 그를 온전히 자신의 것으로 가질 수도 없으며, 가져서도 안 된다는 걸 의미했다. 그 사실이 정말 죽을 만큼 아프더라도 말이다.

"아니면 말고… 내가 좀 진도가 빨랐나?" 비전이 애써 분위기를 밝게 유지하려 말했다.

하지만 근처 식당의 창문 너머로 보이는 모습이 완다의 시선을 사로잡았다. 뉴스의 아나운서가 뉴욕에서 벌어진 파괴의 현장을 찍은 영상을 보여주고 있었다. 완다는 둥근 우주선이 하늘에서 회전하고 있는 영상과, 에보니 모와 컬 옵시디언이 찍힌 흐릿한 영상을 보고 겁에 질려 입을 가리고 말았다.

그녀는 간신히 목소리를 쥐어짜 비전에게 물었다. "저게 누구지?"

비전의 대답은 긴 한숨 뒤에 따라왔다. "스톤이 내게 경고하려고 했던 놈들이겠지." 그도 이 말밖에 할 수 없었다.

그러다 두 사람은 화면에 '**토니 스타크 실종!**'이라고 뜬 글귀를 보고 더욱 긴장했다.

비전은 앞으로 다가올 일을 각오하듯, 완다의 손을 쥐고 입을 맞춘 다음 뒤로 돌아섰다. "가봐야겠어."

하지만 완다는 비전을 보내줄 생각이 없었다. "안 돼, 비전. 비전, 저게 사실이라면, 그러면… 돌아가는 게 좋은 생각이 아닐지도 몰라." 완다는 공황을 일으키고 있었다.

"완다, 난— 그아앗." 비전의 눈이 충격과 고통으로 커지더니, 허리부터 뒤로 축 늘어져버렸다.

"비전!" 완다는 자신의 연인이 기습을 당하는 모습을 보고 공

87

포에 질렸다. 그녀의 양손에는 붉은빛의 마력이 마치 옅은 안개처럼 모여들었다.

비전의 가슴팍을 꿰뚫은 날카로운 칼날은 그를 땅에서 거의 90센티미터 정도 거뜬히 들어 올리고 있었다. 비전이 위장하고 있던 인간의 모습은 사라져버리고 붉은 피부가 드러났으며 걸치고 있던 옷도 녹색과 금색 계통의 망토로 바뀌었다. 그는 비명을 지르며 포장 도로 한복판으로 무력하게 나가 떨어졌다.

비전의 뒤에서 콜버스 글레이브가 으르렁거렸다.

완다는 눈을 가늘게 떴다.

스칼렛 위치가 양손을 움직이며 주문을 전개하자 손에서 빛나던 섬광이 더욱 더 강해지더니 강렬하고 눈부신 붉은색 그림자로 변했다. 그녀는 양손을 번쩍 든 채 눈가늠을 한 다음 비전을 구하기 위해 나서려던 순간 밝은 청색의 블래스트를 맞고 말았다. 완다의 몸은 멀리 날아가 거리 반대편에 있던 가게 진열장에 처박혔다. 프록시마 미드나이트가 양 끝에서 푸른 에너지가 지직거리며 발광하는 봉을 들고 서 있었다.

비전은 온몸이 마비된 채 땅바닥에 엎드려 있었고, 콜버스 글레이브와 프록시마 미드나이트는 그런 비전 옆에 서서 그를 내려다보고 있었다. 콜버스 글레이브는 창을 치켜들더니 비전의 이마에 박힌 마인드 스톤에 똑바로 갖다 댔다. 스톤은 그런 창날 따위보다 훨씬 더 강력했지만 비전은 마치 그 창이 자신의 뇌를 꿰뚫는 듯한 고통을 느끼며 비명을 질렀다. 콜버스는 스톤에 박은 창날에 체중을 싣고 다시 한 번 스톤을 빼내려 했다.

하지만 미처 비전이 도와달라고 외치기도 전에 적들은 갑자기 두 블록 너머로 나뒹굴었다. 비전이 고개를 돌리자 스칼렛 위치가 완전히 분노하여 저 두 적들에게 전력을 쏟아 부은 뒤, 깨진 진열장에서 걸어 나오는 모습이 보였다. 완다는 양손을 움직여 붉은 에너지의 흐름으로 비전을 감싸 땅에서 들어 올려, 콜버스와 프록시마로부터 멀리 떨어뜨려놓았다. 그리고 완다는 마법으로 비전을 단단히 감싼 채 그의 부상을 살펴볼 수 있을 정도로 안전한 곳까지 보낸 다음, 자신도 비전의 뒤를 따라 날아갔다. 어두운 골목길에 비전을 부드럽게 내려놓은 완다는 능력을 발휘해 콜버스의 칼날이 내놓은 구멍을 어떻게든 수습해보려 했다.

"그 칼날 때문에 페이징 능력을 사용할 수가 없게 됐어." 보통 비전은 생각만으로 단단한 고체도 마음대로 통과시킬 수 있었다.

"그게 가능한 소리야?" 완다가 비전의 상처를 바라보며 물었다.

"원래는 불가 -가 -가 ―." 비전은 가슴에 난 구멍에서 스파크를 튀기며 잠시 오류를 일으켰다. 그 목소리는 다시 부드러워졌다. "내 시스템이 고장 나고 있어." 완다는 꿋꿋이 버텼다. 비전이 이런 상처만 입지 않았더라면 상대는 충분히 물리칠 수 있는 적들이었다. 비전을 잃을 수는 없었다. 이렇게 잃을 수는 없었다. 절대로.

완다는 어떻게든 비전을 고치려 하면서 최대한 침착하고 의연하게 마음을 먹으려고, 평소에 비전이 자신에게 주었던 그 평온한 심정을 그대로 돌려주려 노력했다. 그녀는 바삐 손을 놀리면서 스스로의 감정을 애써 억눌렀다. 단 1초만이라도 비전을 잃을 뻔했다는 생각을 하면 완다 자신은… 자신은… 자신에게 뭐가 남겠는가? 그녀 자신이 과연 견뎌낼 수 있을까?

아니, 절대 그럴 수 없다. 비전은 괜찮을 것이다.

그래야 했다. 그래야만 했다.

비전은 억지로 미소를 지으면서 겨우 30분 전을 회상해보았다. "그냥 같이 침대에나 처박혀 있을걸." 그는 완다에게 킥킥거리고 웃어 보였다. 하지만 비전은 그 웃음을 빠르게 지우면서 완다를 피신시켰다. 그러자마자 콜버스 글레이브가 방금 전까지 스칼렛 위치가 무릎을 꿇고 있던 위치를 덮쳤다. 그리고 비전은 이제 완다의 평온하고 사랑스러운 얼굴 대신, 자신을 죽이려는 괴물의 얼굴을 똑바로 올려다보고 있었다.

콜버스 글레이브는 비전의 목을 잡은 채 그 팽팽한 근육질의 몸을 쥐고 하늘 높이 뛰어 올랐다. 두 사람은 몇 미터 떨어져 있던 교회 위로 떨어졌다.

"비즈!" 완다가 비명을 질렀다. 그녀는 도로로 달려가면서 푸른 번개가 크게 그리는 호선을 잽싸게 피했다. 프록시마 미드나이트가 거기 대기하고 있을 줄 미리 예상하고 또 그녀의 무기에서 흘러나오는 전자음을 포착한 덕분이었다.

프록시마는 분노로 얼굴을 구기며 아담한 체구의 상대에게 다가갔다. 완다도 지지 않고 상대를 마주 비웃어주며 양손을 붉게

물들인 채 싸울 준비를 했다. 프록시마 미드나이트는 자신의 봉을 완다에게 휘둘렀지만 그녀가 상대하는 여성은 이미 지구 최강의 전사들로부터 훈련을 받아온 몸이었다. 완다는 허리부터 몸을 뒤로 굽혀 자신에게 휘둘러지는 봉을 몸 위로 지나쳐 보냈다. 그렇게 공격을 흘린 다음 완다는 주문으로 프록시마의 봉에 실려 있던 힘을 역으로 이용해 상대를 9미터 바깥까지 날려버렸다.

그런 다음 완다는 다시 콜버스와 비전 쪽으로 주의를 돌렸다. 비전은 이미 중상을 입은 채 거의 싸울 수가 없는 상태였다. 하지만 완다는 그를 미처 돕지도 못한 채 방심의 대가를 치러야 했다. 프록시마 미드나이트의 봉이 스칼렛 위치를 등 뒤로부터 덮쳐 비명을 뽑아낸 것이다.

콜버스는 으르렁거리며 비전에게 제안했다. "스톤을 넘기면 여자는 살려주마."

비전은 분노의 비명을 지르며 콜버스의 멱살을 쥐고 하늘 높이 솟아올랐다. 두 사람은 교회의 첨탑을 들이박은 다음 멀리 떨어진 지붕 위로 추락해 데굴데굴 구르다 간신히 멈췄다. 온몸이 아프고 기진맥진했지만, 둘은 다시 벌떡 일어나서 계속 몸싸움을 벌였다. 그러다 비전이 마인드 스톤으로부터 강력한 에너지 빔을 발사했다. 콜버스 글레이브는 아슬아슬하게 창날을 들이밀어 자신에게 쏟아져 오는 에너지 빔을 여러 갈래로 흘렸고, 이렇게 흩어진 빔은 마을의 시가지 곳곳에 떨어졌다. 그렇게 반사된 빔 중 한 가닥이 하필 비전의 가슴팍을 정통으로 맞히는 바람에 그를 뒤로 쓰러뜨렸다.

콜버스와 비전이 벌이는 싸움에 정신이 팔려 있던 프록시마 미드나이트는 완다의 손에서 다시 에너지가 흘러나오는 것을 뒤늦게야 알아차렸다. 완다는 프록시마를 길가의 불타고 있던 자동차에 처박아버렸다. 잠시나마 프록시마를 처리한 완다는 비전의 비명이 들려오는 쪽으로 날아갔다. 그곳에서는 콜버스가 그녀의 연인을 다시 한번 제압한 채 비전의 이마에 있는 마인드 스톤에 창날을 무자비하게 박아 넣고 있었다. 그에게 걸어가는 완다의 눈빛이 이글거렸다.

"떨어져." 그건 단순히 경고가 아니었다. 콜버스는 공중으로 거의 수 미터로 떠오른 다음 저 멀리 날려가버렸다. 완다는 비전을 수습한 다음 그와 함께 하늘 높이 날았다. 하지만 충분히 높지는 않았다. 땅에 있던 프록시마가 두 사람에게 자신의 봉을 겨눈 채 푸른 블래스트를 발사한 것이다. 제대로 명중 당한 완다와 비전은 근처에 있던 기차역의 지붕을 뚫고 떨어졌다.

두 사람은 엄청난 충격을 받으며 땅에 떨어져, 서로 껴안은 채 기차역 바닥을 굴렀다. 완다는 비전 쪽으로 몸을 숙인 채 그를 부축하려 했다. "어서, 빨리. 정신 차려. 일어나야 돼." 하지만 비전은 움직이지 않았다. 완다는 단념하지 않고 다그쳤다. "일어나야 한다고. 빨리, 도망가야 해. 알겠어?" 완다는 마치 다른 사람이 자신의 몸을 움직이는 것 같았다. 몸 구석구석이 정말 참신하고 끔찍한 방식으로 다쳤는데도 고통은 전혀 느껴지지 않았다. 목표는 단 하나였다. 비전을 안전하게 구하는 것. 그리고 그 무엇도 이 목표를 달성하는 걸 방해하게 둘 수는 없었다.

비전은 입가에 미약한 미소를 떠올리며, 손을 뻗어 완다의 얼굴을 만졌다. 그는 그녀를 사랑했다. 그렇기에 자신으로부터 최대한 멀리 떨어뜨려놓아야 했다. 완다는 비전 자신이 그녀를 얼마나 살리고 싶어 하는지 이해하지 못할 터였다. 그녀는 자신에게 과분한 삶을 준 존재였다. 그녀는 자신을 사랑했다. 진정으로 사랑했다. 자신이 감히 경험할 수 있을 거라고는 상상도 해보지 못한 일이었다. 완다는 자기가 비전에게 진정 무엇을 해주었는지 절대 깨닫지 못할 것이었다. "제발, 제발 날 두고 가."

완다는 몸을 숙였다. "같이 있어 달라며. 그러니 같이 있을 거야." 그녀는 격하고 분명한 목소리로 말했다.

"제발." 비전이 저 한마디를 내는 순간, 프록시마 미드나이트와 콜버스 글레이브가 지붕을 뚫고 차례차례 나타났다. 두 사람은 땅바닥에 쓰러진 연인들을 향해 다가가며 싸움을 마무리할 준비를 했다.

완다와 비전은 오늘 밤, 이곳에서 함께 죽을 터였다. 둘 중 한 명만 죽게 되더라도 나머지 한 명 또한 더 이상 살아갈 의미를 찾지 못할 테니까.

완다가 일어서서 두 명의 적들과 마주하는 동안 뒤쪽으로는 급행열차 한 대가 기차역을 막 통과해 지나갔다. 이 마을은 너무 작아서 딱히 멈출 이유가 없는 곳이었는데도 완다는 지나쳐 가는 객차들 사이로 분명 뭔가… 누군가를 본 것 같다고 생각했다. 프록시마 미드나이트도 완다가 바라보는 곳으로 시선을 돌렸다. 기차가 다 지나간 역의 그늘 속에는 분명 인영 하나가 서 있었다.

프록시마는 그 인영 쪽으로 봉을 집어 던졌다. 남성은 그 봉을 잡아채더니 밝은 곳으로 걸어 나왔다. 살짝 헝클어진 머리와 금발 수염 그리고 가슴에는 익숙한 별 모양 장식 자국이 있는 검정 전투복. 완다는 그 모습을 보고 안도의 한숨을 크게 내쉬었다.

캡틴 아메리카가 왔다.

버려진 조차장에 있던 모두가 스티브 로저스의 출현을 알아차렸다. 그는 프록시마와 콜버스 앞에서 꿈쩍도 하지 않은 채 여유롭게 서 있었다. 방금 전까지만 하더라도 기세등등했던 적들도 이제 자신들이 쫓던 먹잇감으로부터 주춤거리며 물러나고 있는 판국이었다.

콜버스와 프록시마는 모두 캡틴 아메리카에게만 신경을 쓰고 있었기 때문에 자신들의 뒤쪽에서 '팔콘' 샘 윌슨이 날아오는 것을 전혀 눈치채지 못했다.

샘은 프록시마를 걷어차 조차장 건너편의 매점으로 처박아버렸다. 콜버스는 여전히 당황해 있었고, 샘은 주변을 선회하며 이 호리호리한 타노스의 수하에게 미사일 네 발을 날렸다. 그중에서 빗나간 한 발이 벽으로 날아가 터졌고, 그렇게 부서진 벽 틈새로 새어 들어온 한줄기 빛은 콜버스 글레이브에게 용감하게 달려가

는 블랙 위도우의 모습을 비추었다

스티브는 블랙 위도우가 앞으로 뻗은 손을 향해 프록시마의 봉을 던졌다. 주저하지 않고 봉을 잡아 챈 나타샤는 콜버스가 휘두르는 창 아래로 몸을 던져 공격을 피한 다음, 손에 쥐고 있던 봉을 휘둘렀다. 프록시마의 봉과 콜버스의 창날이 서로 부딪히면서 불똥이 튀었다.

그렇게 두 사람은 잠깐 동안 서로 봉과 창을 켠 채 육박전을 벌였다. 하지만 콜버스는 지금껏 블랙 위도우를 한 번도 만나보지 못했기에, 그녀가 그저 자신의 약점을 파악하기 위해 시험 삼아 붙어봤을 뿐이란 걸 뒤늦게야 알아차렸다.

나타샤는 아무 경고도 없이 재빨리 몸을 돌려 자세를 숙이고 콜버스의 옆구리에 프록시마의 봉을 찔러 넣었다. 콜버스는 봉이 몸속으로 깊숙이 찔러 들어오는 걸 느끼며 자신의 창을 떨어뜨리고 울부짖었다. 그녀는 이 싸움에서 콜버스를 확실하게 배제해 두려는 작정이었다.

그러다 블랙 위도우는 자신이 켠 봉이 진동하는 것을 느끼고는 재빨리 손을 놓아버렸다. 봉은 멀리 날아가 자신을 소환한 주인, 프록시마 미드나이트의 손에 다시 쥐어졌다.

전투의 현장으로 뛰어든 캡은 재빨리 콜버스의 창을 집어 들고 나타샤에게 살기등등하게 달려드는 프록시마의 돌격을 막아냈다. 캡과 나타샤가 프록시마와 싸우는 사이, 샘은 자신이 끼어들 빈틈을 발견하고 날아와서는 프록시마를 다시 한번 조차장 너머

83

로 걷어차버렸다. 그렇게 프록시마는 자신의 동료가 쓰러져 있던 바로 옆까지 나가 떨어졌다.

캡과 나타샤는 완전히 제압당한 두 부상병들 곁에 다가와 섰다. 샘도 적들 바로 옆에 착지한 다음 양손으로 총을 꺼냈다.

"일어나." 프록시마가 낮게 울리는 목소리로 말했다.

콜버스가 약한 목소리로 대꾸했다. "못 일어나겠어."

"죽이고 싶지는 않지만 죽여야겠군." 블랙 위도우가 냉혹하게 말했다.

"그런 기회는 두 번 다시 찾아오지 않을 거다." 프록시마가 경고했다. 그 목소리는 마치 울리는 것처럼 들렸다. 갑자기 눈부신 푸른빛이 프록시마와 콜버스를 비추자 세 사람은 상당히 놀랐다. 그 빛은 조차장 상공에서 기다리고 있던 우주선으로 적들을 끌어들인 다음, 캡이 쥐고 있던 콜버스의 창도 빼앗아 가버렸다.

우주선이 떠나자, 세 사람은 다시 중요한 문제로 시선을 돌렸다. 바로 완다와 비전이었다.

"일어설 수 있겠어?" 샘은 비전에게 물어보며 손을 내밀었다. 비전은 한쪽 팔을 샘에게, 다른 한쪽은 완다에게 단단히 지탱한 채 뭔가 어정쩡한 자세로 간신히 일어났다. 캡과 나타샤도 비전의 앞까지 다가와 중상을 입고 오류를 일으키고 있는 안드로이드를 살펴보았다.

"고마워요, 캡틴." 비전이 말했다.

캡틴 아메리카는 피곤한 듯 무심한 표정으로 비전의 감사를 받아주었다. 그 눈길은 비전의 이마에 안전하게 박혀 있는 마인드 스톤으로 향하며 두 오랜 친구들의 재회가 단순한 우연이 아니었다는 점을 상기시켜 주었다. 지난 2년 간 갈등이든, 분열이든 무슨 일이 있었건 이제는 공식적으로 다 끝난 얘기였다. 캡은 이제 자기가 할 말이 앞으로 그 자신조차도 통제하지 못할 사건들을 불러올 것이라 직감했다.

"퀸젯에 타라." 캡은 애써 밝은 목소리로 말했다.

잠시 후 캡, 팔콘, 블랙 위도우, 스칼렛 위치, 그리고 비전까지, 소코비아 협정 덕분에 도망자 신세가 되어버린 히어로 일행들은 퀸젯을 타고 완다와 비전의 조용한 은신처였던 스코틀랜드 마을을 떠났다.

"자, 약속했잖아. 멀리 가지 않기, 계속 연락하기 그리고 위험한 짓 하지 않기로 했잖아." 블랙 위도우가 피로와 약간의 실망에 찌든 목소리로 힘주어 말했다.

"미안해요. 그냥 같이 시간을 좀 보내고 싶어서." 비전 옆에 앉아 있던 완다가 말했다.

그녀의 말은 퀸젯 내부의 중앙에 서 있던 스티브의 마음을 울렸다. 시간이라. 그는 자신에게 원래 주어진 시간보다 훨씬 더 오래 살아온 사람이었지만 정작 자신만의 시간을 보낼 기회는 주어지지 않았다. 그렇기에 완다와 비전이 잠깐이나마 밀회를 하고 싶어 하는 이유를 정확하게 이해할 수 있었다.

"어디로 갈까, 캡?" 퀸젯의 조종석에 앉은 샘이 물었다. 샘의 질문은 잠시나마 상념에 빠져 있던 스티브를 다시 현실로 끌어냈다.

　스티브는 비전과 스칼렛 위치를 바라보았다. 두 사람은 지난 2년 동안 부쩍 성장해 있었다. 각자 개인적으로나, 그리고 하나 된 연인으로나. 허나 스티브와 달리 그들은 지금 자신들에게 무엇이 닥쳐오고 있는지, 또 지금 퀸젯에 타고 있는 모두가 얼마나 절박하게 힘을 합쳐야 하는 상황인지 전혀 감을 잡지 못하고 있었다. 그는 마음속으로 어렵잖게 결정을 내렸다. 스티브는 또렷하고 확고하게 말했다.

　"집으로 가야지."

81

CHAPTER 7

80

"쉿." 어머니가 칭얼거리는 아이의 입을 부드럽게 막으며 말했다. "우린 안전할 거야, 안전하고말고."

제호베레이 여성은 딸의 옥빛 이마로 흘러내린 붉은 머리카락을 뒤로 쓸어주었다. 이 아이는 특별했다. 물론 지금 자신들이 숨어 있던 오두막의 나무 벽 너머로 보이는 침략자들도 그 사실을 알아보고 자신들을 살려줄 것이었다.

바깥에서는 무시무시한 타노스의 무자비한 부하들이 열어젖힌 포문 앞에 제호베레이인들이 하나하나 쓰러졌고, 그들이 지르는 비명도 점점 더 커지고 있었다. 소녀의 어머니는 그 타이탄이 지금껏 무수한 행성들을 쓸어버리면서 등골 서늘한 악명을 떨치게 되었단 건 알고 있었지만, 정작 자신들의 평화로운 행성을 침공할 줄은 꿈에도 상상하지 못했다. 소녀가 비명을 질렀다.

"쉬잇, 가모라." 어머니가 절박하게 속삭였다. 하지만 이미 늦었다.

병사 하나가 문을 쾅 걷어차 두 쪽을 내며 오두막으로 들이닥쳤다. 어린 소녀는 어머니의 품에서 떨어져 나오면서 비명을 질렀다. 제호베레이인들은 대로를 사이에 두고 두 무리로 갈라져 있었다. 머리 위에서는 고리 형태의 우주선들이 떠 있었다. 곤충형 인류의 군대가 사람들을 아무렇게나 떠밀면서 강제로 두 무리로 나누고 있었다. 소녀는 어머니의 반대편으로 끌려갔으며, 어머니는 자신의 딸이 성장하는 모습을 다시는 보지 못할 거란 걸 직감하고는 슬피 울었다. 하지만 그것은 딸이 살아남을 거란 것을 알고 흘리는 기쁨의 눈물이기도 했다.

"엄마!" 가모라가 어머니로부터 점점 멀리 끌려가면서 외쳤다.

"제호베레이인들아." 에보니 모가 두 집단 사이로 난 대로를 걸으며 노래하듯 말했다. "편을 골라라. 한쪽은 계시를 받을 것이요, 다른 쪽은 아무에게나 허락되지 않는 영광을 누리게 될 것이다."

딸은 양쪽 편을 뛰어다니며 엄마를 찾아 다녔다. "엄마 어디 있어? 엄마!" 그 목소리는 앙칼졌고 죽음이 코앞에 닥친 상황에서도 여전히 용감했다. 병사의 우악스런 손길을 잽싸게 피한 소녀는 아마 이 사태를 주도하고 있는 것 같은 자를 향해 곧장 달려갔다. 지휘관의 투구와 갑옷을 입고 있는 자였다. 자신이 지금껏 사냥했던 그 어떤 짐승보다도 질길 것 같은 보랏빛 피부를 가진 자였다.

타노스는 내려다보았다. "무슨 일이냐, 꼬마야?"

소녀는 양 주먹으로 허리를 짚은 채 타노스를 의연하게 쏘아보왔다. "우리 엄마, 우리 엄마 어디 있어요?"

타이탄은 무릎을 굽혀 소녀와 눈높이를 맞췄다. "이름이 뭐니?"

"가모라." 가모라가 도전적인 말투로 말했다.

"투지가 대단하구나, 가모라." 그는 가모라에게 손을 뻗었다. "따라와라. 도와주마."

가모라도 손을 뻗어 그 작달막한 손가락으로 타이탄의 검지를 감싸 쥐었다. 두 사람은 양쪽으로 나뉜 사람들의 사이를 지나 앞뒤가 뻥 뚫린 관문을 향해 걸어갔다.

무릎을 꿇은 타노스는 붉은 단도 자루를 하나 꺼내 가모라에게 보여주었다. "봐라, 예쁘지?" 가모라는 어깨를 으쓱했다. 타노스가 단도의 단추를 누르자, 자루 양쪽에서 각각 칼날이 튀어나왔다. 그러자 가모라의 눈이 커졌다. 타노스는 단도의 자루 중앙에 박힌 커다란 붉은 보석 밑에 검지를 대고 균형을 잡는 걸 보여주었다.

"완벽하게 균형이 잡혔지, 순리대로야." 타노스가 설명했다. "어느 한쪽으로 지나치게 기울면⋯." 타노스는 계속 말을 이으며 단도를 기울여 떨어뜨리기 직전까지 갔다가 다시 균형을 맞췄다. 그는 새롭게 맞이한 제자에게 단도를 내밀었다. "자, 이제 네가 해보렴." 가모라는 단도를 쥐었다. 그 작은 손에 비하면 지나치게 커 보이는 칼이었다. 그녀는 타노스가 보여주었던 대로 단도의 균형을 맞춰보려 했다.

그들의 뒤에서는 에보니 모가 정확히 반반으로 나뉜 제호베레이인들 사이의 행진을 마쳤다.

"자," 모는 선언했다. "너희 창조주를 만나러 가거라."

제호베레이인들 무리의 한쪽 편에 서 있던 병사들이 한 걸음 나오더니 일제히 총을 난사했다. 양쪽에서 비명이 터져 나왔다. 가모라가 고개를 돌리려 하자 타노스는 다시 칼날의 균형을 맞추는 데로 그녀의 주의를 돌렸다. 그는 가모라의 어머니가 어느 쪽에 서 있었는지 알고 있었기에 그 모습을 보여주고 싶지 않았다.

"집중해야지." 그가 말하자 가모라는 다시 단도를 만지며 손잡이의 중앙을 손가락 위에 얹었다. 그러자 양쪽 칼날은 그 어느 쪽으로도 기울지 않게 되었다. 타노스는 미소를 지었다. "그렇지, 잘하는구나."

그렇게 타노스는 자신에게 새 수양딸이 생겼다는 걸 깨달았다. 자신의 가장 소중한 자식으로 자랄 딸이었다.

오랜 세월이 흐른 뒤, 가모라는 노웨어로 향하는 가디언즈 오브 갤럭시 우주선에서 옛날에 받았던 그 단도를 손에 쥔 채 창밖을 바라보고 있었다. 과거를 회상하고 있던 그녀는 피터 퀼의 익숙한 발소리를 듣고 다시 정신을 차렸다. 스타 로드는 타노스를 공격할 추가 무장을 챙기고 있었다. 가모라가 한 손을 들어 보이자, 스타 로드는 수류탄 벨트를 들고 그녀에게 물었다.

"가모라, 이 수류탄이 폭발형인지 가스형인지 알아? 이걸 벨트에 달고 갈까 하는데, 딱히 사고를 겪고 싶지는 ―"

78

"부탁 하나만 할게." 가모라는 그의 말을 끊었다.

"그래, 얼마든지." 퀼은 어깨를 으쓱했다.

가모라는 우주의 운명이 자신의 어깨에 얹혔다는 생각에 한숨을 쉬었다. "우린 어쨌든 타노스를 만나게 될 거야." 가모라는 일어섰다.

"그러니까 수류탄을 챙기지." 퀼은 수류탄을 허공에 던졌다, 받았다 하며 농담을 했다. 가모라는 심각하면서 뭔가 간청하는 듯한 눈길로 그를 바라보았다. 퀼은 그녀에게 자신이 필요하단 사실을 깨닫고 즉시 표정을 풀었다.

"미안. 그 부탁이란 게 뭔데?" 그가 낮게 중얼거렸다. 가모라는 퀼에게서 시선을 돌렸다.

"만약 일이 잘못되어서…" 퀼은 가모라가 내뱉는 불길한 말을 들으며 미간을 찌푸렸다. "내가 타노스에게 잡히면 말이야." 가모라는 말이 목에 걸리는 것을 느꼈다. 그녀는 다시 퀼을 돌아보았다. 그 눈빛에는 절박한 부탁이 깃들어 있었다. "약속해…" 가모라는 쉰 목소리로 속삭였다. "날 죽여줘."

"뭐?" 퀼은 그저 가모라를 쳐다보며 기다리고 있었다. 설마 잘못 들었겠지. 그녀가 정말로 자신을 죽여달라고 할 리가 없지 않은가 —.

"난 타노스가 모르는 정보를 알고 있어." 가모라는 다시 퀼에게서 눈을 돌렸다. 퀼이 자신의 무거운 부탁을 점점 이해하는 순간을 도저히 보고 있을 수가 없었다. "그리고 놈이 그 정보를 알게 되면, 우주 전체가 위험해져."

"그 정보가 뭔데?" 퀼이 심각하게 물었다.

"그걸 말하면 너도 알게 되잖아." 가모라는 현실을 직시하고 있었다. 퀼은 즉시 그녀가 지금 뭘 하고 있는지 이해했다. 그는 가모라에게 가까이 다가섰다.

"그게 그렇게 중요한 정보라면…." 퀼은 손을 뻗어 그녀의 팔을 잡으면서 말꼬리를 흐렸다. 그 손길을 느낀 가모라는 마침내 퀼을 바라보았다. "나도 알아야 하지 않겠어?"

"너도 죽고 싶다면 말이지." 그녀는 고통스럽게 속삭였다.

"왜 계속 누군가는 죽어야 하는 쪽으로 흘러가?" 퀼이 항의했다. 가모라는 퀼에게 다가섰다.

"그냥 날 믿어. 그리고… 날 죽여." 그녀는 마른침을 삼키고 말했다. 가모라는 퀼이 뭔가 항변하려 한다는 것을 눈치챘다. 퀼에게는 항상 계획이 있었다. 설령 승산이 1퍼센트밖에 되지 않더라도 자신과 동료들을 안전하게 지켜낼 그런 계획. 가모라의 요구는 너무 극단적이었다. 그리고 퀼은 가모라가 이미 이런 각오까지 할 정도로 상황이 나빠졌다는 사실을 받아들일 준비가 되어 있지 않았다.

퀼은 가모라의 생각을 돌려야 했다. 아직 상황이 괜찮다고, 지금껏 그래왔듯 다 같이 살아남을 수 있을 거라고 납득시켜야 했다. 자꾸 누가 죽는 얘기는 그만하고, 온갖 사회 부적응자들로만 구성된 이 나사 빠진 완벽한 가족이 다 같이 배부르고 등 따숩게 오래오래 살게 될 것이라고 여기도록 만들어야 했다.

"그래, 나도 그러고 싶어. 그렇게. 하지만 그래도…."

가모라는 퀼의 입을 손으로 막았다. 그가 다시 자신만의 작고 안온한 세계로 도망치려는 걸 막아야 했다. 도무지 만사를 심각하게 여길 줄 모르고, 진정한 감정의 교류란 멍청이들을 위한 것이라 생각하는 그 세상으로 돌아가는 걸 막아야 했다.

"맹세해." 가모라는 퀼의 눈을 똑바로 바라보았다. "너희 어머니를 걸고 맹세해." 그녀는 말했다. 퀼이 어쩔 수 없이 약속을 지키도록 만들기 위해 궁지로 몰아넣은 것이다. 그녀는 퀼의 눈에서 마침내 이해했다는 눈빛을 읽어낸 후에야 손을 치웠다. 하지만 정말로 대답을 하기까지는 시간이 좀 걸렸다. 퀼은 여태껏 온갖 말재간으로 어떤 상황이든 빠져 나갔지만 지금만큼은 완전히 할 말을 잃은 것 같았다.

"알았어." 가모라는 그를 바라보았다. 퀼은 고개를 끄덕였다. 그는 이해했다. 마침내 이해했다. "알았어." 그는 다시 말했다. 농담 같은 기색은 전혀 없는 딱 한 단어였다.

정적이 두 사람을 감싸는 가운데, 퀼을 올려다보는 가모라의 눈에서 눈물이 흘러내렸다. 퀼은 자신의 손등으로 가모라의 뺨에 흐르는 눈물을 닦아냈다. 그녀는 그 편안한 손길을 내버려두었다. 자신이 사랑 받도록 내버려두었다. 그녀를 너무도 사랑한 나머지, 그녀로선 도저히 감당하지 못할 단 하나의 과업을 대신 해주겠다고 맹세한 사람. 그녀는 퀼에게 몸을 기대고 입을 맞췄다.

때가 오면 그녀를 죽여주겠다는 용기를 끌어올린 점에 대해 말 없는 감사를 표한 것이다.

퀼과 가모라가 서로에게 완전히 빠져 있는 동안 방 건너편에서 크게 와작 하는 소리가 났다. 그쪽을 바라본 두 사람의 눈에 어둠 속에 서서 자그-땅콩 한 봉지를 먹고 있는 드랙스가 보였다.

"야, 대체 언제부터 거기 서 있었어?" 퀼은 물었다. 머릿속에서는 가모라와 뜨겁게 나누던 입맞춤부터 지난 몇 분 동안 그녀와 심각하게 나누었던 이야기까지 모두 들키지는 않았을지 등등 온갖 걱정이 떠올랐다.

"한 시간 정도." 드랙스가 대답했다.

"한 시간?" 퀼은 도저히 믿기지 않는다는 투로 되뇌었다.

"진짜야?" 가모라가 물었다.

"나는 정말 믿을 수 없을 수준의 부동자세를 유지하는 데 통달했지. 그래서 사람들의 눈에 완전히 투명해질 수 있어. 잘 봐." 드랙스는 신비롭고 심각한 목소리로 그렇게 말해놓고 봉지에서 자그-땅콩 하나를 꺼내 입에 넣었다. 누구에게나 정말 잘 보였다.

"너… 지금 자그-땅콩 먹고 있잖아." 퀼은 지금 드랙스가 하고 있는 게 뭐든 간에 단 1초도 더 참아줄 수가 없었다.

"하지만 움직임이 너무나 느려서 도저히 인지할 수가 없…"

"아니거든." 퀼과 가모라 모두 고개를 흔들었다.

"분명 투명할 텐데." 드랙스는 주장을 굽히지 않았다.

"안녕, 드랙스!" 방으로 걸어 들어오던 맨티스가 말했다.

"망할." 드랙스는 자그-땅콩 봉지를 구긴 다음 씩씩거리며 방에서 나가버렸다.

노웨어에는 아무도 없어 보였다.

"여긴 아예 버려진 것 같은데." 퀼은 노웨어 상공으로 우주선을 몰면서, 이 황폐하게 버려진 행성을 분석했다.

"제 3사분면에서 움직임이 감지되는군." 드랙스가 보고했다.

가모라는 최대한 각오를 다지려 애썼다. 과연 타노스가 기다리고 있을까? 여길 이미 다녀간 건 아닐까? 그녀는 언제나 타노스와 대면하는 게 시간문제란 사실을 알고 있었으며, 머릿속으로 가능한 상황은 모조리 상상한 다음 마음의 준비를 해두었다. 모든 길은 타노스에게 통했다. 항상 그랬다. 이제 그 현실이 정말로 닥쳐오자 그녀의 얼굴은 침중해졌다.

"그래, 나도 봤어." 퀼이 말했다. "여기 착륙하자고." 그는 행성에 널린 온갖 잔해들 사이로 가디언즈 오브 갤럭시의 우주선을 안전하게 착륙시켰다.

일행은 콜렉터의 박물관이 있던 곳으로 향했지만, 이제는 건물의 껍데기만 남아 있었다. 퀼과 동료들은 콜렉터가 오랜 세월 동안 온갖 진기한 보물들을 모아 전시해둔 황량한 창고로 조용히 들어갔다. 그러다 안쪽에서 타노스가 타넬리어 티반, 일명 콜렉터를 낮은 목소리로 위협하는 소리가 들리자 그들은 일제히 멈춰섰다. "네놈이 그 한심한 수집품 하나 모으자고 형제까지 팔아넘길 놈이라는 건 널리 알려져 있지."

가모라는 버려진 박물관 너머로 울려 퍼지는 타노스의 목소리를 듣고는 다시 각오를 다졌다.

퀼이 한쪽 주먹을 들어 보이며 나머지 동료들에게 정지하라는 신호를 보냈다. 하지만 동료들은 대장의 신호를 완전히 무시한 채 한 명씩 그의 옆을 지나쳤다. 퀼은 한숨을 쉰 후 이 오합지졸들의 뒤를 따라갔다. 그들의 눈앞에는 콜렉터가 피투성이가 된 채 바닥에 쓰러져 목숨을 구걸하고 있는 장면이 펼쳐졌다. 그 옆에는 갑옷도 입지 않은 채 조바심을 내고 있는 타노스가 서 있었다.

"네가 리얼리티 스톤을 갖고 있는 거 다 안다, 티반. 스톤을 넘기면 고통을 끝내주마." 타노스는 콜렉터에게 한 발짝 다가서더니, 그 묵직한 발을 콜렉터의 가슴팍에 올렸다.

"말했잖아. 팔았다고. 내가 왜 거짓말을 하겠어?" 타노스의 발이 가슴팍을 짓누르며 콜렉터의 마지막 숨까지 폐부 밖으로 몰아내자 그는 숨이 막혀 하며 목 쉰 소리로 말했다.

"넌 숨 쉬듯이 거짓말을 하는 놈이잖나." 타노스는 몸부림치는 콜렉터를 경멸의 눈길로 내려다보았다.

"지금 그랬다간 자살 행위지?" 콜렉터의 풀린 눈에 공포가 스쳤다.

"잘 아는군." 타노스의 얼굴에 미소가 떠올랐다. "아무리 너라도 목숨처럼 소중한 것은 포기 못 하겠지."

"난 그게 뭔지도 몰랐어." 콜렉터는 고통스러워하며 애원했다.

"그럼 내 생각보다 더 멍청한 놈이란 소린데." 타노스는 잠시 자신의 희생양에게서 시선을 들고, 이 말을 믿어야 할지 고심하는 것 같았다.

"놈이다." 근처에서 두 사람을 엿보던 드랙스가 씩씩거렸다.

"마지막 기회다, 이 사기꾼아. 스톤 어디 있어?" 타노스는 컬렉터의 가슴팍을 지그시 내리 밟았다.

드랙스는 심호흡을 들이마셨다. "오늘─."

"드랙스, 드랙스─." 퀼은 드랙스가 지난번에 노웨어에 왔을 때 멋대로 로난 디 어큐저를 불러들였던 것처럼, 뭔가 멍청한 짓을 하기 전에 그의 주의를 끌어보려 했다. 그때도 일이 꼬였었는데 지금 그랬다간 더 최악이었다.

하지만 드랙스는 이미 이성의 끈을 놓아버린 상태였다. "놈은 내 아내와 딸의 핏값을 치르게 될 거다."

"드랙스, 잠깐만." 드랙스는 퀼이 절박하게 경고를 속삭이는 데도 아랑곳 않고 자기 칼을 뽑아 들었다. "아직 아니야, 좀만, 좀만 기다려." 퀼이 재빨리 튀어나와 드랙스의 앞에 끼어들었다. "드랙스, 드랙스, 좀 들어봐. 저놈한테는 아직 스톤이 없어. 그걸 우리가 뺏으면 놈을 이길 수 있어. 그러니 먼저 스톤부터 손에 넣어야 돼."

"아니, 아냐. 오베트를, 그리고 카마리아를 위해." 드랙스는 타노스를 향해 돌진했지만 그 뒤에서 튀어나온 맨티스가 드랙스에게 손을 대고는 "잠들어요"라고 속삭였다. 드랙스의 거구는 마치 석상처럼 쓰러져버렸다.

드랙스가 땅에 요란하게 부딪히는 소리가 박물관에 울려 퍼졌고, 그 소리를 들은 타노스가 주변을 둘러보자 가디언즈 오브 갤럭시는 일제히 엄폐물에 몸을 숨겼다.

타노스는 콜렉터의 가슴에서 발을 뗀 다음 그를 집어 들어 근처에 있던 진열장에 처넣어버렸다. 그런 다음 방금 전에 요란한 소리가 난 쪽으로, 퀼 일행이 숨은 쪽으로 천천히 걸어오기 시작했다.

"좋아." 퀼이 속삭였다. "가모라, 맨티스, 너희는 오른쪽으로 가…." 가모라는 칼을 치켜든 채 왼쪽으로 돌진해 고지를 선점하기 위해 도약했다. "반대쪽이라니까."

가모라는 타노스를 기습했지만 타이탄의 거구는 살의를 담은 그녀의 칼날을 흘려보냈다. 그리고 또 다른 공격과 회피가 이어졌다. 아버지와 딸은 서로 으르렁거리며 계속 공격을 주고받으면서 오직 싸움에만 집중하였다. 우주의 구원과 파멸이 걸린 싸움이었다.

가모라가 타노스의 머리에 칼을 휘두르자, 한때 그녀가 '아버지'라 불렀던 자는 자신의 손으로 칼을 잡아채더니 반으로 부러뜨려버렸다. 하지만 가모라는 여전히 멈추지 않고 몸을 앞으로 숙여 돌진하더니 또 다른 칼을 내찔렀다. 이번에는 정확히 타노스의 목을 찔러 들어갔다.

그의 눈이 경악으로 커지더니 칼날을 붙잡고 빼내려 했지만, 가모라에게는 아직 비장의 카드 하나가 더 남아 있었다.

74

가모라는 부츠에서 완벽하게 균형이 맞는 단도, 타노스가 자신에게 처음으로 주었던 선물을 꺼내 들었다. 그녀는 손잡이에서 양쪽 칼날을 모두 꺼내더니 손가락을 현란하게 놀려 고쳐 쥔 다음, 푹! 그 완벽한 칼날을 타노스의 가슴팍에 박아 넣으며 우주의 질서를 되찾았다.

"대체 왜?" 타노스가 신음했다. 그는 무릎을 꿇더니 망가져버린 진열장 쪽으로 쓰러져버렸다. 가모라는 타노스가 자신에게 손을 내미는 걸 보며 흐느끼기 시작했다. "왜 하필 너냐, 내 딸아?" 가모라는 그가 앞으로 뻗었던 손이 결국 생기를 잃고 땅바닥에 떨어지자 결국 울음을 터뜨리며 무너져 내리고 말았다. 진열장에 갇혀 있던 콜렉터는 이 광경을 도저히 믿을 수 없다는 듯이 바라보고 있었다.

"별거 아니었네." 퀼은 이제 다시 깨어난 드랙스에게 말했다. 두 사람 모두 옆으로 빠져 있었다. 콜렉터는 박수를 치기 시작했다.

"굉장해! 굉장해! 굉장해!" 그는 계속 흐느끼는 가모라에게 환호를 보냈다.

"지금 슬퍼하는 것이냐, 내 딸아?"

가모라는 발밑을 내려다보았지만, 타노스의 시신은 서서히 사라지고 있었다. 그러나 그의 목소리는 노웨어 전체에 울려 퍼지고 있었다.

"네가 아직 나를 사랑한단 걸 알고 있었지. 하지만 도저히 확신할 수가 있어야 말이지."

그들을 둘러싸고 있던 노웨어의 풍경이 바뀌어갔다. 진열장에 갇혀 있던 콜렉터도 사라져버렸다. 도자기들은 깨졌고, 값비싼 유물들은 박살이 났다. 그리고 사방에 불이 붙으면서 최악의 정점을 찍었다.

노웨어 전체가 불타고 있었다. 아마 타노스의 군대가 자행한 파괴이리라.

타이탄의 목소리가 다시 한번 울렸다. "현실은 가끔 실망스러운 법이다."

어디선가 미풍이 불어와 일행을 휘감고 지나가더니, 현실 그 자체의 구조가 한 꺼풀 벗겨지면서 그 너머의 공허를 드러내 보였다. 인피니티 건틀렛을 끼고 있는 타노스는 이제 붉게 빛나는 리얼리티 스톤까지, 총 세 개의 스톤을 손에 넣었다는 걸 보여주었다.

"그래, 실망스러울 수 있었다." 그는 비틀린 미소를 짓고 있었다. "하지만 이제 현실은 내 뜻대로 바꿀 수 있다."

가디언즈 오브 갤럭시를 둘러싸고 있던 풍경이 다시 현실을 드러내자, 가모라의 얼굴에서는 핏기가 가셨다. "내가 올 줄 알고 있었군."

"믿고 있었지." 타노스는 평온하게 말했다. "같이 얘기해볼 게 있잖느냐, 꼬마야." 가모라는 타노스를 올려다보다가 다시 칼로 잽싸게 손을 뻗었다. 하지만 타노스는 너무 빨랐다. 그가 눈 깜짝할 사이에 가모라를 제압한 다음 높이 들어 올리자 칼은 허망하게 땅바닥을 때렸다.

73

드랙스는 자신의 숙적이자 가족의 원수, 타이탄에게 노호했다. "타노스!"

칼 두 자루를 높이 들고 돌진하던 드랙스의 몸이 갑자기 변하기 시작했다. 그는 인피니티 건틀렛에 박힌 리얼리티 스톤에서 뿜어진 빛을 받고는 몸이 산산조각 나더니 무슨 벽돌 무더기처럼 무너져 내렸다.

가모라는 타노스가 맨티스 쪽을 돌아서며 뒤틀린 미소를 짓는 걸 보았다. "안 돼!"

하지만 이미 늦었다. 맨티스의 몸도 마치 천 자락처럼 풀려나더니 땅바닥으로 하늘하늘 아무렇게나 퍼져버리고 말았다.

타노스는 자기 딸을 붙잡은 채 단단히 제압했다. 이번에는 눈속임이 아니었다.

"걔를 놔줘, 이 건포도 자식아!" 퀼이 블래스터를 겨누고 외쳤다. 타노스는 재미있다는 듯이 머리를 기울인 채 퀼 쪽을 돌아보았다.

"피터." 가모라가 타노스의 손에 단단히 쥐인 채 애원했다.

"오른쪽으로 가랬잖아." 퀼은 약속을 지킬 생각이 없다는 걸 분명히 드러내며 말했다.

"지금 이 상황에서도 그러기야?" 가모라가 숨 막히는 목소리로 물었다.

"걔를 놔주라고!" 퀼이 외쳤다.

"아, 남자친구인가." 타노스는 무덤덤하게 말했다.

피터의 눈은 분노로 이글이글 타오르고 있었다. "그보다는 같이 썸 타면서 타이탄이나 사냥하고 다니는 파트너에 더 가깝지." 그는 블래스터를 쥔 손가락에 힘을 주었다. "놓. 아. 줘." 피터는 한 글자, 한 글자 또박 또박 내뱉었다.

"피터." 가모라가 빌었다.

"안 그러면 당장 그 턱주가리를 날려버릴…" 하지만 퀼의 협박은 다시 한번 자신을 애처롭게 부르는 가모라의 목소리에 끊기고 말았다.

"피터, 타노스가 아냐." 그녀는 눈물을 흘리면서 숨을 고르고 있었다. 가모라를 바라본 퀼은 자신의 블래스터가 그녀가 아니라 타노스를 겨누고 있단 걸 깨달았다. 그는 다시 한 번 갈등하면서 뭔가 다른 방법, 이 상황을 빠져나갈 다른 방법을 찾기 시작했다. 가모라는 피터의 망설임을 느꼈다.

"약속했잖아." 가모라는 애원했다. 그녀는 숨 막히는 목소리로 다시 한번 빌었다. "약속했잖아."

퀼은 젖 먹던 힘까지 다해 블래스터의 총구를 내려, 평생의 사랑을 간신히 겨누었다. 가모라는 마침내 안도의 한숨을 내쉰 다음 두 눈을 감았다.

"아아, 내 딸아. 그럴 깜냥도 없는 놈이다." 타노스는 퀼을 완전히 무시했다. "이 애가 부탁했겠지. 안 그런가?" 가모라는 점점 더 체념하면서 피터를 바라보았다. "쏴봐." 타노스는 피터의 눈에 눈물이 차오르는 걸 보고 그를 더욱 비웃었다. 이제 인내심이 바닥난 타노스는 한 발짝 다가오면서, 퀼이 겨눈 블래스터의 총구에 가모라를 들이밀었다. "쏴!" 그가 외쳤다.

피터의 목소리가 갈라졌다. 다른 방법은 없었다. 그 자신도 알고 있었다. "그러게 오른쪽으로 가라니까…."

"그 무엇보다도 널 사랑해." 가모라는 피터 퀼의 눈을 똑바로 쳐다보며 지금껏 처음으로, 그리고 아마도 마지막으로 고백했다.

피터는 망설이지 않았다. "나도 사랑해."

두 사람은 눈을 질끈 감았다. 서로의 약속이 실현되는 걸 도저히 보고 싶지 않았다. 가모라는 피터가 방아쇠 당기는 소리를 들으며 다시금 마음의 준비를 했다. 그리고 마침내 그녀에게….

…비눗방울이 날아들었다? 피터가 겨눈 블래스터의 총구에서는 난데없이 수십 개의 비눗방울이 쏟아져 나오고 있었다. 리얼리티 스톤이 내뿜는 붉은 광채까지 반사되자 이 비눗방울들은 마치 루비처럼 보였다.

"마음에 드는 놈이군." 타노스가 끌끌 웃었다.

피터와 가모라가 지금 무슨 일이 일어난 건지 파악하기도 전에 뒤쪽에서 시커먼 연기가 나타나더니 타노스와 그가 붙잡은 딸을 집어 삼키고 머나먼 곳으로 순간이동을 시켜버렸다.

드랙스와 맨티스도 다시 정상적인 형태로 되돌아왔지만 피터는 가모라의 부러진 검을 쥔 채 자신만큼은 결코 예전으로 되돌아갈 수 없단 걸 절실히 느꼈다.

71

PART 3

70

CHAPTER 8

63

어벤져스 기지에는 팽팽한 긴장
감이 감돌았다. 토니 스타크가 행방불명 된 채 외계로 사라진 것
으로 보이는 판국이니 로스 국무장관은 브루스 배너가 보고 있
다는 것도 아랑곳 않고 비전이 어디 있냐며 '워머신' 제임스 로즈
를 닦달하고 있었다.

"아직 비전에게서는 연락이 없나?" 로스 국무장관이 물었다.
통신 시스템 너머로 보이는 그의 홀로그램이 일렁였다.

"에든버러 근처에서 놓쳤습니다." 로즈는 지친 듯이 대답했다.

"최악의 수배자 네 명이 퀸젯을 훔쳐 타고 있다니." 로스는 멀리
떨어진 안락한 회의실에서 말하고 있었다. 이 회의실은 로스의
부하들과 몇몇 높으신 양반들로 꽉 차 북적거렸다.

"걔들이 수배자가 된 건 다 장관님 때문입니다. 알고 계십니

까?" 로즈도 참을 만큼 참았다.

"원 세상에, 로즈. 자네 말 돌리는 솜씨가 수준급이군." 로스가 대꾸했다.

"그 협정 아니었으면 비전도 진작 여기 왔을 겁니다."

"그 협정에는 자네도 서명했잖나, 대령." 어디까지나 홀로그램 형상이긴 했지만 자리에서 일어난 로스는 방 건너편에 있던 로즈에게 가까이 다가왔다. 이 문제를 지금 당장이라도 자기 본진으로 가져오고 싶다는 듯한 움직임이었다.

"그렇습니다. 그래서 그 대가를 치렀다고도 생각합니다." 로즈는 자신의 마비된 두 다리를 내려다보며 말했다. 사람들이 시빌 워의 또 다른 희생이라고 부르는 상처였다. 로디가 이렇게 서 있을 수 있는 이유는 토니와 스타크 인더스트리에서 제공한 장비가 다리를 지지해주는 덕분이었다.

"그래서 생각이 바뀌었나?"

"이젠 아닙니다." 로디는 로스의 두 눈을 똑바로 바라보았다.

그러다 한 무리의 사람들이 방으로 우르르 몰려 들어오자 두 사람 모두 그쪽으로 눈을 돌렸다. 캡틴 아메리카와 블랙 위도우가 맨 앞에 서 있었고, 그 뒤쪽으로는 비전이 스칼렛 위치와 팔콘의 부축을 받으며 들어왔다.

"안녕하십니까, 장관님." 캡은 깜빡거리는 높은 양반에게 인사했다. 로스는 이제 사이가 완전히 틀어져버린 캡틴 쪽으로 다가가 그를 쳐다보며 잠시 뜸을 들인 후에야 입을 열었다.

62

"배짱 한번 좋군. 그건 인정하지." 로스 국무장관은 새로이 도착한 다섯 명의 일행을 향해 말했다.

"지금이라면 그 배짱을 이용해보실 수 있을 텐데요." 나타샤가 차갑게 말했다. 그녀는 스티브가 제대로 된 존경이나 예의를 받지 못할 때면 언제나 끼어들어서 도와주곤 했다. 로스 국무장관은 그녀를 차갑게 쳐다보다가 다시 캡에게 눈을 돌렸다.

"세상이 뒤집어졌다고 다 용서가 될 것 같나?" 로스는 날이 선 목소리로 캡에게 물었다.

"용서를 구하는 게 아닙니다. 그리고 허가를 구하는 것도 아닙니다. 지구는 방금 최고의 수호자를 잃었습니다. 그래서 저희가 싸우러 온 겁니다. 그리고 저희 앞길을 막아선다면 장관님과도 싸울 겁니다." 캡의 태도는 단호하고 꿋꿋했다. 그런 굽히지 않는 태도는 방 전체의 분위기를 압도했다. 캡에게서 돌아선 로스 국무장관은 로디 쪽을 바라보았다.

"싹 다 체포해."

"예, 알겠습니다." 로디는 부동자세로 대답했다. 그러고는 그 자세 그대로 한 손을 들고 로스의 깜빡이는 홀로그램을 옆으로 쓸어 어벤져스 기지에서 완전히 지워버렸다.

"이건 군사 재판 감이야." 로디는 캡에게 말했다. 두 사람은 잠시 그렇게 마주 보다가 로디가 미소를 지었다. "다시 보니 좋군, 캡." 그는 스티브에게 다가가며 말했다. 두 사람은 악수를 했다.

"마찬가지야, 로디." 스티브는 순수하게 고맙다는 표정 밑으로 자신의 죄책감을 숨긴 채 말했다.

"안녕." 로디는 나타샤에게도 인사를 하며 그녀를 안아주었다. 나타샤도 미소를 짓고 로디를 껴안았다. 어쨌든 지난 2년 전에 졌던 빚을 조금이나마 갚을 수 있다는 게 기뻤다.

로즈는 뒤로 물러나 캡, 블랙 위도우, 팔콘, 완다 그리고 비전을 바라보았다. 다들 스코틀랜드에서 프록시마 미드나이트와 콜 버스를 상대했던 흔적이 아직 완연하게 남아 있었다. "와, 너희들 진짜 꼴불견이네." 그동안 옛 팀원들과 오랫동안 떨어져 있으면서 생긴 거리감도 한순간에 사라져버렸다. "한 몇 년 정도는 격하게 구른 것 같은데."

"그래요, 맨날 5성 호텔에만 묵을 수는 없더라고요." 샘이 농담을 했다.

"다들 괜찮아 보이는데 뭐." 연구실에서 익숙한 목소리가 들려왔다. 브루스 배너는 몇 년 만에 처음 보는 팀원들을 향해 미약한 미소를 짓고는 어깨를 으쓱해 보였다. "그래, 나 돌아왔어."

"안녕, 브루스." 나타샤가 자신이 한때 친구 이상의 관계로 진전되길 바랐던 남자, 어쩌면 아직도 그러길 바라고 있을지도 모르는 남자를 보며 부드럽게 말했다.

"냇." 브루스가 대답하자 방 안의 분위기가 매우 불편해졌다. 브루스와 나타샤는 서로에게서 도무지 눈을 떼지 못하고 있었다. 그간 하지 못했던 말이 너무나 많으니까.

"어색해라." 마침내 샘이 어색한 긴장감을 깨며 말했다.

브루스를 비롯한 어벤져스 멤버들은 이제 지휘 통제실이 되어 버린 넓은 방에 한데 모였다. 브루스는 평소처럼 분주하게 움직이며 현재 상황을 모두에게 설명해주었다. 타노스의 아이들은 이미 자신들을 한번 찾아냈으니 언제든지 다시 찾아낼 수 있을 것이다. 타임 스톤은 우주 밖 어딘가로 나가버렸으니 토니가 확보해주길 바랄 뿐이고, 그렇다면 남는 것은 마인드 스톤이었다.

"그럼 놈들이 다시 돌아올 거라고 생각해야 한단 거지?" 샘이 물었다.

"그리고 분명 우릴 찾아낼 거야." 완다가 덧붙였다.

"최대한 많은 동료들을 모아야 돼. 클린트는 어딨어?" 배너가 '호크아이' 클린트 바튼에 대해 물었다.

"클린트와 스캇은 협정 사태가 끝나고 거래를 받아들였어. 가족들이 너무 힘들어서. 두 사람은 지금 가택 연금 중이야." 나타샤가 말했다.

"스캇이 누군데?" 배너는 자신이 없던 동안 대체 무슨 사건들이 있었던 건지 궁금해하며 물었다.

"스캇 랭, 앤트맨이야." 캡이 대답했다.

"앤트맨도 있고 스파이더맨도 있어?" 브루스가 물었다. "굉장하네. 좋아, 타노스는 우주 최대의 규모를 자랑하는 군대를 소유하고 있어. 그리고 놈은 결코 멈추지 않고…" 브루스는 자기 앞에 다친 채 서 있는 안드로이드의 입장을 생각하며 잠시 주저했다. "비전의 스톤을 손에 넣으러 올 거야."

"뭐, 그럼 우리가 지켜야겠네." 블랙 위도우가 한 발짝 나서며 다짐했다.

그때 조용한 목소리가 끼어들어와 한참 진행 중이던 의논을 끊어버렸다.

"아니, 이걸 파괴해야 합니다."

모두의 눈이 창밖을 바라보고 있던 비전 쪽을 향했다. 그는 잠시 뜸을 들이다 캡 쪽을 바라보았다. 그는 자기 머리에 박혀 있는 노란색의 스톤을 부드럽게 만졌다. "전 지금껏 이 머리에 박힌 스톤의 본질과 구조에 대해 많은 생각을 해봤어요."

그는 분명 옳은 일을 행하기 위해 내놓는 의견이지만 당연히 큰 반대가 부딪히리라 짐작하며 완다 쪽으로 걸어갔다. "제 생각에는 아마 이 스톤도 자신의 에너지 파장과 매우 유사하면서 충분히 강력한 에너지에 노출된다면, 어쩌면…" 그는 양손으로 완다의 손을 감싸며 말했다. "어쩌면 그 구조가 붕괴할 수도 있다고 봅니다."

완다는 비전을 바라보며 즉시 반대했다. "그래, 그리고 당신도 죽을 거야." 그녀의 목소리는 마치 연인의 밀어처럼 낮아져 있었다. "그 얘기는 하지 말자."

"타노스가 스톤을 손에 넣지 못하게 할 확실한 방법은 그걸 부숴버리는 것뿐이야." 비전은 마치 그런 논리라면 완다도 비전의 계획에 찬성해줄 것처럼 설명했다.

캡은 마치 70년 전, 자신과 페기가 나눴던 대화와 비슷한 이야기를 하고 있는 완다와 비전을 무력한 기분으로 지켜보았다. 그때는 히드라의 폭격으로 수백만의 인명이 사망하는 걸 막기 위해 자신이 직접 히드라의 비행기를 몰고 북극해로 추락시켰었다. 그는 완다와 비전도 자신과 페기처럼 스스로의 생명과 미래를 희생하는 꼴을 보고만 있을 수 없었다. 뭔가 다른 방법을 찾아내야만 했다.

"하지만 대가가 너무 크잖아." 완다가 애원했다.

비전은 그녀의 머리카락을 쓸어내렸다. "그리고 그 대가를 치를 수 있는 힘은 오직 당신만이 갖고 있어." 완다가 계속 말을 잇는 비전을 외면한 채 걸어가버렸다. "타노스는 우주의 생명체 절반을 위협하고 있어요." 비전은 동료들을 쳐다보며 자기 자신을 가리켰다. "저 하나 살자고 놈을 저지할 방법을 포기할 수는 없습니다."

방 안에 한동안 정적이 흘렀다. 그러다 캡틴이 한 발짝 나서며 권위 있는 목소리로 침묵을 깼다.

"하지만 자네도 살릴 거야." 캡은 고개를 흔들며 말했다. "생명은 값을 매길 수 없어. 비전."

비전은 여전히 힘 있는 목소리로 말했다. "캡틴, 당신은 70년 전에 한 목숨 바쳐서 수백만 명의 사람들을 구했습니다. 지금 이 상황도 다르다고 할 수 있습니까?"

캡이 미처 대답하기 전에 브루스가 끼어들었다. "다르지. 지금 네게는 선택권이 있으니까. 네 정신은 자비스, 울트론, 토니, 나, 스톤

등 여러 가지 요소들이 한데 복잡하게 얽히면서 형성된 거야. 모두가 한데 섞이면서 서로 영향을 끼친 거지." 브루스가 설명했다.

"그럼 비전의 정신은 스톤 그 자체가 아니란 뜻인가요?" 완다가 물었다. 그 갈라진 목소리에서는 마침내 다른 방법을 찾았다는 절박한 희망이 묻어 나왔다.

"내 말은 저 스톤을 제거하더라도 여전히 비전의 정신 중 많은 부분을 남길 수 있다는 거야." 배너는 자신이 제시한 의견이 가져온 영향에 미소를 지으며 말했다. "어쩌면 가장 좋은 부분들이 남을지도 몰라."

"그런 작업이 가능해?" 나타샤가 물었다.

"난 못하지, 여기서도 안 되고." 브루스가 솔직하게 말했다.

"그러면 작업할 장소와 적임자를 최대한 빨리 찾는 게 좋을 거야. 로스가 너희들을 가만 두지 않을 테니까." 로즈가 경고했다.

다행히 캡틴 아메리카는 이미 적당한 장소를 하나 알고 있었다.

"내가 괜찮은 곳을 알아."

CHAPTER 9

와칸다 왕국을 둘러싼 울창한
산맥 위로 거대한 표범상이 우뚝 솟아 있었다. 지금껏 외부 세계
의 눈에 비친 와칸다는 목축과 직물 산업 빼고는 별 볼일 없는
아프리카 북동부의 작은 나라였다.

하지만 와칸다는 눈에 보이는 것보다 훨씬 더 위대했다.

와칸다는 지구상에서 기술적으로 가장 발전된 도시였다. 이곳
은 세계에서 가장 가치 있고 귀중한 광물인 비브라늄 매장지 위
에 건설된 도시였기에, 와칸다는 언제나 자신들의 가장 귀중한
자원을 지키기 위해 세계로부터 스스로의 존재를 숨기는 쪽을 선
택해왔다. 그러다 국왕 티차카가 UN 본부를 습격한 폭탄 테러로
인해 승하하면서 모든 것이 바뀌었다. 이제 와칸다는 티차카의
아들, 티찰라의 통치를 받고 있다.

하지만 티찰라는 그저 와칸다의 국민들 위에 군림하는 왕으로서의 모습만을 보여주진 않았다. 그는 '블랙 팬서'의 지위도 상속받았으며, 또한 그 결과가 좋든 나쁘든 마침내 와칸다를 외부 세계에 활짝 개방한 장본인이기도 했다.

그런 티찰라 왕은 지금 자신의 도라 밀라제를 이끄는 장군 오코예와 함께 들판을 걷고 있었다. 아마도 와칸다는 개방의 '나쁜 결과'를 맞이하기 일보 직전인 것 같았다.

"근위대와 도라 밀라제가 경계 태세에 들어갔습니다."

"자바리 부족에게도 알려줘. 음바쿠는 훌륭한 싸움을 좋아하지."

"이자는 어떻게 합니까?"

티찰라와 오코예는 소박하고 단출한 오두막을 향해 걸어갔다. 그곳에서는 팔 한쪽을 잃은 남성이 자신의 텃밭에서 조용히 일을 하고 있었다.

"전쟁이라면 넌덜머리가 났을 테지. 하지만 이 정도면 화이트 울프도 충분히 쉬었지 않나." 티찰라의 근위병 중 한 명이 자기가 들고 있던 화려한 장식의 상자를 열고, 이쪽으로 걸어오는 외팔 남성에게 그 내용물을 보여주었다.

제임스 뷰캐넌 반즈는 두렵지만 모두 받아들이겠다는 듯한 표정으로 상자 안을 들여다보았다. 반즈와 같은 자들은 절대 농부가 될 수 없다. 와칸다의 농촌에서 고요한 소음 속에 편안히 잠드는 삶을 누릴 수가 없다. 아니, 반즈와 같은 자들은 시계바늘이 돌아가는 소리가 귀에서 가시지 않는다. 언젠가는 이런 날이 다시 오리란 걸 예감하면서.

반즈는 2차 세계대전 당시 연합군 소속의 병사로서 스티브 로저스와 함께 싸웠다. 하지만 히드라에 의해 납치당한 후에는 악의 세력에게 세뇌를 당해 놈들의 주구로 전락했었다. 그는 버키 반즈로서든, 아니면 '윈터 솔져'로서든 지금껏 70년이 넘는 세월 동안 타인의 전쟁을 대신 싸워주며 살아왔다.

버키는 상자에 들어 있던 금속 팔을 보았다. 그의 얼굴에 피로감이 역병처럼 퍼져나갔다.

"적은 어디 있지?" 그가 무겁게 질문을 던졌다.

"지금 오고 있지." 티찰라는 그 질문에 담긴 무게감을 고스란히 느끼며 대답했다.

여느 보통 사람들은, 특히 정신적인 단련을 전혀 하지 않았을 경우 극한의 두려움으로 인해 즉사하는 경우도 있다. 특히 지금처럼 사방에 수천 개의 유리 파편이 몸에서 단 몇 센티미터만의 간격을 둔 채, 조금이라도 움직이면 피부를 갈가리 찢어놓을 것처럼 떠 있다면 말이다.

다행히 닥터 스티븐 스트레인지는 우주에서 가장 단련된 정신의 소유자였다. 그렇기에 그는 철저한 부동자세를 유지하며 유리 칼날들을 가만히 바라보고 있었다.

"나는 지금껏 타노스 님을 섬기면서," 그의 귀에 에보니 모가 노래하는 듯이 떠벌리는 소리가 들렸다. "그분을 절대 실망시킨

적이 없지."

모가 스트레인지의 눈앞에 나타났다. 타노스의 수하는 날카롭게 숨을 들이마시며 표정을 굳혔다. "하지만 타임 스톤뿐만 아니라 너처럼 심히 거슬리는 자까지 타이탄으로 데려간다면, 아마도… 심판이 내릴 거야."

모가 스트레인지에게 다가가면서 유리 파편을 움직이자, 그 날카로운 칼날은 스트레인지의 뺨에 닿는 것만으로도 깊은 상처를 남겼다.

"스톤을 내놔."

스트레인지는 꿋꿋이 버텼다. 그 대가로 더 많은 유리 파편들이 온몸을 파고들기 시작했다. 그는 스스로의 정신을 확장하여, 모의 우주선에 들키지 않고 함께 숨어 들어왔을 레비테이션 망토를 불렀다.

망토는 자신의 주인이 고문당하는 모습이 내려다보이는 상갑판으로 올라갔다. 그곳에서는 아이언맨이 두려운 눈빛으로 스트레인지의 심문 장면을 바라보면서도 머릿속으로는 바쁘게 작전을 짜고 있었다. 그러다가 망토가 자신의 어깨를 톡톡 두드리자 흠칫 놀랐다.

"원 세상에, 넌 참 충성스러운 망토로구나?" 그는 여전히 놀란 목소리로 말했다. 하지만 그 뒤에서 대답조로 들려온 목소리에 더욱 놀라고 말았다.

"네…." 피터 파커가 속삭였다. "어, 충성 하면 또 저를 빼먹을 수가 없죠."

"이게 무슨…" 토니의 눈이 커졌다.

"무슨 말씀 하실지 알아요." 피터가 먼저 입을 열었다.

토니가 말을 끊고 들어왔다. "네가 여기 있으면 안 되지." 토니가 이 우주선에 탄 것은 어디까지나 피터 파커를 안전하게 떼어놓았다는 확신이 있었기 때문이었다. 하지만 피터가 이렇게 전혀 안전하지 않은 곳에 함께 있다면 당장 코앞에 닥친 위기에 어떻게 집중할 수 있겠는가?

'와 세상에… 이런 느낌이었나? 남을 걱정해주는 입장이 이런 심정이었어?' 그는 당장 페퍼에게 그동안 진짜 잘못했다고 싹싹 빌어야겠다고 생각했다. 그것도 빌어야 할 일이 아주 많았다.

"진짜 집에 가려고 했거든요." 피터가 다시 입을 열었다.

"듣기 싫어."

"그런데 내려가는 시간이 좀 길다 보니까 아저씨 생각이 나더라고요―"

"듣기 싫대도 그러네."

"―아저씨가 우주선에 도매급으로 딸려가는 생각이 자꾸 나더라고요. 그리고 이렇게 말도 안 되게 멋진 슈트까지 주셨고 말이죠."

"아이고, 이 녀석아." 토니가 탄식했다.

"그러니까 제가 여기 있는 것도 어느 정도는 아저씨 탓이라는 거예요." 피터는 마지막 말을 단숨에 토해놓은 다음 마음의 각오를 했다. 이게 다 토니 탓이라는 피터의 건방진 의견을 들은 토니와 레비테이션 망토는 둘 다 도저히 믿을 수 없다는 반응을 보였다.

"너 지금 뭐랬냐?" 토니는 크게 화난 표정으로 피터의 안절부절 못하는 얼굴을 마주 보았다.

"방금 그 말은 취소할게요." 피터는 항복의 표시로 양손을 들어 보였다. "그리고 저도 어차피 우주에 나와 있네요." 토니는 피터 쪽으로 다가갔다.

"그래, 내가 절대 데려오고 싶지 않았던 곳 말이지." 토니는 몸을 앞으로 숙이고 뭔가 걱정과 욕설이 반반 정도 섞인 말을 속삭인 다음 계속 말을 이었다. "여기가 무슨 유원지인 줄 아니? 현장 학습 온 것도 아니야. 집으로 절대 못 돌아갈 수도 있어. 이해가 돼?" 피터는 토니와 계속 눈을 맞추고 있으려 했지만 호된 꾸지람이 이어지면서 결국 시선을 떨구었다. "다 생각하고 움직였다고는 하지 마라."

피터는 상황이 더 나빠질 것까지도 각오하며 다시 눈을 들고 힘 있는 목소리로 대꾸했다. "아뇨, 다 생각해보고 움직인 거예요."

"지금 이런 상황을 어떻게 생각해봤다고 그래."

"이웃들이 없으면 친절한 이웃 스파이더맨도 될 수 없는 거잖아요." 피터는 잠시 생각했다. "네, 솔직히 말이 안 되는 말이긴 하네요. 그래도 아저씨는 제가 무슨 말 하는지 알잖아요."

토니는 난처한 상황에 빠져버렸다. 그래, 피터도 이제 한 우주선에 탄 신세다. 그러면 자신은 이제 스트레인지를 구한 다음 피터 파커도 다시 지구로 안전하게 돌려보내야 한다. 하지만 우선 해결해야 할 일이 있었다.

"이리 와, 여기 문제가 생겼으니까." 토니가 한숨을 쉰 다음 스트레인지 쪽을 가리키자 두 사람은 함께 갑판 아래의 광경을 지켜보았다. 망토도 둥둥 뜬 채 둘의 뒤를 따랐다. "저기 저 사람 보여? 지금 잡혀 있거든. 좋은 생각 있으면 말해봐."

"음, 좋아요, 알겠어요… 어…." 갑자기 피터가 눈을 들어 토니 쪽을 보았다. "아저씨 고전 영화 〈에일리언 2〉 봤어요?"

저 아래서는 모가 스트레인지의 주변을 돌며 염력으로 유리 조각들을 움직여 마법사의 신체 곳곳을 공격하고 있었다.

"고통스럽지 않나?" 모는 즐거운 듯한 목소리로 말했다. "이건 원래 섬세한 수술용 도구로 개발한 거야." 모는 스트레인지로부터 눈길을 돌렸다. "그리고 하나만 잘못 찔러도 네 친구는 즉사하지." 그는 공중에 뜬 채 레이저 공격을 준비하고 있던 아이언맨을 올려다보았다.

"일단 재는 내 친구가 아냐. 어디까지나 동업자로서 구하는 거지."

모는 스트레인지로부터 물러나 손짓만으로 온갖 거대한 화물들을 들어 올렸다. "누가 누굴 구한다는 거지? 네 힘으로 날 상대하기는 역부족일 텐데!"

아이언맨은 어깨를 으쓱였다. "그래, 그런데 영화는 저 꼬맹이가 더 많이 봤더라고."

그러더니 토니는 우주선의 옆쪽으로 냅다 미사일을 발사해 선체의 벽을 날려버렸다. 모가 들고 있던 화물들이 벽에 뻥 뚫린 구멍으로 날아갔다.

에보니 모도 도저히 믿을 수 없다는 듯한 비명을 지르며 차디찬 우주로 빨려나가버렸다.

우주선 안은 곧 혼란에 휩싸였다. 사방에 있는 모든 물건들이 구멍으로 빨려나가기 시작한 것이다. 게다가 미세 수술용 유리 침들도 날아가버리는 바람에 닥터 스트레인지는 구속에서 풀려나 자유의 몸이 되었다. 하지만 스트레인지 역시 공중에 둥둥 뜬 채 꼼짝없이 우주로 쫓겨날 상황이었다. 그가 막 구멍을 넘어가려던 찰나, 레비테이션 망토가 한쪽 귀퉁이로 주인의 발목을 붙잡더니 반대편 귀퉁이로는 우주선의 단단한 부분을 붙잡고 버텼다.

스파이더맨도 하마터면 우주 밖으로 빨려 나가려던 순간, 그의 등에서 마치 거미 다리처럼 보이는 기계 팔이 튀어나왔다. "좋았어!" 피터는 외쳤다. "아니 잠깐, 그런데 이게 다 뭐야?" 그는 자신의 등에 돋아난 것을 더 자세히 살펴보았다.

이 다리는 꼭 슈트의 일부인 것 같았는데 스파이더맨의 마음대로 움직여서 구멍의 양옆을 붙든 채 밖으로 날아가지 않고 버틸 수도 있었다. 피터는 거미줄을 발사하여 자신과 닥터 스트레인지를 안전하게 고정했다. 이제 모두가 벽에 뻥 뚫린 구멍으로부터 안전하게 대피하자, 아이언맨이 나서서 구멍을 메워버렸다. 숨을 고른 피터는 다시 기계 팔들을 슈트로 접어 넣은 다음 레비테이션 망토에게 악수를 청했다. "야, 우리 아직 제대로 인사도 안

했지." 망토는 피터가 내민 손을 빤히 바라보다가 닥터 스트레인지 쪽으로 휙 날아가버렸다. "거 참."

"우주선을 돌려야 돼." 스트레인지는 안간힘을 다해 다시 두 발로 일어서면서 자신에게 다가오던 토니에게 말했다. 토니 역시 아이언맨 슈트를 가슴의 아크 리액터로 회수했다.

"그래, 이젠 도망치자고? 멋진 작전이네." 토니는 우주선의 앞쪽으로 걸어가 자신들의 앞에 펼쳐진 광막한 우주를 바라보았다.

"아니, 스톤을 지키자는 거야." 레비테이션 망토가 스트레인지의 어깨에 덮였다.

"고맙다는 생각은 안 드나? 감사 인사 받아줄 준비 다 되어 있는데."

"뭐가 고마워? 나를 우주로 쫓아낼 뻔해서?"

"방금 그쪽을 누가 구해줬지? 아, 나네." 토니는 인내심을 잃고 있었다.

"그 자존심을 슈트에 다 우겨 넣을 수 있다는 게 놀라울 정도군." 스트레인지는 감탄했다.

"인정하셔야지. 난 분명 아까 빠지라고 경고했었어. 그런데 그쪽이 무시했고."

스트레인지는 이를 악물었다. "당신은 평생 아랫사람만 부리고 살았겠지. 하지만 난 당신 부하가 아냐."

"덕분에 우린 아무 지원군도 없이 비행 도넛에 타고 지구로부터 수십억 킬로미터 바깥에서 우주여행을 하고 있군그래."

"저도 지원군인데요." 피터가 손가락 하나를 펴 들었다.

"아니, 넌 그냥 참견꾼이야. 어른들 얘기에 끼어들지 마라." 토니도 이 녀석을 어떻게 다뤄야 할지 감이 잡히지 않았다.

스트레인지는 흥미를 보였다. "미안한데, 지금 두 사람 관계가 좀 헷갈리는군. 당신이 이 애 보호자라도 되나?"

"아니오." 피터는 앞으로 나서서 닥터 스트레인지에게 손을 내밀었다. "그건 그렇고 저는 피터예요."

"닥터 스트레인지야."

"아, 히어로 이름 쓰시는구나." 피터는 목을 흠흠 다듬었다. "음, 그럼 전 스파이더맨이에요."

스트레인지는 피터가 내민 악수를 받아주고 싶지도 않아졌다. 대신 다시 토니에게 주의를 돌렸다.

"항로를 알아서 바꾸고 있어." 토니가 침통하게 말했다. "자동 조종인가 보군."

"우리가 조종할 수 있나?" 스트레인지가 걱정스레 물었다. "집으로 갈 수 있어?" 스트레인지가 다시 물었다. 토니는 스트레인지에게 곁눈질을 했다. 그는 점점 더 딴 생각에 빠져들고 있는 것 같았다. "스타크?" 마법사도 인내심을 잃고 있었다. "우릴 집으로 보내줄 수 있냐고?"

"그래, 다 들었어." 스타크가 그를 쫓듯이 손을 흔들었다. 그는 그렇게 잠시 뜸을 들이더니, 새로운 아이디어를 제시했다. "우리가 지구로 돌아가야 할지 잘 모르겠어서 말이야."

스트레인지는 크게 놀랐다. "무슨 일이 있어도 타임 스톤을 타노스에게 가져가선 안 돼!" 그는 자신을 추스르기 위해 잠시 숨을 골라야 했다. "지금 이 상황을 제대로 이해하지 못하고 있나 본데."

"뭐?" 토니가 스트레인지에게 똑바로 다가가며 물었다. "아니, 상황을 제대로 이해하지 못하는 건 그쪽이야. 난 이미 너무 오랫동안 타노스에게만 매달렸어." 토니의 목소리는 점점 더 격해지고 있었다. "그놈이 뉴욕을 침공했을 때부터 벼르고 있었지. 이제 놈이 다시 돌아왔군그래!" 그리고 엄청난 혼란도 함께 돌아왔다. "그런데 난 뭘 어떻게 해야 할지 모르겠어. 그래서 타노스의 본진이나 우리 본진 중에 어느 쪽에서 싸워야 더 유리할지도 확신할 수가 없어. 하지만 그쪽도 저놈들이 저지른 짓거리를 봤잖아, 뭘 할 수 있는지 봤잖아. 최소한 놈의 본진에서 싸운다면 허를 찌를 수 있겠지. 그러니 놈에게 직접 가서 싸우자는 거야." 토니는 고개를 삐딱하게 기울인 채 스트레인지를 바라보았다. "동의하나, 닥터?"

그렇게 두 남성은 긴장감이 흐르는 침묵 속에서 서로를 평가하며 현재 주어진 선택지들을 검토해보았다. 스트레인지는 토니 스타크가 급조한 작전이 과연 가능할지 의문을 품고는 재빨리 머리를 굴려 가능한 대책들을 생각했다. 토니 역시 자신의 주장을 밀어붙일 준비를 하면서 상대를 기다렸다.

"좋아, 스타크." 스트레인지가 말했다. "놈에게 간다."

토니는 곧장 자신의 작전을 실행하려 움직였다. 하지만 스트레인지의 말은 끝난 게 아니었다. "하지만 이 점은 이해해주길 바라." 스트레인지는 신중하게 말했다. "당신이나 저 꼬마 아니면 타임 스톤 둘 중 하나를 구해야 할 상황이 된다면 난 주저 없이 두 사람을 죽게 내버려둘 거야. 온 우주가 걸려 있는 일이니 어쩔 수 없어."

"그래." 토니는 손을 뻗어 스트레인지의 팔을 두드렸다. "가치 평가 확실하네. 그렇게 하자고." 토니는 중대한 선택과 큰 희생을 치러야 한다는 게 어떤 의미인지 잘 이해하고 있었다. 그런 다음 그는 피터 쪽으로 돌아섰다.

"좋아, 꼬맹아." 피터는 한바탕 불벼락이 쏟아질 것을 각오했다. 하지만 대신 토니는 꼭 기사 서임식을 흉내 내듯이 피터의 양 어깨를 손으로 번갈아 두들겨주었다. "너도 이제 어벤져스다."

토니는 피터를 그대로 남겨둔 채 걸어가버렸다. 피터의 얼굴에는 잠시 동안 믿을 수 없다는 표정이 떠 있다가 신난다는 미소가 활짝 피어났다. 하지만 그 표정에는 이내 훨씬 더 굳건하고 심각한 감정이 떠올랐다. 그는 토니가 방금 자신을 어벤져스로 임명해주었다는 벅찬 감정을 가슴 깊이 받아들이며 스스로를 향해 고개를 끄덕였다.

피터는 눈을 빠르게 깜빡이며 어깨를 당당히 폈다. 활약할 준비가 됐다. 마침내 나쁜 일들이 더 적게 일어나도록 본격적으로 활약할 수 있게 됐다. 자신에게 주어진 이 능력을 사용해 뭔가 의미 있는 일을 할 것이었다.

변화를 만들 것이었다.

52

CHAPTER 10

51

　　　　　　　　　*생츄어리 II*로 끌려온 가모라는
타노스의 옥좌가 있는 방이자 자신에게 너무도 익숙한 방 안에
서 있었다. 그녀는 옥좌를 바라보았다. 그때 타노스가 식사가 담
긴 그릇을 들고 다가왔다.

　"네가 배고플 것 같더구나." 그는 이렇게 말하며 가모라에게 그
릇을 내밀었다. 가모라는 타노스가 내민 음식을 내려다보았다. 그
녀는 그릇을 받아 들고 반항적인 눈빛으로 타노스를 올려다보더
니 타노스의 옥좌로 음식을 집어 던져버렸다.

　"난 언제나 저 의자가 싫었어." 가모라는 그릇의 내용물이 주르
륵 흘러내리는 꼴을 보며 씹어 뱉듯 말했다.

　"나도 안다." 타노스는 건조하게 말했다. "그래도 언젠가는 네가
저 자리에 앉길 바랐지."

가모라는 분노가 이글거리는 눈으로 타노스를 바라보았다. "난 이 방이 싫었어. 이 우주선이 싫었어. 내 인생이 싫었어!"

타노스는 옥좌로 올라가는 계단에 앉아 가모라를 바라보았다. 그 얼굴에는 잠시 슬픈 감정이 스쳐 지나갔다. "그것도 안다. 거의 20년 동안 그 말을 매일 입에 달고 살았지 않니." 두 사람 사이에는 아주 잠시 동안 침묵이 흘렀다.

"당신은 아직 어린아이였던 나를 납치했어." 그녀는 화를 냈다.

"널 구한 거지."

가모라는 고개를 흔들었다. "아니, 아냐. 우린 고향 행성에서 행복하게 살고 있었다고."

"주린 배를 움켜쥔 채 잠들고, 쓰레기나 뒤지던 삶이? 네 행성은 멸망하기 일보 직전이었다. 그걸 저지한 게 바로 나야." 가모라는 타노스에게 돌아섰다. "그리고 무슨 일이 벌어졌는지 아느냐? 그 후에 태어난 아이들은 배부르단 느낌이 무엇인지, 또 푸른 하늘이 무엇인지 알게 되었다. 행성은 낙원이 되었어." 타노스는 자랑스럽게 말했다.

가모라는 몸을 홱 돌리며 외쳤다. "네가 행성 주민들 절반을 죽여버렸으니까!"

"구원에 비하면 아주 작은 대가지." 타노스가 말했다.

"당신은 미쳤어." 가모라는 으르렁거렸다.

"아주 간단한 계산이다, 꼬마야. 이 우주에는 한계가 있고, 그 자원에도 한계가 있지. 생명이 무한하게 불어났다가는 결국 다

멸망하고 만다." 그는 침착하게 말했다. "교정이 필요한 거야."

"당신이 그걸 어떻게 알아!" 가모라가 소리를 질렀다.

타노스는 한숨을 쉬고는 위쪽을 바라보았다. "그걸 아는 자는 오직 나뿐이다. 아니, 최소한 실천에 옮긴 사람은 나뿐이라고 하겠다." 자리에서 일어선 타노스는 계단을 내려가 가모라에게 다가갔다. "너도 한때 같은 대의를 품고 나를 도와서 싸웠지 않느냐." 이제 타노스는 가모라의 바로 곁에 와 섰다. "내 딸아."

그녀는 타노스를 올려다보았다. 그 눈빛은 차가웠다. "난 당신 딸이 아냐. 당신이 가르쳐주었던 모든 것을 증오했어."

"덕분에 우주에서 가장 위험한 여자가 됐지 않느냐." 타노스가 지적했다. "그래서 소울 스톤을 찾아내는 과업도 네게 믿고 맡긴 거다."

"실망시켜 드려서 죄송하군." 그녀는 무감정한 목소리로 말했다.

타노스는 살짝 고개를 떨궜다. "그래, 실망스럽다. 허나 네가 소울 스톤을 찾지 못해서가 아니야." 그는 가모라 앞에 몸을 숙였다. 꼭 그녀를 처음 만났던 그날처럼. 그렇게 타노스는 낮게 포효하는 듯한 목소리로 말했다. "네가 소울 스톤을 찾아서지." 그는 가모라의 두 눈을 똑바로 바라보았다. "그래놓고 거짓말을 해서야."

타노스는 가모라를 감옥으로 데려갔다. 가모라는 감옥에 갇혀 있던 사람을 보고 경악을 금치 못했다. 바로 네뷸라였다. 그녀의 여동생은 공중에 뜬 채 옴짝달싹 못하고 있었다. 네뷸라의 사이

보그 신체는 온통 산산조각으로 분해된 채 붙들려 있어서 꼭 사지가 강제로 잡아 늘려진 것처럼 보였다. 감옥 방에는 네뷸라가 거칠게 씩씩거리는 소리가 울려 퍼졌다.

가모라와 네뷸라의 관계는, 좋은 말로 표현하자면 언제나 좀 굴곡이 져 있었다. 두 자매는 언제나 타노스가 가모라를 편애한단 사실을 알고 있었고, 그렇기에 끊임없이 경쟁하면서 아버지의 관심을 독차지하기 위해 싸웠다. 이제 그 아버지가 가장 아꼈던 딸은 그 오랜 악연의 흔적을 두 눈으로 다시 확인하게 되었다.

가모라는 네뷸라의 뒤틀린 육신을 바라보았고, 곧 두 사람의 시선이 마주쳤다. 네뷸라의 겁에 질린 눈초리는 가모라를 완전히 휘어잡았다. "네뷸라." 가모라는 여동생에게 달려가며 흐느꼈다. 그녀는 타노스를 돌아보았다. "이러지 마."

"얼마 전에 네 여동생이 이 우주선에 숨어들어 나를 암살하려 했다." 타노스가 입을 열었다.

"제발 이러지 마." 가모라가 울음을 터뜨렸다.

"그리고 하마터면 성공할 뻔했지. 그래서 이 아이를 여기까지 데려왔다. 이야기나 시켜주려고 말이야." 그는 인피니티 건틀렛을 몇 번 쥐었다 폈다 하더니 파워 스톤을 사용해 네뷸라의 신체 부위들을 사방으로 잡아당겨 이 실패한 암살자로부터 비명을 뽑아냈다.

"그만, 그만해." 가모라는 타노스에게 다가가 건틀렛에 손을 올렸다. 그 손길은 친숙하고 안온했다. 그녀는 타노스를 올려다보았다. "내 목숨을 걸고 맹세해. 소울 스톤은 절대 못 찾았어."

타노스는 경비병에게 눈짓을 했다. 경비병은 버튼을 몇 개 눌렀다.

"메모리 파일 접속." 컴퓨터에서 목소리가 흘러나왔다. 네뷸라의 눈에서 화질이 거칠고 깜빡이는 영상이 투영되더니, 가모라의 눈앞에서 마치 악몽처럼 생생히 재생되었다.

"타노스가 어떻게 할지 알잖아. 이제 모든 것이 준비되었으니 스톤을 모으러 갈 거라고. 그리고 모조리 손에 넣을 거야." 오래전에 네뷸라가 했던 말이 방 안에 울려 퍼졌다.

"절대 다 찾지는 못할걸." 홀로그램 속의 가모라는 팔짱을 낀 채 자신만만하게 서 있었다.

"그럴 리가 없어!" 네뷸라는 숫제 소리를 질렀다.

"아니, 네뷸라. 찾지 못할 거야. 내가 소울 스톤이 있는 곳으로 향하는 지도를 찾아내서 불태워버렸거든. 내가 직접 태웠어." 홀로그램 속의 가모라가 사라지자 타노스는 진짜 가모라에게 가까이 다가갔다. 그가 입을 열자 가모라는 온몸에서 힘이 빠져나가는 것 같았다.

"네가 강하고 관대한 건 다 내 가르침 덕분이다." 이제 타노스는 가모라의 바로 뒤에 서 있었다. "하지만 거짓말하는 법은 가르치지 않았지. 그래서 네가 그렇게 거짓말을 못하는 거야." 여전히 그녀의 뒤에 서 있던 타노스는 건틀렛을 낀 손을 가모라의 앞으로 뻗었다. 그가 한마디씩 입을 열 때마다 그 손가락도 느릿하게 움직였다.

"소울 스톤은 어디에 있지?" 타노스는 다시 한번 물었다. 가모라는 고개를 흔들었다. 말하지 않을 것이었다. 말할 수 없었다.

타노스는 손가락을 강하게 모아 쥐었다. 네뷸라는 스톤들이 밝게 빛나는 모습을 무력하게 쳐다보았다. 곧 이제껏 절대 겪어보지 못했던 고통이 그녀를 덮쳤다. 네뷸라는 고통 속에서 온몸을 비틀며 비명을 질렀다. 매 초가 1년처럼 느껴지고, 차라리 죽고 싶어지는 고통이었다.

가모라는 아버지의 고문 아래 고통스러워하는 여동생을 바라보면서, 한 사람의 목숨과 수십억의 목숨 사이의 값을 매겨보았다. 하지만 그녀는 자신의 여동생이었고, 더 이상은 네뷸라의 고통에 찬 절규를 견뎌낼 수가 없었다. 가모라는 여전히 입을 닫은 채 아버지로부터 소울 스톤의 행방을 숨기려 했다. 하지만 가모라가 고뇌한다는 걸 눈치챈 타노스는 주먹을 더욱 강하게 쥐었고, 곧 네뷸라의 온몸이 한계를 넘어서 삐그덕거리는 소리가 방 안을 가득 채웠다.

"보르미르!" 가모라는 소리쳤다. 타노스가 주먹을 풀자 네뷸라의 비명도 멎었다. 그녀는 거칠게 숨을 헐떡이며 어떻게든 호흡을 가다듬으려 애썼다. 가모라는 네뷸라에게 다가가 눈물로 얼룩진 동생의 옆얼굴에 손을 가져다 댔다. 네뷸라는 그저 고개를 흔들었다. 그 자신의 목숨이 소울 스톤에 대한 정보를 뽑아내기 위한 인질로 전락했다는 게 너무나 죄스럽게 느껴졌다. "소울 스톤은

48

보르미르에 있어." 가모라는 더 조용하게 말했다.

타노스는 미소를 지으며 순간이동 포탈을 열었다.

"안내해다오."

"나는 그루트다." 그루트는 의자에 앉은 채 칭얼댔다.

"그냥 컵에다 싸라니까 그러네. 안 보고 있을게. 뭐 구경거리라도 달고 있어서 그러냐? 그래 봤자 나뭇가지 아냐? 나뭇가지 못 본 사람이 어디 있다고 그래."

"나는 그루트다." 그루트의 목소리는 더더욱 다급해졌다.

"컵에 있는 건 우주로 쏟아버린 다음 싸면 되지." 토르가 바르르 떨고 있는 묘목을 돌아보며 말했다.

"너 그루트 말도 할 줄 알아?" 선장석에 앉아 있던 로켓이 뒤를 돌아보며 말했다.

"응, 아스가르드에서 배웠지. 선택 과목이었거든."

"나는 그루트다." 더 이상 소변이 급하지 않게 된 그루트는 이제 지루하다는 듯이 말했다.

"그건 좀 친해진 다음에 얘기하지. 니다벨리르는 중성자 별의 열기로 무기를 만들어." 토르는 창문으로부터 물러나 마치 지친 듯이 계단에 주저앉아 고개를 낮게 떨궜다. "내 망치도 거기서 태어났어. 정말 굉장한 녀석이었는데." 로켓은 토르의 평온한 목소리를 듣고 몸을 뒤로 돌렸다.

"좋아, 선장 노릇 좀 해볼까." 로켓은 우주선을 자동 조종으로 전환한 다음 안전벨트를 풀고 토르에게 다가갔다. 그는 괜히 우주선의 좌표를 읽는 척하면서 토르에게 말을 걸었다. "그래, 동생이 죽었다고? 그것 참 짜증나겠네."

"뭐, 그 녀석은 예전에도 몇 번 죽었었어. 하지만 이번에는 정말로 죽은 것 같아." 토르는 말했다. 지금 이 순간에도 그 사실을 받아들이려고 애쓰는 것 같았다.

"누나랑 아버지도 죽었다고 했지?"

"두 분 다 돌아가셨지." 토르는 고개를 흔들며 말했다.

"그래도 어머니께서는 잘 계시지?"

"다크 엘프한테 살해당하셨어." 토르는 로켓을 바라보지도 못했다.

"절친은?"

"심장을 똑바로 찔렸지." 토르는 무심한 목소리로 자신이 지금껏 잃은 모든 사람들을 줄줄이 나열하면서 점점 더 애수에 잠겨드는 것 같았다.

로켓은 그에게 다가섰다. "그런데도 이번에는 타노스를 죽일 수 있을 것 같아?"

"물론이지." 토르는 로켓의 걱정을 지워버리려는 듯 억지웃음을 지어 보였다. "분노, 복수심, 상실감, 후회, 다 굉장한 동기 부여가 되어주는 감정들이야. 정신을 정말 맑게 해주지. 그러니 난 문

47

제 없어."

"그래, 하지만 이 타노스라는 양반… 진짜 최강이라며."

"나랑은 아직 안 싸워봤지."

"어, 싸워봤거든." 로켓은 담담히 사실을 가리켰다.

토르는 잠시 로켓의 대답을 곱씹어보았다. "나랑 두 번은 안 싸워봤지. 그리고 난 이제 새 망치도 얻어 간다는 점 잊지 마."

"그 망치 성능이 장난 아니어야 할 텐데." 로켓의 말은 토르의 마음을 엄습해왔고 곧 자신이 짓고 있던 억지웃음마저도 마음 속 깊이 응어리진 슬픔을 자극하고 말았다. 그는 자신을 추스르기 위해 안간힘을 썼다. 여기서 슬픔에 무너질 수는 없었다.

"그 왜, 난 1500살이나 먹었거든. 그리고 지금껏 그 나이보다 두 배는 더 많은 적들을 처치했어. 그 적들도 모두 나를 죽이려고 들었지만 단 한 명도 성공하지 못했지. 내가 지금껏 살아 있는 이유는 운명이 날 살려줬기 때문이야. 타노스는 그저 내가 가장 마지막으로 상대했던 적이자 곧 내 복수를 맛보게 될 적일 뿐이야. 운명이 그렇게 흘러 갈 거야."

"만약 그 생각이 틀렸으면?" 로켓의 질문은 토르의 명치에 정통으로 박혔다. 하지만 토르는 거침없이 술술 대답했다.

"그 생각이 틀렸더라도, 내가 더 잃을 게 뭐가 있겠어?" 토르는 참 굉장한 의미를 담은 대답을 한 후 주인을 배신하며 흘러내린 한 방울의 눈물을 닦아냈다. 그는 로켓이 계속 음울한 진실들을 짚으면서 자신의 완벽하고 찬란한 인생사에 대해 더 설명하기 전에 자리에서 일어나 로켓으로부터 멀어졌다.

"난 잃을 게 많은데." 로켓은 중얼거렸다. "아이고, 내 입장에서는 잃을 게 산더미지." 로켓은 품속에서 뭔가를 꺼냈다. "좋아." 로켓은 토르에게 다가갔다. "뭐, 네가 그 뚱덩어리 자식을 처치할 운명이라면 눈알도 두 쪽 다 붙어 있는 게 낫겠지." 로켓은 토르에게 선물을 주었다.

"이게 뭐야?" 토르는 그 선물을 받았다.

"뭐처럼 보이냐? 콘트락시아에서 어떤 밥맛이랑 내기해서 얻은 거야." 로켓은 다시 선장석에 앉아 안전벨트를 맨 다음 자동 조종 기능을 껐다.

"그래서 그 밥맛이 판돈으로 자기 눈을 떼서 줬다고?"

"아니, 판돈은 100크레딧이었어. 눈알은 그날 밤에 내가 그 녀석 방에서 몰래 훔쳐 갖고 나온 거야."

"고맙군, 착한 토끼." 토르가 안대를 벗겨내자 그루트가 잽싸게 그쪽을 바라보았다. 비디오 게임보다 훨씬 더 재미있는 일이 벌어지고 있었다. 토르는 눈구멍을 크게 벌린 다음, 새 눈알을 '뽁' 하고 집어넣었다.

"나 같으면 씻어서 넣었을 거야. 그걸 콘트락시아에서 갖고 나오려고 어디다 숨겼었냐면—." 그때 우주선에 경고음이 울려 퍼졌다. "야, 도착했네!"

토르는 자신의 관자놀이를 툭툭 치면서 새 주인에게 적응하려는 눈알의 초점을 맞추려 했다. "이 의안 고장 난 것 같은데. 온통

46

어두워 보이는걸." 토르는 자리에서 일어나 우주선의 앞 유리창 너머를 바라보았다.

"의안이 고장난 게 아냐." 불길한 어둠이 일행을 감쌌다.

"뭔가 잘못됐군. 별의 불꽃이 꺼졌잖아. 게다가 고리도 모두 얼어붙었어."

로켓이 니다벨리르에서 구경하고 싶었던 모습은 흔적조차 없었다. 한때 위대한 대장간을 뜨겁게 달궜지만 지금은 꺼져버린 중성자별의 빛처럼. 로켓은 조심스레 우주선을 조종해 별의 표면으로 내려갔다.

별에 착륙한 세 사람은 우주선에서 나왔고, 토르는 대장간이었던 폐허를 이리저리 거닐기 시작했다. 그는 대체 어떤 사달이 났기에 이런 일이 벌어졌는지 근심스러웠다.

"그 드워프라는 양반들, 청소는 이 따위로 해도 무기는 잘 만들었으면 좋겠네. 아니면 더 이상 이런 우주 쓰레기장에서 살기가 싫어졌는지도 모르지."

"이 대장간은 지난 수백 년 동안 꺼진 적이 없었는데." 아스가르드인이 말했다.

그때 로켓은 침을 꿀꺽 삼켰다. 그의 눈에 들어온 물체는 어쩌면 니다벨리르가 이 꼴이 된 이유를 설명해줄 단서일지도 몰랐다.

"타노스가 장갑을 끼고 있었댔지?" 로켓이 토르를 불렀다.

"그래, 그건 왜?"

눈길을 돌린 토르도 로켓이 찾아낸 물건을 보았다. "저렇게 생긴 장갑이야?"

온전한 장갑 주형 하나가 제련용 양동이 옆에 놓여 있었다. 홈이 여섯 개 뚫려 있는 커다란 장갑 모양을 하고 있었다. 의심의 여지가 없었다. 그들은 인피니티 건틀렛이 만들어진 장소에 와 있었다.

"나는 그루트다!" 사춘기 나무가 목청 찢어지는 목소리로 경고했다.

"우주선으로 돌아가." 토르는 최악의 상황을 생각하며 명령했다. 하지만 이미 늦었다. 갑자기 헝클어진 장발과 시커먼 수염을 잔뜩 기른 거인이 나타났다. 그는 토르를 대장간 건너편으로 걸어 차버린 다음 몸을 돌려 그루트와 로켓도 똑같이 차버렸다. 그 거인은 토르에게 쿵쿵거리며 다가갔고, 토르는 덥수룩하게 자란 그 머리털 속의 눈에서 살의가 빛나는 걸 보았다.

"에이트리, 잠깐만!" 거대한 인영은 자신의 이름을 듣고 멈칫했다. "그만둬!" 토르는 다시 침착하게 말했다. "그만둬."

니다벨리르 대장간의 수호자이자 묠니르의 제작자, 드워프 에이트리는 그 자리에 멈춰 섰다. 몸에 걸친 옷은 온통 누더기가 되어 있었고, 머리카락은 온통 산발을 하고 있었다. 꼭 몇 개월은 잠도 자지 못한 것처럼 보였으며 오랫동안 씻지도 못한 듯한 악취가 풍겼다.

"토르?" 에이트리도 토르를 알아보는 것처럼 마치 오랜 비몽사몽에서 깨어난 듯한 목소리로 말했다.

토르는 자신의 오랜 친구에게 다가갔다. "대체 무슨 일이 벌어진 거야?"

"너희가 우릴 지켜줬어야지. 아스가르드가 우릴 지켜주기로 했잖아." 에이트리가 비통하게 절규했다.

"아스가르드도 멸망했어." 자리에서 일어난 토르는 인피니티 건틀렛의 주형을 가리켰다. "에이트리, 저 장갑. 대체 무슨 짓을 한 거야?"

드워프는 수치와 후회로 가득 찬 얼굴로 주위를 둘러보았다. 그러더니 대장간 바닥에 쿵, 소리를 내고 앉아 패배감에 찌든 듯이 등을 기댔다. "이 고리에는 300명의 드워프가 살고 있었지. 난 놈의 요구를 들어준다면 다 무사할 줄 알았어. 그래서 놈이 원하는 대로 인피니티 스톤들의 힘을 담을 수 있는 장치를 만들어줬지." 그의 말 한마디 한마디에는 절망감이 짙게 배어 있었다. "그런 다음 놈은… 놈은 드워프를 모조리 죽여버렸어. 나만 빼놓고."

그제야 토르는 에이트리의 양손이 잔뜩 오그라든 채 단단한 금속으로 뒤덮여 있다는 사실을 깨달았다.

"'네 목숨은 네 것이다, 허나 그 손은 온전히 나의 것이다'라더군."

토르의 목소리에는 힘과 위엄이 서려 있었고 그 태도는 확고했다. "에이트리, 손이 그렇게 되었어도 문제는 없어. 네가 지금껏 만들었던 무기들, 그 도끼며, 망치며, 검이며… 다 네 머릿속에 그대로 있잖아. 이젠 나도 모든 희망이 사라진 것 같은 기분이 어떤지 알아. 날 믿어. 아주 잘 아니까. 하지만 너와 내가 함께라면…" 오던의 아들은 에이트리와 시선을 똑바로 맞춘 채 에이트리의 마음속에 절절히 울리는 맹세를 내뱉었다.

"타노스를 죽일 수 있어."

은하계 반대편에서는 *생츄어리 II*가 깊은 우주 속에 떠 있었다. 타노스가 생츄어리 II를 떠난 지금 이 순간에도, 이 우주선에는 타노스의 대의를 믿는 자들이, 자신의 군대에서 복무하는 수많은 종족들이, 그리고 타노스를 호위하는 수백 명의 경비병들이 타고 있었다.

그런 경비병 중 한 명은 타노스가 두 번째로 편애했던 딸인 네뷸라의 만신창이가 된 신체를 다시 복구해놓으라는 명령을 받았다. 그는 허공에 매달려 있는 네뷸라의 주변을 돌며 그녀의 아버지가 산산조각 내놓았던 부품들을 다시 제자리에 끼워 맞췄다. 그러다 뭔가 윙윙 도는 소리가 났다. 소리가 난 쪽을 보니 네뷸라의 사이보그 안구가 튀어나와 있었다. 경비병들은 타노스가 보르미르에서 돌아왔을 때 네뷸라를 온전히 복구해놓으라는 엄한 명령을 받은 상태였다. 그래서 경비병은 사이보그 안구를 살펴보러 갔다.

그 순간 네뷸라는 경비병을 기습해 순식간에 제압했다. 경비의 시신이 땅에 쓰러지자, 그녀는 *나를 놓친 죄를 타노스에게 추궁받지는 않을 테니 차라리 감사하는 게 나을 거라고* 생각했다. 네뷸라는 다시 주어진 임무에 집중하며 자신의 감방 안에 있던 통신기로 달려갔다. 그러고는 익숙한 좌표를 입력했다.

통신을 받은 쪽에서 뭐라고 하기도 전에, 네뷸라는 상대를 조용히 시켰다. 그녀는 통신기에 입을 가까이 대고 한때 자신의 동료였던 자에게 속삭였다.

"맨티스, 내 말 똑똑히 들어. 타이탄으로 와."

"이게 무슨 일이래요?" 자신들이 타고 있던 도넛이 타이탄에 착륙하려는 것 같자 피터 파커가 물었다.

"도착한 것 같군." 스트레인지가 무서운 속도로 가까워지는 행성을 보면서 말했다.

"아무래도 이 우주선에 자동 착륙 기능까지 달리진 않은 것 같은데." 토니가 말했다. 그는 서둘러 피터에게 달려가 우주선의 조종 장치 쪽으로 떠밀었다. "그 조종 장치에다 손 집어넣고 고정시켜. 알겠니?" 토니도 반대쪽에 있던 조종 장치에 손을 단단히 집어넣었다.

"네, 알겠어요." 피터도 시키는 대로 했다.

"원래 덩치가 엄청 큰 사람이 혼자 조종하는 장치인 것 같은데. 그러면 우리도 동시에 움직여야 할 거야." 토니는 언제나 스승이었다. 자신의 제자와 함께 머나먼 행성에 초대형 도넛을 착륙시키는 이 순간에도 말이다.

"알았어요, 알았어요. 준비 됐어요." 피터는 우주선의 속도가 점점 높아지면서 타이탄의 표면을 뒤덮은 거대한 별 모양 구조물로 돌진하는 모습을 공포에 질려 바라보았다.

"이거 항로를 돌려야겠는데요. 돌려요! 돌려요! 돌려요!" 토니도 슈트까지 다시 작동시키며 안간힘을 냈고 피터 역시 마찬가지였다. 하지만 소용이 없었다. 모두는 추락하고 있었다. 우주선이 두 동강나 땅에 부딪히려는 순간, 스트레인지가 앞으로 나서더니 황금빛 역장을 전개해 세 사람 모두를 감쌌다.

타이탄에 온통 널려 있는 폐허는 그 옛날 이 별이 누렸던 영광을 증명하는 것만 같았다. 별 모양의 구조물이 사방에 흩어져 있었고 대기는 마치 별 전체가 불타버린 것처럼 재와 먼지가 가득 메우고 있었다. 창백한 붉은빛의 하늘은 그저 종말적 분위기를 더해줄 뿐이었다. 게다가 중력이 거의 존재하지 않는 지역들도 있어서 먼지와 잔해를 하늘 높이 띄워 보내는 바람에, 꼭 사방이 묘지로 가득한 것 같은 느낌이 들었다.

"다 괜찮나?" 스트레인지가 한때 에보니 모의 우주선이었던 잔해 속에서 끙끙거리던 토니에게 달려갔다. 스트레인지가 한 손을 내밀자, 토니는 기꺼이 그 손을 잡고 마법사의 부축을 받아 일어났다. 두 사람의 예전 관계를 생각한다면 장족의 발전이었다.

"아슬아슬했네." 토니가 말했다. 스트레인지는 고개를 끄덕이며 우주선의 잔해를 둘러보았다. "신세 한번 졌군."

피터가 아직 멀쩡한 우주선의 천장에서 줄을 타고 내려와 종알 거리기 시작했다. "그냥 말하는 건데, 갑자기 에일리언이 나타나서 제 가슴에 알을 까는 바람에 아저씨들을 잡아먹게 되면 참 죄송할 거예요—."

토니는 아주 엄격한 삿대질을 하며 피터의 말을 끊었다. "더 이상 영화 얘기는 듣고 싶지 않아, 알아들었나?" 토니가 꾸짖었다.

"뭐가 다가온다고 말하려 했을 뿐이에요." 피터가 툴툴거렸다.

일행이 피터의 말에 미처 대응하기도 전에 웬 금속 구체 하나가 세 사람 사이로 굴러오더니 폭발하면서 스트레인지와 토니를 뒤로 날려버렸다.

그러자마자 바위 뒤편에서 가디언즈 오브 갤럭시가 나타나 토니 일행에게 달려들었다.

"타노스!" 드랙스는 스트레인지에게 자신의 쌍검을 던지며 외쳤다. 스트레인지는 재빨리 손목을 튕겨 마법 채찍을 만들어낸 다음, 자신에게 달려오던 녹색 외계인 드랙스를 무장해제 시켰다. 드랙스가 엉거주춤하던 사이 레비테이션 망토가 날아가더니 드랙스의 근육질 덩치를 간단하게 제압하여 땅에 쓰러뜨렸다.

아이언맨은 마스크를 쓴 스타 로드의 블래스트 공격을 피해 하늘로 날아올랐다. 두 사람은 서로 공격을 날리면서 상대의 공격을 공중에서 교묘하게 피하고 막아냈다. 아이언맨이 얼핏 우세인 것처럼 보였지만, 스타 로드가 토니의 아크 리액터에 강력한 자석을 붙여버리자 아이언맨은 근처에 있던 커다란 금속 파편에 들러붙어 낑낑대는 꼴이 되어버렸다.

"내 몸 속에 알 낳지 마!" 피터는 맨티스로부터 정신없이 뒤로 빠지면서 소리를 질렀고, 그녀를 피해 요리조리 잽싸게 움직이는 와중에도 거미줄을 난사해댔다.

"가만히 있어, 요 광대 녀석아." 스타 로드가 꽁꽁 묶인 맨티스로부터 스파이더맨을 멀리 걷어차면서 외쳤다. 데굴데굴 굴러가던 스파이더맨은 기계 거미 다리 4개로 우주선의 잔해 여기저기를 튀어 다니며 스타로드의 블래스트 공격을 피했다.

드랙스는 여전히 자신의 얼굴을 감싼 살아 있는 망토를 풀려고 씨름 중이었다. "죽어라, 이 죽음의 담요야!" 그는 성을 내며 외쳤다.

마침내 자석에서 자유롭게 풀려난 토니는 완전무장을 한 다음, 여전히 망토와 낑낑거리고 있던 드랙스에게 다가가 그의 가슴팍을 밟고 섰다. 이를 본 스타 로드 역시 스파이더맨을 붙잡고 자기 블래스터를 피터의 머리 옆에 들이댔다.

"다들 꼼짝 말고 진정들 하지?" 스타 로드는 말했다. 퀼은 얼굴 쪽으로 손을 올려 마스크를 해제한 다음 아이언맨 쪽을 돌아보았다. "딱 한 번만 물어본다. 가모라 어딨어?"

"그래." 토니가 대꾸했다. "내가 더 좋은 질문 해보지. 가모라가 누구야?" 그 역시 얼굴을 감싼 마스크를 해제했다.

드랙스는 레비테이션 망토와 실랑이를 벌이다가 좀 철학적으로 변한 것 같았다. "내가 더 좋은 질문을 해볼까? 왜 가모라야?"

"어디 있는지 불지 않으면 이 요상한 꼬맹이를 튀겨버릴 테다." 퀼은 블래스터를 스파이더맨의 머리에 더 깊숙이 박아넣었다.

"그래? 네가 우리 애를 쐈다간 나도 이 자식을 날려버릴 테다.

어디 한번 해보자고!" 토니도 퀼의 허풍에 지지 않고 받아쳤다. 하지만 토니가 아무리 허세를 부려본들 그 목소리에서는 지금 이 상황에서 느끼는 두려움이 진득이 묻어 나오고 있었다. 토니는 떨고 있었다. 그는 자신의 공포를 애써 밀어놓으면서 자신이 가진 무장 중에서도 특히나 무시무시하게 생긴 무기를 꺼내 드랙스의 코앞에 들이댔다.

"쏴 버려, 퀼! 난 버틸 수 있어." 드랙스는 항복한다는 듯이 양손을 올린 채 마음의 준비를 했다.

"아뇨, 못 버텨요." 맨티스가 외쳤다.

"쟤 말이 맞아. 넌 못 버텨." 스트레인지도 드랙스에게 눈길을 던지며 긍정했다.

"아 그래? 가모라가 어디 있는지 말하고 싶지 않은 모양이지? 상관없어. 너희 세 놈을 다 죽여버린 다음 직접 타노스를 족칠 테다. 너부터 시작할까?" 퀼은 스파이더맨을 더 단단히 붙들었다.

"잠깐만, 뭐? 타노스? 좋아, 딱 한 번만 물어보겠어. 네 주인이 누구냐?" 스트레인지가 이 상황의 혼란스러운 전개를 따라가느라 숨이 찬 목소리로 물었다.

"내 주인이 누구냐고? 주 예수 그리스도라고 대답해야 되나?" 퀼이 황당한 심정으로 뱉은 한숨은 뉴욕에서도 들릴 지경이었다. 토니는 퀼을 바라보았다. 머릿속에 한 가지 깨달음이 서서히 모양을 갖추기 시작했다.

"너, 지구 출신이로군." 토니가 말했다. 그 일그러진 얼굴의 한 꺼풀 밑에는 여전히 눈앞의 얼간이가 스파이더맨의 머리에 블래스터를 겨누고 있는 상황을 두려워하고 있었다.

"지구는 무슨, 난 미주리 출신이거든?"

"그게 지구야, 이 멍청아. 대체 왜 우릴 귀찮게 한 거야?" 토니가 완전히 맥 빠진 목소리로 버럭 소리쳤다.

"당신들 타노스 편 아니에요?" 스파이더맨이 작게 웅얼거렸다.

"타노스 편이냐니? 아냐, 난 타노스를 죽이러 왔어. 그 자식이 내 여자 친구를 납치해갔거든. 잠깐만, 그럼 너희는 누구야?" 퀼이 마침내 블래스터의 총구를 내렸다. 그의 머릿속은 가모라를 잃고 미쳐버릴 지경이었기에, 자신의 연인을 찾아야 한다는 강박적인 의무감 외에는 다른 생각을 하기 힘든 판이었다.

"우린 어벤져스예요." 피터도 마침내 얼굴을 드러내며 말했다.

"토르가 말했던 사람들이군요!" 맨티스가 혼란에 빠진 듯 큰 목소리로 말했다.

아이언맨은 맨티스의 말을 듣고 멈칫했다. "토르를 알아?"

"그래. 키 크고, 별로 안 생긴 놈. 우리가 구해줬지." 퀼이 억지로 담담한 목소리를 내려고 하면서 말했다.

토르가 타노스의 공격을 받고도 살아남았다는 점, 어쩌면 우주에서 유일하게 그런 위업을 해냈을지도 모른다는 점은 닥터 스트레인지의 관심을 끌었다. 그는 반드시 토르와 이야기를 나눠보아야만 했다. 아무래도 이 운명의 실마리가 서서히 풀려가는 상황에서 그 아스가르드인은 아주 중요한 역할을 수행할 것만 같았다.

41

"토르는 어디 있나?"

어둠 속에 빠진 니다벨리르의 대장간에는 정말 수많은 비밀들이 깊숙이 숨어 있었다. 에이트리는 그런 비밀들 중 하나를 꺼내 들었다. 고대의 주물이자 거푸집이었다. 한쪽은 도끼요, 다른 한쪽은 망치의 형상을 띤 쇳덩어리의 모습을 띠고 있었다.

로켓은 별 감흥이 없다는 눈길로 쳐다보았다. "이게 그 계획이야? 타노스를 이 돌멩이로 후려치는 건가?"

에이트리는 험악한 눈길로 로켓을 바라보며 설명했다. "이건 주물이야. 왕의 무기를 만들 틀이지. 아스가르드 최강의 무기가 될 거다. 이론적으로는 바이프로스트도 소환할 수 있어."

이 무기가 바이프로스트마저 소환할 수 있다는 말을 들은 토르는 그쪽으로 빠르게 시선을 돌렸다. 이걸로 아홉 왕국 곳곳을 이동할 수만 있다면 자신이 타노스보다 지구에 한 발 앞서 도착해 놈을 저지할 수 있을 터였다.

"이름은 지어졌나?" 토르가 물었다.

"스톰브레이커야."

로켓이 코웃음을 쳤다. "이름 한번 거창하네."

토르는 이미 아스가르드의 모든 무기들에 얽힌 설화들을 다 알고 있었다. 하지만 어디까지나 전설일 뿐이라고 생각해왔었다. 지금까지는. "그럼 어떻게 만들지?"

이 부분에 이르자 에이트리의 얼굴에 실망감이 어렸다. "대장간에 불길을 다시 지펴야 해. 죽어가는 별의 심장을 일깨워야 하지.”

토르는 머릿속에서 괜찮은 생각을 하나 떠올리고 이 시련을 받아들이기로 했다. 그는 로켓을 바라보며 우주선의 선장에게 고개를 끄덕여 보였다. “우주선 시동 걸어, 토끼.”

타이탄에서는 가디언즈 오브 갤럭시와 어벤져스가 머리를 맞대고 회의를 하려는 중이었다.

“뭐 이따위로 생겨먹은 행성이 다 있어? 자전축에서 8도나 기울어졌어. 그러니 중력이 이렇게 개판이지.” 퀼은 황량해진 지표의 폐허 속에서 조심조심 발을 내딛으며 말했다.

“그래, 그래도 우리가 타노스보다 유리한 점 한 가지는 있어. 바로 놈이 우리에게 온다는 거지.” 토니가 말했다. 그 뒤편에서는 맨티스가 행성의 요상한 중력을 이용해 하늘 높이 방방 뛰어오르고 있었다. 토니가 말을 이었다. “그 점을 이용하자고. 좋아, 나한테 작전이 있어.” 그는 퀼 쪽으로 걸어갔다. “이렇게 시작해볼까. 아주 간단해. 놈을 덮쳐서 제압한 다음, 우리에게 필요한 장갑만 뺏는다. 그 자식이랑 싸울 필요도 없어. 우린 인피니티 건틀렛만 있으면 돼.” 간단한 작전이었지만 어디까지나 시작에 불과했다.

그때 드랙스의 하품 소리가 들렸다.

토니는 피가 머리끝까지 솟았다. “지금 하품을 해? 내가 지금 작전을 설명하고 있는데? 어? 내가 뭐라고 했는지는 들었어?”

“‘작전이 필요하다’는 부분부터 안 들었는데.”

"좋아, 저 멍청씨는 하나도 안 들으셨다는군." 토니는 다시 처음부터 설명할 준비를 했다.

"아이고, 우린 그런 작전 같은 건 잘 안 세워." 퀼이 설명했다.

"그럼 여러분은 어떻게 하죠?" 스파이더맨은 맨티스와 드랙스를 가리키며 말했다.

"이름을 차고, 엉덩이를 적어요." 맨티스가 예의 그 '무시무시한' 목소리로 말했다.

"그래, 그렇고말고." 드랙스도 자신만만하게 동의했다.

토니는 두 사람을 오랫동안 바라보았다.

오랫동안.

자신들은 이제 사상 최강의 적수를 맞이하기 일보 직전이었다. 타노스는 지난 6년 동안 토니의 악몽이었다. 우주의 생명체 중 절반을 쓸어버리겠다는 적이요, 손가락 한번 튕겨서 수조에 달하는 무수한 생명체들을 죽이겠다는 자였다. 그리고 토니 자신은 지금 평소에 같이 싸우던 동료들이나 고향으로부터 수백만 킬로미터는 떨어진, 웬 죽은 행성의 폐허 사이에 서 있었다. 일생일대의 결전을 홀로 치를 판국이었다. 아니, 차라리 홀로 싸우는 게 더 나았을지 모른다. 지금 자기 옆에서 눈을 초롱초롱 뜨고 있는 꼬마와 콧대 높은 마법사도 지켜야 하는데, 이제는 웬 멍청이 세 명이 나타나서는 자존심만 뻗대다가 일행을 다 죽이게 생긴 것이다.

"좋아, 그냥 다 이리 모여봐. 로드 씨, 당신네 패거리 좀 모아 오겠어?"

"'로드 씨'라니. 그냥 스타 로드라고 불러." 퀼이 맨티스와 드랙스에게 고개를 한번 끄덕여 보이자, 두 사람은 앞으로 걸어왔다.

토니는 일행에게 일장 연설을 시작했다. "우린 힘을 합쳐야 해. 다들 결단력 있는 태도로 놈과 맞서기만 한다면…"

"이봐, 결단력 같은 얘기하지 마. 우린 그게 무슨 뜻인지도 몰라." 퀼이 말했다. 토니는 퀼을 바라보았다. 상황이 이것보다 더 나빠질 수 있을까? "그래, 우리 긍정적이다. 그래, 당신 작전도 마음에 들어. 엄청 구리다는 것만 빼면. 그러니 작전은 내가 세울게, 그럼 다 잘 풀릴 거야."

"그때 댄스 배틀로 우주를 구했던 것도 말해줘." 드랙스가 자랑스럽게 말했다.

"댄스 배틀이라니?" 토니가 물었다.

"아무것도 아냐." 퀼은 거짓말을 했다.

"영화 〈풋 루스〉에 나왔던 것처럼요?" 피터 파커가 물었다.

"그래, 정확해. 그 영화 아직도 사상 최고의 명작이냐?" 퀼이 흥분해서 물었다.

"그런 적 없는데요." 피터가 아무 생각 없이 경솔하게 던진 대답은 퀼의 가슴에 비수가 되어 박혔다.

"저런 얘기 자꾸 받아주지 마, 알겠니?" 토니가 어벤져스의 막내에게 말했다.

"네." 피터가 속삭였다.

"여기서 플래시 고든(미국의 고전 SF 만화 및 그 주인공-옮긴이)이

39

랑 힘을 합쳐야 한다니." 토니가 숨소리 밑으로 들릴락 말락 하게 말했다.

"지금 플래시 고든이랬어?" 퀼이 말했다. "그건 칭찬이지. 내가 절반만 지구인 혼혈이란 점은 잊지 말라고. 난 멍청한 지구인 유전자가 50퍼센트밖에 안 되지만 당신은 100퍼센트 멍청한 유전자란 말씀이야."

"자네 수학 실력에 내 정신이 혼미해지는군." 토니가 쏘아붙였다. 그때 맨티스가 두 사람의 대화에 끼어들었다.

"저, 죄송하지만 친구분께서 자주 저러시나요?" 그녀는 닥터 스트레인지 쪽을 가리키며 물었다.

스트레인지는 가부좌를 틀고 앉은 자세로 공중에 떠 있었다. 양손은 뭔가 이상한 수인을 맺고 있었고, 타임 스톤은 밝은 녹색으로 빛났다. 하지만 그중에서도 가장 괴상한 장면은 스트레인지의 머리가 사방으로 아주 빠르게 까딱거리고 있다는 것이었다. 그 속도가 어찌나 빠른지 얼굴이 흐릿한 잔상으로 보일 정도였다.

"스트레인지? 괜찮아?" 토니가 그를 불렀다.

일행이 스트레인지 쪽으로 걸어가자 스트레인지는 그 엄청난 속도의 고갯짓을 멈추고 땅바닥에 털썩 떨어졌다. 토니는 스트레인지가 에보니 모의 우주선에서 자신을 부축해주었듯 자신도 몸을 굽혀 그를 일으켜주었다.

몽롱한 상태에서 점차 정신을 회복하던 스트레인지는 토니의 어깨에 한 손을 얹은 채 가부좌를 풀고 일어났다. 마치 악몽에서 방금 깨어난 듯이 숨을 헐떡이고 있었다.

"정신이 들었나보군." 토니가 확인했다. "괜찮아 보여."

"안녕." 아직 자신을 추스르던 스트레인지는 신음만 흘렸다.

"저기요, 어, 방금 뭐였어요?" 도저히 호기심을 이기지 못한 스파이더맨이 물었다.

닥터 스트레인지는 마음의 평정을 되찾으려 애쓰면서 일행에게 말했다. "앞으로 일어날 수 있는 모든 미래들을 보고 왔어." 그는 살짝 한숨을 쉬었다. 예지 주문에 쏟은 노력과 이를 통해 본 미래는 자신에게도 벅찬 것이었다. "타노스와의 싸움에서 나올 수 있는 모든 결과들을 봤지."

퀼이 긴장된 목소리로 던진 질문이 정적을 깼다. "몇 개나 봤는데?"

"14,000,605개." 스트레인지가 대답했다.

토니는 주저하면서도, 다들 마음속에 똑같이 생각하고 있을 의문을 던졌다. "그중에 우리가 이기는 미래는 몇 개나 있었어?"

스트레인지는 대답을 하지 않고 길게 뜸을 들였다. 그 시선은 토니에게 붙박여 있었다. 그는 쉰 목소리로 단 한 단어의 대답을, 하지만 토니와의 갈등은 물론이고 가디언즈 오브 갤럭시와의 유치한 기싸움도 단숨에 종식시킬 한마디를 꺼내놓았다.

"하나."

우주 반대편에는 외로운 행성 하나가 위성 한 개를 거느린 채

빛을 잃은 태양 주위를 돌고 있었다. 보르미르였다. 생명체들은 이미 모두 사라진 지 오래, 한때 이 별에서 빛났을 영광도 이제는 사라져버렸다. 보르미르에 발길을 들일 이유라면 단 하나 뿐이었다. 바로 저 멀리 보이는 산마루 뒤편에서 느릿한 일식이 새카만 하늘에 비추는 진홍빛 석양이었다. 이 산과 족히 수 킬로미터는 떨어진 거리에 있었지만, 타노스와 가모라는 그 높은 산꼭대기에 건설된 두 개의 탑을 볼 수 있었다.

"네 여동생을 위해서라도 소울 스톤이 저기 있어야 할 거다." 타노스가 말했다.

오랫동안 산을 올라간 부녀는 마치 동굴처럼 뻥 뚫린 공간과 마주했다. 앞쪽의 어둠이 바람을 타고 일렁이더니, 그 공간이 사실은 일종의 터널이란 걸 드러내 보여주었다.

"어서 오십시오, 타노스. 알라스의 아들이여. 가모라, 타노스의 딸이여." 그 어둠 속에서 목소리가 흘러 나왔다.

"우리를 아는가?" 타노스가 말했다.

"이곳에 오는 모든 이들을 알게 되는 것이 제게 내려진 저주이지요." 신비로운 형상이 공중에 둥둥 뜬 채 나타났다. 얼핏 봐도 인간 남자 정도 되는 인영이 망토 같은 것을 두른 채 후드로 얼굴을 가리고 있었다.

"소울 스톤은 어디에 있지?" 타노스가 물었다. 지금껏 수많은 이들의 손길을 용케 피해온 보물을 눈앞에 두고 성가신 장난질을 치고 싶지는 않았다. 물론 자신이 지금껏 들어온 이야기가 사실이라면 말이다.

"우선 그 스톤은 아주 끔찍한 대가를 요구한단 걸 아셔야 합니다." 목소리가 마치 어두운 폭풍처럼 말했다.

타노스는 한 발짝 앞으로 나섰다. "나는 준비되어 있다."

"누구나 처음에는 그렇게 생각하지요." 인영은 자신이 쓰고 있던 후드를 벗고 그 밑에 감춰져 있던 레드 스컬의 공허한 다홍빛 얼굴을 드러냈다. "하지만 우리는 모두 틀렸습니다."

말을 마친 레드 스컬은 두 사람을 터널 너머로 인도하여 두 개의 탑 사이에 있던 사원 같은 곳으로 데려갔다. 사원은 폐허 사이에 자리 잡고 있었으며 낙석으로 인해 여기저기가 부서진 상태였다. 폭풍과 번개도 오랫동안 사원의 바닥과 벽을 지져댄 것 같았다. "너는 이 장소를 어찌도 그리 잘 아느냐?" 타노스가 물었다.

"이전 생에서는 저 역시 스톤들을 갈망했습니다. 심지어 하나를 제 손에 쥐기까지 했죠. 허나 그 스톤은 저를 추방하여 이곳에 유배시켰습니다. 제가 결코 갖지 못할 보물로 다른 사람들을 인도하는 역할을 맡긴 것입니다." 레드 스컬은 타노스와 가모라를 깎아지른 듯한 절벽 끝으로 데려갔다. 어찌나 높은지 아래쪽의 바닥이 거의 보이지도 않을 정도였다. 타노스와 가모라가 조심스레 절벽 끝으로 다가가자 레드 스컬이 말을 이었다. "그대가 찾는 스톤은 바로 이 앞에 있습니다. 하지만 그대의 공포 역시 이 앞에 있죠."

"이게 다 뭐야?" 가모라가 절벽 끝의 풍경을 보고는 잔뜩 질린

37

목소리로 물었다.

"바로 스톤을 얻기 위해 치러야 할 대가입니다. 소울 스톤은 인피니티 스톤 중에서도 아주 특이한 성질을 가졌습니다. 지혜를 준다고 생각하시면 됩니다." 레드 스컬이 대답했다.

"뭐가 필요한지 말하라." 타노스는 인내심이 슬슬 바닥나고 있었다.

"스톤은 자신을 갖는 자가 그 힘을 충분히 이해한단 점을 확인하기 위해 희생을 요구합니다."

"무슨 희생이지?" 타노스가 물었다.

"스톤을 취하려는 자, 자신이 사랑하는 것을 바쳐야 합니다."

타노스는 절벽 끝을 바라보던 시선을 다시 레드 스컬 쪽으로 돌렸다. 자신은 이미 실로 많은 것을 희생하였다. 대체 소울 스톤은 타노스가 아직 잃지 않은 것 중에서 또 뭘 앗아가려 한단 말인가?

"영혼을 얻으려면 영혼을 바쳐야지요."

이 말을 들은 타노스의 눈가에 눈물이 맺히기 시작했다.

가모라는 웃음을 터뜨렸다. 이처럼 웃을 수 있는 기회가 아직 남아 있었다니, 기분이 그렇게 좋을 수가 없었다. 타노스는 가모라의 인생에서 그런 하찮은 감정들을 모조리 빼앗았지만, 가모라는 어쩌면, 어쩌면 이번에야말로 자신이 타노스에게 한 방 제대로 먹였다는 만족감이 느껴지는 탓에 절로 미소와 웃음이 나왔다. 어쩌면 자신은 이제 마음껏 사랑할 수 있는 미래를 맞이하게 될지도 모른다. 그녀는 퀼을 떠올리며 가슴을 두근거렸다. 또한 가모라는 네뷸라도 구하고 그녀를 해방시켰다. 네뷸라도 자신들의 삐걱거리는 가족들, 드랙스와 맨티스, 로켓과 그루트들에게 합류하여 가디언즈 오브 갤럭시의 우주선을 함께 타고 다니게 될지도 모른다. 가모라는 자신의 아버지와는 너무나도 달랐다. 그녀는 사랑이 무엇인지 알고 있었다. 그녀는 가족을 찾았다. 그리고 가족이란 게 으레 그렇듯 깔끔하게 굴러가지는 않았지만 가모라 자신은 일생 처음으로 희망이란 감정을 느꼈다.

가모라가 입을 열었다. "한평생 이날만을 꿈꾸며 살았어. 언젠가 당신이 걸맞은 응징을 당하길 바랐지. 지금껏 그토록 실망했었는데 말이야." 그녀는 타노스의 눈을 똑바로 바라보며 그에게 다가갔다. "당신은 지금껏 자비라는 미명하에 살인과 고문을 일삼았지." 가모라는 쓴웃음을 지었다. "하지만 이제 우주가 당신을 심판한 거야. 우주에게 대가를 바랐지만 거절당한 거지. 당신은 실패했어. 그 이유가 뭔지 알아? 당신은 아무것도 사랑하지 않으니까. 아무것도."

타노스는 가모라 쪽으로 얼굴을 돌렸다. 눈물이 줄줄 흘러내리는 얼굴이었다. "아니다."

가모라가 비웃었다. "세상에, 당신 울어?"

레드 스컬의 공허한 목소리가 고요한 공간 너머에서 울려왔다. "자신을 위해 흘리는 눈물이 아닙니다."

레드 스컬을 바라본 가모라의 머리에 한 가지 깨달음이 스쳤다. 머릿속이 새하얘졌다. 희망이 사라져버렸다. 기쁨도 사라져버렸다. 미래도… 없었다. 오로지 불신과 분노뿐이었다. 어떻게 이런 일이 벌어질 수 있는 거지? 그녀는 분노에 이글거리는 눈으로 타노스를 올려보았다.

타노스가 가모라에게 다가오고 있었다.

"안 돼." 그녀는 떨리는 목소리로 말했다. "이딴 게 무슨 사랑이야."

"나는 이미 내 운명을 한 번 무시했었다. 다시 한번 그런 실수를 반복하지는 않겠다. 널 바쳐야 하더라도 말이야." 타노스는 목에서 간신히 목소리를 쥐어짜내듯 말했다.

가모라는 고개를 떨궜다. 다 자신의 잘못이었다. 이런 괴물에게 잡힌 다음, 타노스 본인에게는 충분히 사랑이라 여겨질 만한 관계를 쌓다니. 모두 자신의 잘못이었다. 그녀는 다시 타노스를 용감하게 올려다보았다. 더 이상 자신에게는 희망도 남아 있지 않았다.

자신이 할 수 있는 건 이 잘못을 올바로 고치는 것뿐이었다.

가모라는 재빨리 타노스의 웃옷으로 손을 뻗어 단도를 빼앗은 다음 온 힘을 다해 자신의 가슴팍에 꽂았다. 하지만 칼날은 가모라의 피부에 닿기도 전에 사라져버렸다. 그 대신 가모라의 양손에서는 비눗방울들이 둥실둥실 떠올랐다. 그녀는 최후의 희망처럼 허공으로 흩어져 사라지는 물거품들을 바라보았다.

"미안하다, 꼬마야." 타노스는 여전히 눈물이 흐르는 얼굴로 말했다. 그는 가모라의 팔을 쥐더니 절벽 끝까지 끌고 갔다. 그녀는 타노스로부터 풀려나기 위해 때리고, 할퀴고, 발로 차는 등 용감하게 저항했다. 가모라의 몸부림이 자신에게 전해질 때마다 타노스는 흐느꼈다. 그는 자신이 유일하게 사랑한 존재를 잃는다는 고통을 더 이상 견디지 못하고 마침내 절벽 너머로 자기 딸을 내던졌다. 가모라는 추락하면서도 그를 향해 손을 뻗고, 또 그의 이름을 부르짖었다. 그는 정신이 아득한 침묵에 빠진 채, 가모라의 몸이 수십 미터 아래 잿빛 돌바닥을 때리더니 망가진 인형처럼 널브러지는 모습을 바라보았다.

희게 눈부신 섬광이 하늘을 비추면서 타노스의 눈을 가린 채 그를 또 다른 시공으로 이끌었다. 고요하고 평온하여 마치 꿈처럼 느껴지는 세계였다. 소울 스톤의 힘이 풀려난 것이다. 타노스는 얕은 물웅덩이에서 몸을 일으켰다. 그 손에는 이제 황금빛 주황색 광채를 흩뿌리는 스톤이 쥐어져 있었다.

PART 4

34

30

28

CHAPTER 11

27

"고도 2,600으로 낮추고 방위 0-3-0 으로 맞춰." 캡이 샘에게 말했다.

"제대로 가는 게 맞길 바라." 샘은 앞쪽의 산을 정통으로 들이받는 경로로 퀸젯의 좌표를 설정하며 말했다. "안 그랬다간 꽤 빠르고 불쾌한 착륙을 하게 될 거야."

퀸젯은 속도를 내며 산등성이를 향해 정면으로 날아갔다. 하지만 샘이 슬슬 충돌에 대비하려던 찰나 퀸젯은 돌투성이의 산을 뚫고 들어가더니 벌집 같은 육각 문양의 투명 방어막까지 통과한 뒤, 그 밑에 숨겨져 있던 와칸다 왕국에 진입했다.

와칸다 왕국은 지금껏 세계가 들어보지도 못한 경이로운 기술력을 보유한 국가였지만 지난 이틀간은 전쟁 준비에 매달리고 있었다. 그것도 단순한 전쟁이 아니었다. 와칸다는 최근에 벌어졌던

내전도 잘 버텨냈지만, 이번에 맞이하게 될 적들은 국가 그 이상의 존재였다. 전 우주의 수조 명에 달하는 생명을 위협하는 외계의 적이었던 것이다. 와칸다는 이제 우주에 살고 있는 생명체 절반의 운명이 걸린 전쟁터가 될 판국이었다.

"와칸다를 전 세계에 개방한다고 하셨을 때 저는 좀 다른 걸 기대했었습니다만." 오코예는 티찰라와 함께 귀빈들을 맞이하러 가면서도 숨죽여 툴툴거렸다. 티찰라의 도라 밀라제 역시 착륙장으로 향하는 두 사람을 바짝 쫓았다.

"뭘 기대했었는데?" 티찰라가 온 얼굴에 장난스러운 미소를 지으며 물었다.

"올림픽이랑 스타벅스요."

왕궁의 착륙장에 내려앉은 퀸젯에서 승객이 내려왔다. 일행을 인솔하던 스티브 로저스는 자신의 옛 친구를 바라보았다.

"절을 해야 해?" 배너는 로즈에게 숨죽여 물었다.

"당연하지, 국왕 폐하잖아." 로즈가 말했다.

스티브와 티찰라는 서로 따뜻하게 인사를 나누었다. "이거 항상 신세만 지는 것 같네." 스티브는 한 손을 내밀며 말했다. 티찰라는 그 손을 맞잡고 부드럽게 악수했다. 두 사람은 이미 옛 싸움을 통해 서로 말하지 않아도 알 수 있는 존경을 얻어낸 사이였다. 이제 그들은 다시 한번 전장에 함께 서게 될 처지였다. 배너는 목을 큼큼 다듬더니 무릎을 꿇으려 했다.

"여기서는 그런 거 안 해." 티찰라는 배너를 품위 있게 제지했다. 배너는 씩 웃고 있는 로즈를 노려보았다.

"그래서, 침공 규모는?" 티찰라는 캡에게 물었다.

브루스가 앞으로 나섰다. "상당히 대규모의 침공을 대비하셔야 할 것 같습니다, 폐하."

"아군 상황은?" 나타샤가 티찰라 측의 방어 병력에 대해 물었다. 티찰라는 고개를 끄덕이며 머릿속으로 자신의 병력을 헤아렸다. "왕실 근위대와 보더 부족, 도라 밀라제 그리고…" 그는 스티브 로저스의 눈길이 자기 뒤의 뭔가에 꽂혀있는 것을 보며 말끝을 흐렸다.

정확히는 자기 뒤의 누군가였다.

"살짝 돌아버린 백 살짜리 할아버지도 있지." 버키 반즈가 말했다. 윈터 솔져는 이제 티찰라에게서 받은 비브라늄 의수를 장착하고 있었다. 스티브는 버키가 별일 없어 보인다고 생각했다. 그리고 더 중요한 점으로는 태도도 상당히 침착해 보였다. 그는 스티브가 지난 몇 년간 보지 못했을 정도로 맑은 눈빛을 하고 있었다. 머나먼 옛날, 브루클린에서 알고 지냈던 바로 그 버키 반즈의 모습이었다. 자신의 절친한 친구가 돌아온 것이다.

캡은 눈빛을 빛내며 버키에게 다가가 힘껏 끌어안아주었다. 그 얼굴에는 진심 어린 미소가 어려 있었다. 참 오랜만에 짓는 표정이었다. "어떻게 지냈어, 버키?"

버키도 마주 웃어주었다. "별일 없었지… 세상이 망하기 직전 치고는 말이야."

바솀가 산의 깊은 심장부에는 와칸다 기술의 핵심이자 두뇌가 있었다…. 단순한 수사적 표현이 아니다. 와칸다 연구 그룹은 와 칸다를 지구 최고의 과학 기술 국가로 키워낸 장본인들이었다. 이 그룹을 이끄는 수장이자 와칸다의 공주 그리고 티찰라의 여 동생인 슈리는 실제로 이곳에서 이루어지는 모든 연구를 주도하 는 두뇌나 다름없었다.

"다형질 구조네요." 슈리는 자신의 연구실에 모인 어벤져스에 게 말했다. 그녀가 마인드 스톤과 비전의 머리가 서로 융합되어 있는 방식을 분석하는 동안, 비전은 일행 모두가 둘러싸고 있는 일종의 수술대 위에 누워 있었다. 슈리는 키모요 비즈로 비전과 마인드 스톤을 스캔하면서, 마인드 스톤이 비전의 두뇌에 복잡하 게 융합된 패턴을 홀로그램으로 투영해 보여주었다.

"맞아요. 각 신경을 불연속적으로 접속시켰지." 브루스가 설명 했다.

배너는 눈앞의 소녀가 지닌 천재성을 보고 느끼는 놀라움과 연구 부서의 기술 수준을 보며 느껴지는 질투심을 감추려 애썼 다. 지금 과학자로서의 자신은 진정 천국에 온 것이나 다름없는 기분을 만끽하고 있었고, 그 자신도 마침내 싸움에서 한 사람의 몫을 할 수 있게 된 것이다.

"그냥 신경 접합부가 총체적으로 작동할 수 있게끔 재프로그래 밍 하시지 그러셨어요?" 슈리가 그게 픽이나 간단한 작업 방식인 것처럼 물었다. 비전도 슈리에게서 배너로 눈길을 돌렸다.

25

"그 생각은 떠올리질 못했거든." 배너는 얼굴을 붉혔다.

"그래도 최선을 다하신 거라고 믿어요." 슈리는 너그럽게 말했다.

비전의 손을 잡고 있던 완다는 걱정스러운 눈빛으로 슈리를 바라보았다. "여기서는 할 수 있어요?"

천재 소녀는 자신의 주위에 몰려 있던 사람들을 둘러보며 말했다. "네, 그런데 신경이 대충 2조 개가 좀 넘거든요. 자칫 하나라도 잘못 배치했다간 회로 오류가 무더기로 발생할 수도 있어요." 슈리는 티찰라를 바라보았다. "시간이 좀 걸릴 거야, 오빠." 티찰라는 슈리의 제안이 얼마나 어려운 것인지를 이해하고는 고개를 끄덕였다.

"얼마나?" 스티브는 슈리에게 필요한 시간은 얼마든지 주겠다고 보장하는 듯한 어조로 말했다.

"시간을 최대한 많이 주셔야 해요." 슈리는 대답했다.

바로 그때 오코예의 팔찌가 빛났다. 그녀가 키모요 비즈 하나를 두드리자 홀로그램이 나타났다. 오코예는 굳은 눈빛으로 방 안에 있던 사람들을 둘러보았다.

"대기권에 뭔가 진입했답니다."

전쟁이 시작된 것이다.

"이봐, 캡. 상황이 심상치 않아." 샘은 방금 자신과 버키의 머리 위로 뚝 떨어지던 거대한 우주선이 연기를 풍기는 모습을 보며 말했다. 그 우주선은 와칸다의 수도, '황금의 도시' 상공의 방어막에 부딪혀 폭발하고 말았다.

"야, 난 이 도시가 너무 좋더라." 버키는 경이로워하는 눈길로 와칸다의 번쩍거리는 방어막 시스템을 바라보며 말했다.

"아직 좋아하긴 일러. 보호막 밖에 병력이 더 떨어지고 있어." 로즈의 교신이었다.

우주선의 제 2군이 방어막 바깥에 떨어지기 시작했다. 위쪽이 뾰족한 형태의 우주선이 착륙한 꼴은 꼭 땅에 가시가 돋아난 것처럼 보였다. 그런 가시들이 방어막 주위를 빽빽하게 감싸고 있었으니 마치 도시 전체가 거대한 우주 함대의 공성전을 당하고 있는 것처럼 보였다.

우주선의 착륙에 뒤따른 진동이 와칸다 전체를 울렸다. 나무가 들썩일 정도로 강력한 지진 같았다. 외계 군대의 진군 소리가 점점 가까운 곳에서 뚜렷하게 들려왔다.

"이미 늦었어요." 비전은 연구실에 모여 있던 어벤져스 일동에게 말했다. 그는 자기가 제안했던 계획만이 유일한 해결책이라 생각하면서 수술대에서 내려오려 했다. "지금 당장 스톤을 파괴해야 합니다."

"비전, 당장 다시 올라가." 블랙 위도우가 꾸짖었다.

"놈들은 우리가 막겠소." 블랙 팬서가 확신 가득한 어조로 말했다.

모두는 슈리, 비전 그리고 스칼렛 위치만 남겨둔 채 연구실을 나섰다. "완다, 비전의 머리에서 스톤을 떼어내자마자 파괴해버려." 캡이 말했다. 그는 완다의 어깨를 다독이며 마음의 응원을 보냈다.

"그럴게요." 완다도 약속했다.

24

블랙 팬서는 오코예를 돌아보았다. "시민들 대피시키고 방어 태세 가동해." 그는 이렇게 명령한 다음, 스티브 로저스를 가리키며 덧붙였다. "그리고 이자에게 방패 하나 갖다 줘."

한편 니다벨리르에서는 로켓이 우주선을 타고 대장간을 빠져나와 죽어버린 별을 향해 날아갔다. 일행이 얼어붙은 고리에 도달하자 토르는 손목에 케이블을 묶은 채 우주선 밖으로 나왔다.

"이건 좀 허무맹랑한 생각인데. 저 고리들은 엄청 크다고. 저걸 움직이고 싶거들랑 꽤 무식한 힘으로 갖다 비벼야 될걸." 로켓은 얼어붙은 고리 바로 위를 날면서 경고했다. 토르는 우주선에서 뛰어내려 고리 위에 섰다.

"나한테 맡겨." 토르는 케이블을 단단히 쥐었다.

"너한테 맡기라고? 인마, 넌 지금 우주에 있어. 꼴랑 밧줄 한 가닥 잡…." 로켓의 말은 우주선이 휙휙 돌아가는 소리에 끊기고 말았다. 토르가 천둥신의 힘을 발휘해 우주선을 통째로 휘두르기 시작한 것이다.

"엔진 켜!" 토르가 외치자 로켓은 시키는 대로 엔진을 최대 출력으로 켠 채 토르를 질질 끌고 갔다. 토르는 얼어붙은 고리 위에 발을 바짝 붙인 채 미끄러지다가 아예 발을 박아 넣고 고정한 다음, 자신의 생명줄을 단단히 붙잡았다.

"출력 올려, 토끼!" 토르는 고리에 발을 고정한 채 우주선을 최대한 밀어붙여서 얼어붙은 고리를 움직이려는 생각이었다. 로켓은 지금껏 시도해본 적이 없는 수준으로 우주선을 밀어붙였다. 우주선이 더 이상은 한계라는 듯 덜컹거리며 진동하자 로켓도 얼굴을 잔뜩 찡그리며 조종에만 집중했다. 결국 얼어붙은 시설 전체가 굴복하고 서서히 움직이기 시작하자 토르는 실로 야만적인 비명을 질렀다. 얼음 고리가 다시 되살아나면서 토르의 발밑이 크게 진동했다. 고리는 다시 제자리를 되찾았고, 한때 죽어 있던 별은 다시 한번 밝은 빛을 흩뿌리며 마치 우주 전체에 희망을 비추는 등불처럼 빛나기 시작했다.

"잘했다, 꼬마." 에이트리는 다시 빛나는 별을 바라보며 놀라워했다.

토르는 우주선으로 뛰어올라 조종석 창문에 몸을 붙였다. "저게 니다벨리르야!" 토르가 있는 힘껏 지르는 소리가 창 너머의 로켓에게까지 들렸다. 로켓은 눈앞에 펼쳐진 경이로운 광경에 말문이 막힌 채 밝게 빛나는 별만 멍하니 바라보았다.

그 별에서 쏘아진 한줄기 빛이 정렬한 고리들을 통과해 대장간의 심장부로 똑바로 쏟아졌다. 에이트리는 다시 한번 되살아나는 대장간을 둘러보았다. 잠시 동안은 모든 것이 잘 풀리는 것 같았다.

그러다 뭔가 일이 틀어졌는지 빛줄기가 사라져버렸다. 대장간은 다시 한번 차가운 침묵 속에 빠져들었다.

"망할." 에이트리가 씹어 뱉었다.

"망할이라니? 뭐가 망했어?" 로켓이 물었다.

"설비가 고장 났어." 에이트리가 설명했다.

"뭐?" 토르가 물었다.

"저 조리개가 닫혀 있으면 금속을 달굴 수가 없어." 에이트리가 계속 설명했다.

"얼마나 오랫동안 달궈야 하나?" 토르는 피로가 뚝뚝 떨어지는 목소리로 물었다.

"몇 분 정도? 더 걸릴 수도 있고. 그런데 그건 왜 물어?" 에이트리가 대답했다.

"내가 조리개를 직접 열겠어." 토르는 또 다른 도전에 나설 준비를 하며 일어섰다.

"그건 자살 행위야." 에이트리가 경고했다.

"도끼도 없이 타노스와 맞서는 것도 자살 행위잖아?" 토르가 결의에 찬 어조로 내뱉었다.

그렇게 토르는 조리개의 한가운데로 뛰어들었다.

"상황은 어때, 브루스?" 블랙 위도우가 물었다.

"응, 슬슬 익숙해지는 것 같아." 브루스는 자신의 헐크버스터 슈트를 탄 채 녹색 벌판을 폴짝거리고 있었다. 그는 와칸다 전사들을 최전선으로 싣고 가는 수송선을 뛰어 넘었다. "야호!" 브루스는 와칸다 군세의 수송선 옆을 따라 달리기 시작했다. "야아, 이거 굉장해! 꼭 제정신으로 헐크가 된 기분…." 그러다 헐크버스터가 바닥에 톡 튀어나와 있던 바위에 걸려 호되게 넘어지는 바람에 브루스의 말도 끊기고 말았다. 오코예는 그 옆을 지나치며 녹색 풀물 투성이가 된 채 낑낑거리는 브루스에게 경멸에 찬 눈길을 보냈다.

"난 괜찮아." 브루스는 슈트의 헬멧에 들러붙은 잔디와 흙을 한 덩어리 떼어냈다. "난 괜찮아."

"숲에서 열 감지 신호 두 개가 잡히고 있어." 팔콘과 함께 와칸다 군대의 머리 위를 날고 있던 워머신의 통신이었다.

와칸다 부족들이 대형을 갖추는 사이 프록시마 미드나이트와 컬 옵시디언이 방어막을 향해 천천히 걸어왔다.

"아! 우! 우!"

"말 파!"

"아! 우! 우!"

"말 파!"

자바리 부족장 음바쿠와 그가 이끄는 전사들이 목청 터져라 외치는 자바리의 전투 함성이 들려왔다. 함께 세계를 구하기 위해 싸우자는 티찰라의 제안에 음바쿠가 응했다는 걸 알려주는 소리였다.

"와줘서 고마워." 티찰라가 음바쿠와 서로 팔을 교차하며 말했다. 음바쿠는 이제 블랙 팬서 슈트를 갖춰 입은 티찰라를 내려다보며 존경을 담은 목례를 해 보였다.

"음포웨두." 음바쿠가 말했다. 코사어로 '나의 형제여'라는 뜻이었다.

블랙 위도우와 헐크버스터 슈트를 입은 브루스 배너, 캡틴 아메리카 그리고 블랙 팬서는 방어막으로 걸어가 프록시마 미드나이트와 컬 옵시디언을 마주했다. 프록시마는 자신의 무기로 방어막을 훑어 그 위력을 가늠해보았다. 방어막이 서로를 갈라놓고 있는 가운데, 두 일행들은 불과 1미터도 떨어져 있지 않았다.

"그때 그 친구는 어디 있어?" 나타샤가 도발했다.

"네 목숨으로 그 핏값을 갚게 될 거다." 프록시마는 눈길을 캡과 블랙 팬서에게 돌렸다. "타노스 님께서는 스톤을 얻으실 거고."

"그럴 일 없어." 스티브는 다짐했다.

티찰라는 위엄 있는 목소리로 모두에게 똑똑히 들리도록 말했다. "너희는 지금 와칸다의 땅에 있다. 타노스가 얻을 수 있는 것은 흙과 피밖에 없을 거다."

프록시마 미드나이트는 싸늘한 미소를 흘렸다. "흘릴 피는 차고 넘친다." 그녀는 함성을 지르며 무기를 들어 올렸다.

"항복한대?" 버키는 전선으로 돌아온 캡에게 물었다.

"아닌가 봐." 스티브는 걱정스러운 듯 어깨를 으쓱이며 말했다.

"이범베!" 티찰라가 휘하의 병력에게 외쳤다. '버텨라!'라는 뜻이었다.

"이범베!" 이 자리에 싸우러 나선 수천 명의 전사들이 따라 외쳤다.

"이범베!" 티찰라가 다시 한번 외쳤다.

"이범베!" 모두가 응답했다.

국왕 블랙 팬서의 깃발 아래 하나로 뭉친 와칸다의 부족들은 어벤져스의 곁에 굳건히 선 채, 수천 마리의 아웃라이더 무리가 우주선에서 쏟아져 나와 쇄도해오는 공포스러운 광경을 바라보았다. 팔은 네 개에 눈은 없고, 날카로운 송곳니까지 달린 이 인간형 괴물들은 미쳐 날뛰며 돌격해오더니 방어막에 들이박은 후에야 그 분노 어린 몸부림을 멈췄다. 이들은 방어막을 야만적으로 할퀴면서 쫙 뚫린 입으로 포효해댔다.

"저게 대체 뭐야?" 버키가 질린 듯한 목소리로 물었다.

"아무래도 우리가 쟤 성질을 제대로 건드린 모양인데." 나타샤가 눈앞에 펼쳐진 끔찍한 모습을 보면서 으르렁거렸다.

아웃라이더들은 우주선에서 끝도 없이 쏟아져 나오면서 방어막에 스스로의 몸을 던졌다. 죽어버린 동족의 시신을 타고 넘으며 에너지 방어막을 어떻게든 뚫어보려 안간힘을 쓰고 있었다. 그 와중에 자신의 사지가 떨어져 나가든, 죽어 쓰러지든 상관하지 않는 것 같았다.

블랙 팬서의 옆에 서 있던 오코예는 두려움에 찬 눈길로 이 광기를 바라보았다. "자기 목숨을 버리고 있어." 하지만 그런 오코예조차도 상대가 와칸다의 방어막을 느리게나마 뚫고 있다는 사실은 차마 입 밖으로 꺼내지 못했다.

"발라!" 티찰라가 명령했다. '조준!'

"발라!" 병사들이 응답했다. 그들은 티찰라의 명령에 따라 자신들에게 돌진해오는 아웃라이더 무리에 맞서 보호 망토를 앞에

둘렀다.

"쿠보!" 티찰라가 병력 전체에 외쳤다. '발사!'

"쿠보!" 병사들이 복창했다. 그들은 사방의 모든 것을 위협하며 달려오는 야만적인 무리를 향해 무기를 발사했다. 와칸다 부족의 푸른 레이저 공격이 전장을 가득 메웠고, 버키가 쏜 총알도 정말 치명적인 명중률을 자랑하며 목표물을 족족 눕혔다. 팔콘은 그들의 머리 위를 날면서 그 참상을 똑똑히 지켜보았다. 그러다가 아웃라이더 한 마리가 자신을 향해 뛰어오르자, 샘도 미사일 세 개를 떨어뜨리며 응수했다. 목표물을 모조리 맞춘 팔콘은 하늘을 날면서 로즈를 불렀다. "저놈들 이빨 봤어요?" 샘은 자신이 저 짐승들에게 너무 가까이 다가갔다는 사실을 절감하며 물었다.

"좋아, 멀리 떨어져 샘. 그러다 날개 다 태워 먹는다." 로디는 샘에게 경고를 한 다음 방어막을 따라 유탄을 쏟아 부었다.

"캡, 이놈들이 방어막을 우회해서 후방으로 돌아가면 비전을 지켜줄 사람이 없어." 배너가 말했다.

"그럼 놈들을 우리 앞에 묶어 놔야겠군." 캡은 방어막을 바라보며 말했다.

"어떻게 묶어두죠?" 오코예가 절대 그 대답을 듣기 싫다는 어조로 물었다.

"방어막을 열어야지." 티찰라는 어두운 목소리로 말했다. 그는 한쪽 귀에 손가락을 댄 채 통제 본부와 교신했다. "내 신호에 맞춰 북서쪽 17번 방어막을 열도록."

"다시 확인하겠습니다, 폐하. 방금 방어막을 열라고 하셨습니까?" 교환이 응답했다.

"내 신호에 맞춰서." 티찰라는 침착하게 말했다.

"와칸다의 종말이로군." 음바쿠가 전장을 훑어보며 말했다.

"역사상 가장 고귀한 종말이 될 테지." 오코예는 마음을 가다듬으며 으르렁거렸다.

"불라!" 티찰라가 명령했다. '열어'라는 간단한 명령이었다. 병력들은 제자리에 꼿꼿이 선 채 앞에 두르고 있던 보호 망토를 걷어냈다. 티찰라가 앞으로 나섰다.

"와칸다여 영원하라!" 티찰라가 외쳤다. 마스크가 작동되며 티찰라의 결의에 찬 표정을 가렸고 양팔은 가슴팍에 교차하고 있었다.

"와칸다여 영원하라!" 와칸다 군대는 하나 된 몸처럼 방어막을 향해 일제히 달려갔다. 그중에서도 캡틴 아메리카와 블랙 팬서가 가장 빠르게 달렸다.

"지금!" 티찰라가 통신기에 대고 외쳤다. 명령대로 방어막이 열렸다.

두 병력은 무시무시한 소음과 함께 서로 충돌했다. 혼돈과 피가 쏟아져 내렸다. 포효하는 야만의 현장 한가운데서, 블랙 팬서는 통신기를 통해 와칸다 연구실에 있던 여동생에게 교신을 보냈다. "슈리, 얼마나 더 걸려?"

슈리는 연구대 위에 누워 있는 비전과 수백만 개의 신경 다발을 보여주는 홀로그램 화면을 바라보았다. 이제 이 화면을 보면서 정교한 수술을 시행해 마인드 스톤을 성공적으로 분리해야 했다.

"이제 막 시작했어, 오빠." 그녀는 자신의 노력에 얼마나 많은 목숨들이 걸려 있는지를 실감하며 진지하게 대답했다.

티찰라는 주위에서 점점 더 격해지는 살육극을 바라보며 여동생을 응원했다. "조금만 서둘러줬으면 좋겠다."

한편 니다벨리르에서는 토르가 망가진 조리개 안에 서 있었다.

"최고신들이시여, 제게 힘을 주소서." 토르는 말했다. 그의 목소리는 실로 경건하고 단호했다. 그간 자신이 겪었던 모든 상실감, 모든 슬픔들이 일순간 단 하나의 의지로 뭉쳐졌다. 타노스를 죽일 거라면 그 도끼가 반드시 필요했다. 다른 방법은 없었다.

"알아듣겠어, 꼬마? 별의 완전한 힘을 버텨내야 한다고. 너 그러다 죽어." 에이트리가 경고했다.

"그래 봐야 죽기밖에 더 하겠어?" 토르가 마지막 순간까지 자신감을 끌어올리며 말했다.

"그, 그래. 죽는다니까 그러네." 에이트리는 대답했다. 과연 토르 자신이 맞닥뜨린 시련을 제대로 이해하고 있는지 궁금했다.

토르는 조리개 양쪽 손잡이에 손가락을 단단히 말아 쥐었다. 그가 아무런 망설임도 없이 양 손잡이를 잡아당기자, 토르의 뒤편에서 뿜어진 눈부신 빛줄기는 그를 지지고 태우며 흘러가더니 대장간에 정확히 내리 꽂혔다.

대장간이 다시 되살아났다. 그 위용은 실로 눈부시고 강력하기 그지 없었다.

"버텨, 버텨야 해! 토르!" 이렇게 외친 에이트리는 차갑게 식어 있던 용광로에서 주괴가 거품을 내며 녹아내리는 걸 확인했다. 그러고는 용광로를 기울여서 그 아래 준비해둔 거푸집에 뜨거운 황금빛 쇳물을 부었다. 쇳물이 스톰브레이커의 주형에 모두 흘러 들어갔을 무렵, 토르는 이미 의식을 잃고 있었다. 그러나 온몸이 불탄 채 반송장이 되어버린 상태에서도 그의 양팔은 꿋꿋이 조리개의 손잡이를 당기고 있었다. 마침내 토르가 쓰러지자 별빛의 힘은 아무런 힘도, 생기도 남지 않은 그의 육신을 대장간으로 날려 보냈다. 로켓은 재빨리 우주선에 올라타고 토르의 몸을 잡으러 날아갔다.

"이런!" 토르는 대장간 시설에 호되게 부딪히더니 착륙장 안으로 나가 떨어졌고 그 뒤로 로켓의 우주선이 따라 들어왔다. 그루트는 바닥에 미동도 없이 쓰러져 있는 토르를 바라보았다. 로켓은 우주선에서 폴짝 뛰어내려 토르에게 달려갔다. 그런 다음 토르의 곁에 무릎을 꿇고 앉아 그를 흔들어 깨우려 했다.

"토르! 아무 말이나 좀 해봐. 정신 차려. 토르, 괜찮아?"

에이트리는 작업대에서 스톰브레이커를 들어낸 다음 거푸집을 쪼갰다. 그러고는 이제 아무 쓸모도 없어진 쇳덩이 손으로 거푸집 속에 굳은 쇳물 덩어리를 때려서 스톰브레이커에 붙어 있던 잡철들을 떼어냈다. 로켓은 절박하게 에이트리를 불렀다. "토르가 죽어가고 있는 것 같아."

"도끼가 필요해. 자루는 어디 있지? 어이 나무, 도끼 자루 좀 찾아봐!" 에이트리는 스톰브레이커의 자루를 찾아 대장간 안쪽으로 달려갔다.

그루트는 쓰러져 있는 토르를 보았다. 필사적으로 천둥의 신을 되살리려는 로켓의 모습을 보았다. 그루트는 아주 실낱같은 승산만 믿고 자신의 모든 것을 기꺼이 희생하려 들었던 토르의 모습을 생각했다.

그는 게임기를 내려놓고 마음을 가다듬었다. 이제 자신도 팀원으로서 한 사람의 몫을 할 때였다.

그루트는 자리에서 일어나 스톰브레이커로 다가갔다. 아직 망치머리와 도끼날로 각각 나뉘어 있던 이 미완성의 무기는 여전히 시뻘겋게 달궈진 채 열기를 뿜어내고 있었다. 그루트는 자신의 나뭇가지를 움직여 스톰브레이커를 잡았다. 그는 고통스러운 신음을 흘리며 마침내 망치머리와 도끼날을 한데 모아 쥐었다. 그러고는 그 전설적인 무기를 집어 하늘 높이 들어 올렸다. 이제 그루트의 팔은 무기의 일부가 되었다. 그는 얼굴을 찡그린 채 다른 쪽 팔로 자신의 팔을 잘라내 도끼를 떼어냈다.

이제 스톰브레이커는 자루까지 완전히 갖춰졌다.

도끼가 땅바닥에 떨어지자 토르의 손가락이 꿈틀했다. 스톰브레이커는 주위에 푸른 섬광을 발산하며 땅에서 천천히 떠오르더니 새 주인에게로 날아갔다.

아웃라이더들은 아주 단순한 적이었다. 그 머릿속에는 무슨 수를 써서든 상대를 죽이겠다는 본능만을 품고 있었다. 버키, 스티브 그리고 블랙 팬서의 삼인조는 한데 뭉친 채 서로 도와주며 싸웠지만, 결국 방어막으로부터 한참 멀리 떨어진 곳까지 후퇴하고 있었다.

아웃라이더들은 워머신이 머리 위에서 폭탄을 떨어뜨리든 말든 아랑곳하지 않았다.

블랙 위도우와 오코예는 서로의 등을 지켜주면서 최대한 많은 상대를 쓰러뜨렸다.

아웃라이더 대여섯 마리가 헐크버스터 슈트로 한꺼번에 달려들더니 그 안에 타고 있던 배너가 꼼짝 못하도록 제압해버렸다.

"너무 많아!" 배너의 목소리가 팀원들의 통신기를 울렸다. 이들 모두는 방어막을 열었을 때부터 모두 똑같은 처지에 빠진 상황이었다.

각각의 히어로들이 족히 아웃라이더 천 마리씩 상대해야 할 판이었다. 심각한 열세였다.

그때 갑자기 하늘이 눈부시도록 하얗게 번쩍이면서 번개로 지글거리더니 십여 개의 벼락 줄기가 땅으로 내리 꽂혔다. 이 벼락에서 흘러나온 에너지는 아웃라이더 한 무리를 찢어발기면서 모조리 즉사시켜버렸다.

그 밝은 섬광 속에서 튀어나온 스톰브레이커는 와칸다의 전장 곳곳을 누비며 족히 수백 마리는 될 아웃라이더를 학살한 다음,

18

제 주인에게 다시 돌아갔다.

피어오르는 연기 속에서는 천둥의 신, 토르가 걸어 나왔다. 어깨에 로켓을 올려두고 옆에는 그루트까지 대동하고 있었다. 온몸에서는 푸른빛의 전류가 이글거리고 등 뒤로는 붉은 망토가 펄럭였다.

나타샤와 캡은 옛 친구의 모습을 보고 가슴 깊이 안도감을 느꼈다. 토르가 살아서 우릴 도우러 왔구나. 아직 완전히 진 게 아닐지도 몰랐다.

"이제 너희들 다 망했어!" 배너는 헐크버스터 안에서 함성을 질렀다.

"타노스 데려와!" 토르는 노호하며 전선을 향해 달려갔다. 그러고는 스톰브레이커를 번쩍 치켜든 채 하늘 높이 솟더니 금방이라도 폭발할 것 같은 뇌운 그 자체가 되었다. 토르는 두 눈을 허옇게 번뜩이며 모두의 머리 위를 날아가 아웃라이더 무리 한가운데 떨어져서는, 신속하고 정확하게 적들을 쓰러뜨리기 시작했다.

싸움의 흐름이 바뀌었다.

타노스는 순간이동 포탈에서 걸어 나오자마자 뭔가… 위화감을 느꼈다. 그는 타이탄에서 나고 자랐으며, 이 별에서 추방된 지도 오랜 세월이 흘렀지만 타이탄은 언제나 그의 고향이었다. 하지만 지금 그의 고향은 타노스 자신에게 뭔가 경고를 던지고 있었다. 왼쪽을 본 타노스는 에보니 모의 우주선이 남긴 잔해를 보고는 자신의 직감이 맞아 떨어졌다는 것을 알아차렸다. 그때 등 뒤에서 무슨 소리가 들리자 타노스는 뒤로 돌아섰다.

"아, 그래." 닥터 스트레인지는 부서진 채 덩그러니 서 있던 계단에 앉은 채, 자신을 잡겠다고 우주 반대편 너머로 마수를 뻗쳤던 적수를 태평하게 바라보았다. "딱 봐도 타노스 같군."

타노스는 무거운 눈초리로 타임 스톤의 수호자를 바라보았다. "모는 죽은 건가?" 스트레인지가 고개를 끄덕이며 긍정을 표했다. "오늘 크나큰 대가를 치렀구나." 타노스는 깊은 한숨을 내쉬었다. "그래도 모는 자신의 사명을 완수했다."

"그런 사명을 내린 걸 후회하게 만들어주지." 스트레인지가 받아쳤다. 아가모토의 눈은 다른 스톤들의 존재감을 느끼고 녹색 광채로 빛났다. "바로 여기서 마법 주술의 대가와 정면으로 맞붙게 되었으니 말이야."

"여기가 어디라고 생각하나?" 타노스가 물었다.

닥터 스트레인지는 상대에게 장단을 좀 맞춰주기로 했다. "흠… 네 고향인가?"

타노스는 주위를 둘러보았다. 그 얼굴에는 보기 드물게 슬픔이 어린 표정이 떠올라 있었다. "그랬지." 그가 말했다. 타노스가 건틀렛을 낀 손을 꽉 쥐자 리얼리티 스톤의 붉은 광채가 밝게 빛났다. 갑자기 스트레인지와 타노스는 한때 번성하던 도시의 심장부 한가운데에 서 있었다. 북적거리는 대도시 위로 펼쳐진 맑은 하늘에는 우주선들이 떠다녔다.

"그리고 정말 아름다운 곳이었다."

17

스트레인지는 리얼리티 스톤의 위력을 직접 보고 솟아오르는 경외감을 애써 억눌렀다. 그는 아무 감정도 드러내지 않은 채, 마치 유령처럼 다시 찾아온 옛 과거의 기억 속에 파묻혀버린 타노스에게 주의를 기울였다.

"타이탄도 다른 수많은 행성들과 똑같았다. 먹을 입은 많은데 나눠줄 자원은 부족했지." 그는 좌절감에 빠진 어조로 말했다. "그렇게 멸망을 눈앞에 둔 가운데, 난 한 가지 제안을 했다."

"학살 말이지." 스트레인지는 굳이 사실을 미화하려 들지 않았다.

"대신 완전한 무작위로 말이지." 타노스가 담담하게 긍정하자 스트레인지는 꽤 놀랐다. "이성적으로. 부자와 가난한 자 모두에게 공평하도록. 그랬더니 동족들은 날 광인이라 불렀지. 결국 내가 예견했던 운명이 닥쳐오고 말았다." 타노스가 건틀렛을 펴자 타이탄에 다시 현실이 찾아왔다.

"축하해, 예언자가 되셨군." 스트레인지는 조소하듯 말했다.

"나는 생존자다."

"수조의 생명을 죽이려 드는 생존자지." 스트레인지도 지지 않고 대꾸했다.

"스톤 여섯 개를 모은다면 단지 손가락 한번 튕겨서 모두의 존재를 소멸시킬 수 있다." 타노스는 마치 눈앞에 선 마법사가 자신의 입장을 이해해줄 거라 생각하듯 스트레인지를 바라보았다. "나라면 차라리 그걸 자비라고 부르겠다."

스트레인지는 최대한 많은 정보를 얻기 위해 자리에서 일어나 타노스에게 다가갔다. "그런 다음엔 어쩔 거지?"

"마침내 쉴 수 있겠지, 이 고마운 우주에 떠오르는 일출을 바라보면서 말이야. 가장 어려운 결정에는 가장 강력한 의지가 필요한 법." 그는 설명했다.

"우리의 의지도 너 못지않다는 걸 보여주마." 스트레인지는 수호의 만다라 두 개를 전개했다.

순간 타노스의 얼굴에 놀라움이 스쳤다. "우리?"

그 신호에 맞춰 아이언맨은 타노스의 머리 위로 거대한 기둥을 떨어뜨렸다.

"식은 죽 먹기네, 퀼." 토니는 기둥의 잔해 위를 날며 외쳤다.

"그래, 성질 돋우는 거야 참 쉽지." 퀼은 자신의 안면 마스크를 쓰고 스타크의 뒤를 따라 날았다.

거대한 기둥 아래서 보랏빛 에너지가 폭발했다. 타노스는 파워 스톤을 찬란히 빛내며 함성을 질렀다. 그러고는 건틀렛을 다시 한 번 쥐고 리얼리티 스톤을 발동시켜서 박살 난 기둥 파편들을 박쥐 떼로 바꾸더니, 완전히 방심하고 있던 아이언맨에게 날려보냈다.

아이언맨이 멀리 날려가는 꼴을 바라보던 타노스의 눈에 뭔가 끈적한 거미줄 같은 게 날아와 시야를 가렸다. 이렇게 귀중한 시간을 번 사이 드랙스가 양손에 칼을 쥐고 난입하여 타노스의 두 무릎을 베었다.

타노스가 시야를 회복하지 못하고 비틀거리는 동안 가디언즈 오브 갤럭시와 어벤져스는 놈에게 합동 공격을 퍼부었다. 리펄서 블래스트, 거미줄, 마법의 검과 밧줄, 블래스터, 단검 등등 무수히 쏟아지는 공격으로 매드 타이탄의 정신을 빼놓았다.

"쾅!" 머리 위로 날아가던 스타 로드가 말했다. 타노스는 자신에게 잘 가라는 듯 손을 흔드는 퀼을 보는 사이, 타이탄이 발 딛고 선 지축을 뒤흔드는 폭발이 일어났다.

스트레인지는 타노스의 손목을 제압한 마법 밧줄을 단단히 쥐고는 레비테이션 망토까지 공격에 가담시켰다. "주먹을 쥐지 못하게 해!" 그가 명령하자, 망토는 유유히 날아가 인피니티 건틀렛을 감싸버렸다. 히어로들은 서로 협동한 끝에 타노스의 한쪽 무릎을 꿇릴 수 있었다.

타노스의 머리 옆에서 포탈이 열리더니 스파이더맨이 주먹을 앞세워 날아들었다. "마법이다!" 그는 타노스를 후려치면서 이렇게 외치고는 다른 포탈으로 사라져버렸다. 곧이어 포탈 한 쌍이 또 열리더니 타노스의 얼굴에 그물 세례를 퍼부은 뒤 함성과 함께 또 사라져버렸다. "또 마법이지롱!"

세 번째로 열린 포탈에서 튀어나온 스파이더맨은 타노스를 걸어차 더 깊게 무릎을 꿇도록 만들었다. "마법 발차기!"

또 포탈이 열렸다. "마법—." 이번에는 타노스가 스파이더맨을 기다리고 있었다. 그는 스파이더맨의 목을 쥐고는 땅바닥에 강하게 메다꽂았다. 바닥에 부딪힌 피터의 몸 주위로 구덩이가 깊게 파일 지경이었다.

"버려지 같은 놈." 타노스는 자신의 강철 같은 손아귀에 잡힌 채 낑낑거리는 피터를 바라보며 으르렁거렸다. 그러더니 이 소년을 높이 들어 올려 스트레인지에게 똑바로 집어 던졌다. 그리고 건틀렛을 감싸고 있던 망토까지 뜯어낸 찰나, 토니가 온갖 폭탄들을 쏟아 부으며 날아왔다. 타노스는 건틀렛으로 폭발력을 모조리 빨아들이더니 다시 아이언맨에게 쏘아 보냈다. 스파이더맨은 자신의 웹 슈터로 건틀렛을 다시 한번 무력화하려 했지만, 타노스는 황금빛 장갑으로부터 거미줄을 간단히 뜯어내고는 피터를 저 멀리 던져버렸다. 타노스가 저 멀리 날아가는 피터를 바라보던 사이, 웬 우주선이 날아와 타노스를 치어 멀리 날려버렸다.

타노스가 한쪽 무릎을 짚고 일어서자 네뷸라가 달려들어 아버지의 얼굴에 주먹 한 방을 먹이고는 바로 앞에 착지했다. 검도 뽑아 들고 있는 상태였다.

"이것 봐라." 타노스는 꽤나 놀랍다는 투로 중얼거렸다.

"진작 날 죽였어야지." 네뷸라가 냉소했다.

타노스가 쏘아붙였다. "그럼 부품 낭비지." 네뷸라는 아무 망설임 없이 다시 한 번 타노스의 얼굴을 후려쳤다.

"가모라 어딨어?" 그녀가 물었다.

타노스는 손등으로 네뷸라를 후려쳐 멀리 날려버렸다.

이제 모두가 최후의 한 방을 먹일 때가 왔다.

스트레인지는 즉시 붉은색의 에너지 밧줄로 타노스의 건틀렛을 감싸 쥐어 손가락을 굽히지 못하게 했다. 드랙스가 달려들어 타노스를 걷어 차 무릎 꿇렸다. 퀼도 타노스의 다른 손에 전기 충격을 가해 땅바닥 쪽으로 고정시켰다. 타이탄에게 날아온 스파이더맨은 거미줄로 타노스를 단단히 고정했다. 토니도 착륙하더니 건틀렛을 양손으로 쥐었다.

그들은 타노스를 제대로 제압했다. 이제 작전에서 가장 중요한 부분이 남아 있었다. 타노스의 머리 위에서 열린 포탈에서 맨티스가 튀어나오더니, 타노스의 무등을 타고 앉아 양 관자놀이에 두 손을 가져다 댔다. 타노스는 맹렬히 저항했으나, 맨티스는 결국 타노스와 공감 연결을 하는 데 성공했다.

그의 눈이 감기면서 어깨도 축 처졌다.

"잠들었어? 깨우지 마." 아이언맨이 명령했다.

"서둘러요. 너무 강력해요." 맨티스는 타노스에게 떨어지지 않으려 안간힘을 쓰며 말했다.

"파커, 좀 도와줘. 이쪽으로 와. 쟤도 타노스를 오랫동안 재우진 못할 거야. 가자고." 토니 바로 옆에 착지한 피터는 그와 함께 타노스의 손에서 건틀렛을 빼내기 시작했다.

"다시, 다시, 다시. 셋 세면 밀게. 가자." 두 사람은 갖은 용을 쓰며 건틀렛을 잡아당겼다.

"좋아! 빼내자고." 토니는 꼭 진전이 조금이라도 있었던 것 마냥 피터에게 말했다.

"장갑을 빼내려면 먼저 손가락부터 다 펴야겠어요." 피터가 이를 악물고 말했다.

퀼은 타노스 앞에 착지해 고소하다는 듯이 말했다. "좀 더 잡기 어려울 줄 알았더니. 그건 그렇고 이건 다 내 작전이야." 그는 자화 자찬을 늘어놓으며 타노스에게 다가갔다. "그렇게 강력하시진 않았나 봐?"

타노스는 계속 정신력으로 저항하며 으르렁거렸다.

"가모라 어딨어?" 퀼이 물었다.

"나… 나… 나의 가모라…." 타노스가 웅얼거렸다. 피터 퀼은 그런 반응을 보고 더욱 더 울화가 치밀었다.

"웃기지 마! 가모라 어딨어?"

타노스의 어깨에 올라앉아 있던 맨티스의 몸이 불안정하게 기우뚱거리기 시작했고, 그 얼굴도 고통으로 찌푸려져 있었다. "타노스가 괴로워하고 있어요." 그녀는 말했다.

"잘됐네." 퀼이 쏘아붙였다.

맨티스는 타노스의 고통을 그대로 느끼며 자신의 머리를 가로 저었다. "슬퍼… 슬퍼하고 있어요."

"이딴 괴물이 슬퍼할 일이 뭐가 있다는 거지?" 여전히 타노스를 제압하느라 낑낑거리던 드랙스가 내뱉었다.

"가모라." 그들의 뒤편에서 슬픈 목소리가 들려왔다.

퀼은 고개를 돌려 목소리를 낸 장본인인 네뷸라를 바라보았다. 퀼의 얼굴에 혼란이 퍼져나갔다. "뭐?"

네뷸라는 타노스의 얼굴을 똑바로 바라보면서 그 표정을 분석했지만, 그녀의 목소리에서는 제발 자신의 예상이 틀렸기를 바라는 간절한 소망이 묻어났다. "저놈은 가모라를 보르미르로 데려 갔어. 그런 다음 소울 스톤을 갖고 돌아왔는데…" 그녀의 목소리 는 거의 속삭이는 수준으로 낮아졌다. "가모라는 없네."

분위기가 심상치 않게 흘러간다는 걸 눈치챈 토니는 헬멧을 접 어 넣고 최대한 빠르게 퀼을 설득하기 시작했다.

"좋아, 퀼. 지금 당장은 진정해야 돼. 알아듣겠어? 성질, 성질 잠 깐만 죽여." 퀼이 타노스 쪽으로 다시 시선을 돌리자 토니가 절박 하게 외쳤다. "거의 다 뺐단 말이야!"

"저게 거짓말이라고 말해. 안 죽었다고 말해!" 퀼의 얼굴은 분 노로 완전히 일그러져 있었고 충혈된 두 눈에는 이미 눈물이 깊 이 고여 있었다.

타노스는 억지로 말을 쥐어 짜냈다. "어쩔 수 없었다."

퀼은 불신에 차서 고개를 흔들었다. "아냐. 아냐. 웃기지 마." 스 타 로드는 블래스터를 다시 꺼내 쥐더니 그 손으로 타노스의 얼 굴을 후려쳤다. "아니야아!"

"퀼!" 토니는 퀼에게 달려들어 타노스를 건드리지 못하도록 말 렸다. "작작해!"

"빠진다, 빠진다—." 스파이더맨은 건틀렛이 타노스의 손에서 점점 더 빠져 나오는 것을 느끼며 말했다.

"야! 그만, 그만둬!" 토니는 필사적으로 작전을 지키기 위해 퀼 과 싸우고 있었다.

"빠진다—." 피터가 이를 악물고 말했다.

"그만해, 그만하라고!" 토니가 절박하게 부르짖었다. 그는 퀼의 팔을 단단히 붙든 채 피터가 '빠진다, 빠진다'라고 되뇌는 소리를 듣고 있었다. 조금만 더. 조금만 더.

그리고 작전이 제대로 먹혔다.

피터는 마침내 타노스의 손으로부터 몇 센티미터 정도 건틀렛을 떼어놓았다. "뺐다! 뺐어요!"

그때 타노스의 눈이 번쩍 뜨이더니 손가락으로 건틀렛의 끄트머리를 잡고는 피터에게서 다시 빼앗았다. 타노스는 어깨에 무등을 타고 있던 맨티스를 붙들고 저 멀리 집어 던져버렸다.

"아, 안 돼⋯." 스파이더맨은 맨티스가 땅에 떨어지기 전에 붙잡아주기 위해 그녀를 따라 뛰어가버렸다.

타노스는 한 명, 한 명씩 어벤져스와 가디언즈 오브 갤럭시의 나머지 일원들을 처리해나갔다. 건틀렛에서 다시 한 번 보랏빛 에너지가 방출되더니 퀼과 드랙스, 그리고 네뷸라를 단번에 제압해버리고 말았다.

토니가 타노스에게 블래스터를 쏴대자, 타이탄은 이 성가신 놈을 단번에 처리해버리겠다고 마음먹었다. 그는 하늘을 바라보고 건틀렛을 낀 손을 쥐더니, 저 높은 곳으로 에너지를 쏘아 보냈다. 그를 따라 하늘을 바라본 아이언맨의 얼굴이 창백해졌다.

타노스가 인피니티 스톤으로 끌어온 달이 그들의 머리 위로 쏟아져 내리고 있었다.

13

CHAPTER 12

12

와칸다의 싸움은 점점 더 격화되고 있었다. 토르가 합류하면서 어벤져스와 와칸다 측에 약간의 여유가 생기기는 했지만, 여전히 싸움의 끝은 보이지 않았다. 컬옵시디언은 망치를 휘둘러 와칸다 병력의 전선을 쓸어버리고 있었으며, 결국 블랙 팬서가 직접 나서서 이 타노스의 수하를 제압해야 했다. 하지만 그것도 잠시뿐이었다.

"옜다, 이거나 먹어라! 이 우주 강아지들아!" 로켓은 점점 다가오는 아웃라이더들에게 조롱과 총알을 함께 날려댔다. 그 옆에 있던 버키에게 좋은 생각이 떠올랐다. 그는 로켓을 들어 올린 채 제자리에서 빠르게 돌면서 사방의 적들을 죄다 눕혀버렸다. "덤벼! 덤벼보라고! 이거나 쳐먹어라! 먹어라! 먹어!" 로켓은 버키와 함께 주위의 널찍한 전장을 싹 쓸어버리며 외쳤다. 버키는 라쿤을 내려다보며 고맙다는 듯이 고개를 끄덕여 보였다.

"그 총 얼마면 팔래?" 로켓이 물었다.

"안 팔아." 버키가 대답했다.

"좋아, 그럼 그 팔은 얼마에 팔래?" 버키는 도무지 영문을 알 수가 없다는 눈길로 로켓을 바라보고는 다음 적을 찾으러 가버렸다. "저 팔은 꼭 갖고 말겠어." 로켓은 씩 웃으면서 버키의 등에 대고 중얼거렸다.

토르는 스톰브레이커를 휘둘러 무수한 아웃라이더들을 쓰러뜨렸다. 그리고 약간의 여유를 틈타 전장 건너편에 있던 캡을 바라보았다.

"머리 바꿨네?" 스티브가 헐떡이며 물었다.

"그 수염은 나 따라서 길렀나?"

캡은 여전히 가쁜 숨을 쉬면서 고개를 끄덕였다.

그 뒤에서는 그루트가 팔로 아웃라이더 세 마리를 꿰뚫어버리고 있었다. 토르가 말했다. "저 나무도 내 친구야."

"나는 그루트다!" 그루트는 자신이 꿰뚫은 아웃라이더 세 마리를 들어 올리면서 말했다

"나는 스티브 로저스야." 캡도 꼭 자기소개를 하듯이 한 손을 가슴팍에 대고 말했다.

어벤져스와 와칸다 군이 슬슬 승기를 잡아가자 타노스 측에서는 또 다른 무시무시한 기습을 가했다. 숲에서 가장 높이 솟은 거목보다도 더욱 거대한 전쟁 기계가 튀어나오더니 삐죽삐죽한

톱날로 자기 앞을 가로막는 건 모조리 갈아버리기 시작했다.

"물러나!" 티찰라가 명령했다. "당장 물러나!" 아군을 안전하게 보존하려는 처사였다.

전장 뒤쪽에 높이 솟은 꼭대기에서는 완다가 눈앞에서 벌어지는 전투를 지켜보고 있었다. 슈리가 마인드 스톤을 떼어내기 위해서는 아직 시간이 더 필요했지만, 통신기에서 블랙 팬서가 내리는 후퇴 명령이 들렸다.

"좌측에 화력을 집중해, 샘." 워머신이 명령했다.

"그러고 있어요." 샘이 대답하고는 워머신과 함께 대형 톱날 병기들을 최대한 많이 박살내려고 집중했다.

한창 전투를 벌이던 오코예와 블랙 위도우는 자신들에게 톱날 병기가 다가오고 있단 걸 미처 눈치채지 못했다. 두 사람이 몸을 수그린 찰나 완다가 둘 앞에 착지하더니 붉은 에너지 볼트로 톱날 병기를 높이 들어 올려, 자신들의 뒤에 있던 아웃라이더 군세를 갈아뭉개버렸다.

오코예는 자기 봉을 손으로 휙휙 돌리더니 블랙 위도우에게 물었다. "왜 진작에 안 데려왔어요?"

강 건너편에 몸을 숨기고 있던 프록시마 미드나이트는 통신기에 대고 말했다. "그녀가 전장으로 나왔다. 들어가."

연구실에 있던 슈리와 그녀의 도라 밀라제 근위병인 아요는 이미 죽은 걸로 알고 있었던 콜버스 글레이브가 불쑥 나타나자 크게 놀랐다. 아요와 글레이브가 연구실에서 난전을 벌이는 동안 슈리는 비전에게서 마인드 스톤을 분리하던 손길을 두 배는 더 빠르게 놀렸다.

비전은 마음속으로 이 전쟁을 다 같이 치를 필요가 없다는 걸 알고 있었다. 그저 자신이 제때 문제를 처리하지 못한 탓이었다. 그래서 콜버스 글레이브가 아요를 완전히 제압한 후 슈리에게 다가가자 비전은 벌떡 일어나 그 호리호리한 외계인을 온몸으로 덮쳤다. 그는 콜버스와 함께 창문 밖으로 튕겨나가 아래로 떨어졌다.

팔콘은 자신의 장거리 투사 고글을 통해 비전과 콜버스가 전장 너머의 탑에서 추락하는 광경을 보았다. 그의 손에서 땀이 송글송글 배어나왔다.

"이봐." 팔콘이 교신했다. "지금 비전이 위험한 것 같은데."

스티브도 한창 아웃라이더들에게 포위된 채 적들이 보이는 족족 발로 차거나 방패로 후려치고 있었다. 그는 통신기에 대고 외쳤다. "누가 비전한테 좀 가봐!"

"내가 갈게!" 배너가 대답하고는 비전을 향해 날아갔다.

"가고 있어요." 완다도 응답했지만 곧 프록시마가 휘두른 봉에 얼굴을 호되게 얻어맞고 근처에 있던 구덩이에 굴러 떨어졌다. 프록시마는 쓰러져 있던 완다를 돌려 눕히고 그녀를 지그시 밟고 섰다.

"그놈도 홀로 죽겠구나. 너처럼 말이야." 프록시마가 잔인하게 말했다.

"그애는 혼자가 아냐." 프록시마의 등 뒤에서 거칠지만 침착한 목소리가 들렸다. 등 뒤를 돌아본 프록시마는 블랙 위도우와 마주하게 되었다. 또한 그 뒤에는 오코예 역시 자신의 봉을 휘휘 돌리고 있었다. 두 사람 모두 싸움이 완전히 준비된 태세였다. 오코예는 나타샤에게 고개를 한번 끄덕여 보였지만, 가장 먼저 달려든 사람은 바로 프록시마였다. 블랙 위도우와 오코예는 그녀의 움직임을 흘려보낸 다음 프록시마를 함께 공격하기 시작했다. 두 사람의 움직임은 마치 예전부터 호흡을 맞춰봤던 것처럼 정확하고 치명적이기 그지없었다.

배너 역시 컬 옵시디언이 비전에게 치명타를 날려 제압하던 와중에 아슬아슬하게 도착했다. 브루스는 콜버스와 컬을 마주보고 섰다.

"이번엔 뉴욕 때처럼 당하진 않을 거다." 배너가 경고했다. "이 슈트는 헐크도 한번 혼쭐을 내준 적이 있다는 말씀이야." 컬은 배너를 붙들고 숲 속으로 돌격하여, 비전과 콜버스 글레이브로부터 멀리 떨어지기 시작했다.

"저기, 누가 비전 좀 도와줘!" 배너는 컬과 함께 폭포의 기슭에 처박히면서 황급히 교신했다. "헐크? 헐크? 너 진짜 극적인 순간에 등장하는 거 좋아하지? 인마, 지금이야. 지금이야말로 진짜 극적인 순간이거든?"

컬은 자신의 기계 망치로 헐크버스터의 팔 하나를 후려치고 사슬로 단단히 휘감았다. 그런 다음 팔을 잡아당겨서 뚝 떼어버렸다.

"아, 안 돼. 으아! 헐크! 헐크! 헐크!" 배너가 외쳤다.

"싫어어어어!" 헐크가 대답했다.

"그래, 때려치워, 이 덩치만 큰 녹색 머저리 자식아. 내가 알아서 다 한다!" 배너는 컬 옵시디언에게 달려들어 거칠게 드잡이질을 하다가, 아까 떨어져 나간 헐크버스터의 팔을 컬 옵시디어의 손에 끼워버렸다. 배너가 팔에 달린 버튼 하나를 누르자 리펄서가 작동했다. 컬은 경악으로 눈을 부릅떴다.

"잘 가!" 브루스는 손을 흔들었다. 헐크버스터의 리펄서는 컬 옵시디언과 함께 하늘 높이 솟아올라 저 위쪽의 방어막에 정면으로 충돌했다. 방어막에 부딪힌 외계인은 슈트의 팔과 함께 폭발해버렸다.

"헐크, 우리 진짜 얘기할 게 많은 것 같다." 배너는 마침내 한숨 돌리며 말했다.

하지만 상황은 점점 더 나빠지고 있었다. 프록시마가 나타샤와 오코예를 몰아붙이고 있는 동안, 콜버스 글레이브는 비전에게 창날을 찔러 넣었다.

"참 강력한 기계인 줄만 알았건만. 결국 너도 평범한 인간처럼 죽어가는구나." 콜버스는 비전에게 박혀 있던 창을 잔인한 손길로 단번에 뽑아냈다. 비전은 콜버스의 발밑에 쓰러졌다. 콜버스가 몸을 숙이고 비전의 머리에서 다시 마인드 스톤을 뽑아내려던 찰나, 두 사람에게 달려온 캡틴 아메리카가 콜버스 글레이브를 덮쳐 땅에 쓰러뜨렸다.

"어서 도망가!" 캡은 콜버스 글레이브와 몸싸움을 벌이면서 비전

9

에게 외쳤다. 창이 방패에 부딪혔고, 손과 손이 얽혔다. "가라고!"

비전은 비틀거리면서 일어났다.

완다는 이 싸움을 끝내고 비전에게 가야 했다. 일분일초가 아까운 시점에서 프록시마에게 너무 많은 시간을 낭비하고 있었다. 그때 스칼렛 위치의 귀에 이제 익숙해져버린 소리가 들렸다. 그녀가 양손으로 붉은 빛의 에너지를 일으키자 뒤쪽에서 톱날 병기 하나가 달려오더니 프록시마 미드나이트를 곧장 깔아 뭉개버렸다.

세 여성은 자신들의 적수가 푸른 체액을 사방으로 튀기는 광경으로부터 눈을 돌렸다.

"되게 역겹네." 블랙 위도우는 팔로 외계인의 피를 닦아내며 한숨을 쉬었다.

스티브는 글레이브의 무장을 해제시키는 데 성공했으나, 그 대가로 상대에게 유리한 고지를 넘겨주고 그 발밑에 깔리고 말았다. 콜버스의 길다란 손가락이 스티브의 목을 감싸 쥐더니 맹렬히 졸라왔다. 스티브는 목이 졸린 채 숨을 가쁘게 쉬며 반격하기 위해 버둥거렸으나, 의식이 점점 멀어지기 시작했다.

그때 갑자기 예상치 못한 광경이 눈에 들어왔다. 콜버스 글레이브의 굽은 창날이 그 주인의 가슴팍에서 삐죽 튀어나온 것이다. 경악한 콜버스의 호흡이 가빠졌고 손에서도 힘이 빠져나갔다. 그리고 이제는 자신의 창에 찔린 채 하늘 높이 들어 올려졌다.

스티브는 비전이 창을 쥐고 있는 모습을 보았다. 딱 스코틀랜드에서 자신이 당했던 꼴을 그대로 돌려주는 것 같았다. 콜버스 글레이브는 최후의 호흡을 내뱉고는 축 늘어졌다. 비전은 타노스의 아이들 중 최후의 생존자를 옆으로 던져버린 다음 비틀거리며 서 있었다. 방금 콜버스 글레이브와 함께 높은 탑에서 뚝 떨어진 다음 싸움을 벌인 여파가 한꺼번에 몰려왔다.

"가라니까." 스티브가 헐떡였다.

비전은 근처의 나무 밑둥에 기댄 채 스티브가 자신에게 했던 말을 똑같이 돌려주었다.

"생명에는 값을 매길 수 없다면서요, 캡틴."

타노스가 궤도에서 끌어온 달은 유성우가 되어 타이탄의 지표를 난타했다. 그런 무자비한 파괴는 아직 타이탄에 남아 있던 중력의 균형까지 뒤흔들었다. 타노스와 맞서고 있던 히어로들에게는 말할 것도 없는 재앙이었다.

타노스에 맞서던 이들 중 유일하게 정신을 차리고 있는 사람은 닥터 스트레인지뿐이었다. 그는 원형의 수인을 맺고 주문을 시전하여 타노스를 수정 감옥에 가두려 했다. 타노스는 그 모습을 보고 비웃더니 리얼리티 스톤과 파워 스톤으로 수정 감옥을 수천 개의 파편으로 박살낸 다음, 마법 주술의 대가에게 다시 돌려보냈다. 스트레인지는 자신에게 쇄도해 오는 파편들을 푸른 나비 떼로 바꿔버렸다.

재빨리 자신을 추스른 스트레인지는 주문 한 번으로 수십 개의 분신들을 만들어냈다. 각 분신들의 손에는 마법 채찍이 들려 있었다. 수많은 스트레인지들은 타노스를 사방에서 둘러싼 채 동시에 공격하여 수백 가닥의 채찍으로 꽁꽁 묶어버렸다.

하지만 타노스는 눈속임에 넘어가지 않고 그중 채찍 한 가닥을 잡아 강하게 끌어당겼다. 분신들은 모두 사라지고 진짜 닥터 스트레인지만이 남았다. 마법사는 반쯤 기절한 채 무릎을 꿇었다.

"참 잔재주도 많아, 마법사." 타노스는 아직 제정신을 차리지 못한 마법사의 목줄을 쥐고 말했다. "그런데 왜 자신이 가진 가장 강력한 무기를 사용하지 않는 걸까?"

그는 스트레인지가 목에 걸고 있던 아가모토의 눈을 바라보았다. 그러더니 와락 낚아채 맨손으로 뭉개버렸다. 목걸이는 허무하게 부서져버렸다.

"가짜로군." 타노스는 스트레인지의 계략에 웃어주었다…. 허나 그것도 잠깐이었다. 그의 눈빛이 험악해지더니 파편 더미로 닥터 스트레인지를 집어 던져버렸다. 타노스는 그에게 다가가며 건틀렛을 들어 올린 다음 스트레인지의 머리를 겨누었지만, 바로 그때 뭔가 날아와 손바닥에 들러붙더니 건틀렛을 쥐지 못하도록 방해했다.

"한번만 더 달 같은 걸 집어 던져봐, 나 돌아버린다." 아이언맨이 다시 한 번 타이탄의 주변을 돌며 말했다.

"스타크." 타노스가 으르렁거렸다.

아이언맨은 잠시 멈칫했다. "날 아나?"

"알지. 지식의 저주에 갇힌 게 너만은 아니지."

이것 봐라, 토니는 생각했다. 그 자신도 타노스의 머릿속을 6년 동안이나 괴롭힌 악몽이었다니. 토니는 아주 살짝 즐거워졌다.

"내 유일한 저주는 너야."

그렇게 말한 아이언맨의 어깨에서 미사일들이 솟아나더니 일제히 발사되었다. 타노스는 건틀렛의 힘으로 미사일을 막았다.

"와라!" 타노스가 건틀렛에 붙어 있던 방해 장치를 거칠게 떼어내며 도전의 함성을 질렀다.

하지만 아무리 미사일을 맞춰도, 아무리 빔을 쏘아도, 아무리 주먹을 날려도, 타노스는 모조리 막아내면서 아이언맨을 완전히 압도했다. 인피니티 스톤들까지 가진 타노스는 일개 인간이 상대하기에 너무나 버거운 존재였다. 토니의 나노 슈트도 인피니티 스톤의 힘 앞에서 한 겹, 한 겹씩 떨어져 나가고 찢겨져 나갔다. 하지만 토니는 그러면서도 타노스의 얼굴에 발차기 한 방을 제대로 먹일 수 있었다.

"겨우 피 한 방울 흘리자고 그 고생을 했단 말이지." 타노스는 얼굴에 긁힌 생채기를 손가락으로 문지르며 즐거워했다. 아이언맨은 고작 그 한 방울의 핏값을 실로 무시무시하고 급박하게 치러야 했다. 팔을 높이 들어 올린 타노스는 토니에게 강력한 일격을 먹여 그를 멀리 날려버렸다. 그리고 한 방, 또 한 방의 공격이 닥쳐왔다. 토니는 땅에 쓰러진 채 속절없이 모든 공격을 받아내야 했다.

토니는 최후의 발악으로 나노 파편들을 모아 급조한 칼날을 타노스에게 휘둘렸다. 허나 상대는 칼날을 쥐고 부러뜨리더니 오히려 토니의 옆구리에 박고 비틀어 크나큰 고통을 안겨주었다.

토니는 타노스에게 이끌려 비틀비틀 뒷걸음질 치다가 결국 파편 더미에 주저앉았다. 타노스는 건틀렛을 낀 손을 스타크의 머리에 얹었다. "널 인정하겠다, 스타크. 내 과업이 끝나면 인간 중 절반은 살아남겠지." 토니는 고통 어린 신음을 내뱉었다. "그들이 널 기억해주길 바라지." 타노스는 입가에서 피를 흘리고 있던 토니에게 말했다. 그러고는 건틀렛을 높이 들어 슈트도 잃은 채 무방비 상태가 된 토니 스타크에게 겨누었다.

"그만."

스티븐 스트레인지가 낑낑거리며 잔해에서 몸을 일으켜 앉았다. "토니를 살려주면 스톤을 주겠다."

토니와 타노스는 둘 다 크게 놀랐다.

"장난치지 마라." 타노스가 말했다.

스트레인지는 고개를 저었다. 장난이 아니야.

"그러지 마." 토니는 숨을 헐떡거리며 온몸의 힘을 다 끌어 모아 스트레인지를 만류했다. 분명 합의를 보지 않았던가. 스트레인지가 중요하다고 판단한 가치를 지키기로. 약속했잖아.

스트레인지는 토니에게 다 안다는 듯한 눈빛을 보낸 다음 하늘을 바라보았다. 그러고는 손을 뻗어 저 높이 떠 있던 별 하나를 땄다. 별은 점점 커지더니 녹색 광채를 뿜기 시작했다. 지금껏 모두의 눈으로부터 숨어 있던 타임 스톤이었다. 타임 스톤을 본 토니는 고통으로 얼굴을 찌푸렸다.

스톤은 스트레인지의 손을 떠나 타노스에게 갔다. 타노스는 타임 스톤을 부드럽게 잡아 건틀렛 손가락 뿌리 마디에 움푹 파인 홈으로 떨어뜨렸다. 순간 에너지가 휘몰아치면서 스톤 5개가 내뿜는 힘이 타노스를 감쌌다. 그는 심호흡을 크게 들이마신 다음 건틀렛에 단 하나 남은 홈을 바라보았다.

"하나 남았군." 타노스는 이렇게 말한 다음 사라져버렸다. 그때 피터 퀼이 날아와 방금 전까지 타노스가 서 있던 곳으로 블래스터를 쏘았다.

"놈은 어디 갔지?" 퀼은 헐떡거리며 주위를 둘러보았다. 하지만 어디에도 타노스의 흔적은 보이지 않았다. "우리가 진 거야?"

스타크는 고통스러운 신음을 흘리며 옆구리에서 칼날을 빼냈다. 나노 입자가 빠르게 상처를 메우기 시작했지만 여전히 위험한 상태였다. 그런 상황에서도 토니는 도저히 믿을 수 없다는 눈빛으로 스트레인지를 바라보았다. 스톤 키퍼라는 자가… 인피니티 스톤을 자신의 목숨과 맞바꿨단 말인가?

"왜? 대체 왜 그런 거야?" 토니가 도저히 이해할 수 없다는 투로 말했지만, 스트레인지는 그저 확고한 결의가 서린 눈빛을 한 채 대답했다.

"이제 마무리 단계야."

CHAPTER 13

　　　　지도자를 잃은 아웃라이더들은
와칸다와 어벤져스 병력 앞에서 빠르게 괴멸되었다. 토르는 스톰
브레이커를 들고 전장 곳곳을 날아다니면서 벼락을 내리쳐 남은
적들을 소탕하였다.

　숲 속의 공터에 앉아 있던 비전이 갑자기 휘청거렸다. 완다가
그를 부축했다.

　"괜찮아?" 그녀가 물었다.

　그는 찌푸린 얼굴로 마인드 스톤을 어루만졌다. "그가 왔어." 비
전이 할 수 있는 말은 이게 전부였다.

　스티브 로저스는 비전의 말을 듣고 긴장한 목소리로 교신했다.
"전원 내 위치로 와. 적이 오고 있다."

　분위기는 기묘하게 평온했다. 지난 수십 년 동안 지구상에서

벌어졌던 전투 중 가장 대규모의 싸움이 벌어진 날인데도 귀가 멀어버릴 것 같은 침묵이 내려앉았다. 블랙 위도우, 팔콘, 티찰라, 오코예 그리고 배너 모두가 스티브의 위치로 달려오고 있었다.

그때 나타샤의 눈에 허공에서 감도는 기이한 움직임이 포착되었다. "뭐지?" 갑자기 아무것도 없던 빈 공간을 찢으며 검은 연기가 치솟았다. 그 균열에서 거대한 타이탄, 타노스가 걸어 나왔다. 배너는 그 모습을 보며 숨이 턱 막히는 것 같았다.

"캡틴, 저놈이야."

그 정도면 스티브에게 충분히 분명한 확답이었다. "다들 정신 바짝 차리고 긴장 놓지 마."

배너가 돌진해오자 타노스는 스톤의 힘으로 브루스의 몸을 무형으로 만들어 자신을 그대로 통과시킨 다음, 뒤에 있던 절벽과 합쳐버렸다.

그것을 시작으로 히어로들은 한 명, 한 명씩 타노스에게 달려들었지만 결국 제압당하거나 에너지의 파장을 맞고 떨어져 나갔다. 그 광경을 보던 비전은 이제 자신이 무엇을 해야 할지 깨달았다. 단지 완다가 자신을 믿어주길 바랄 뿐이었다.

"완다, 지금이야." 비전이 고통과 고뇌 어린 목소리로 말했다.

"안 돼." 완다는 여전히 싸울 태세를 취한 채 말했다. 그 목소리는 확고했다. 이런 대화는 애초에 나눌 생각도 없었다. 다른 방법이 있을 것이다. 분명 다른 방법이 있어야 했다.

4

"저들도 타노스를 저지하지는 못해, 완다. 하지만 우린 할 수 있어." 비전은 완다에게 손을 뻗어 자신을 바라보도록 했다. "날 봐. 당신에겐 스톤을 부술 수 있는 힘이 있어."

"그러지 마." 완다는 여전히 완고하게 싸우려 들었다. 비전의 제안 말고도 분명 방법이 있을 거라고 고집을 부리고 있었다.

"당신이 해야 해. 완다, 제발." 비전은 완다의 얼굴을 감싸 쥐고 자신의 얼굴과 마주보게 했다. 더 이상 피하지 못하도록. 자신만 바라볼 수 있도록. 이 방법뿐이었다. "이제 시간이 없어."

완다는 고개를 흔들었다. 그 눈에는 눈물이 고여 있었다. "난 못해."

"아니, 당신은 할 수 있어. 할 수 있다고." 비전은 그녀의 손을 잡고 자신의 이마 앞쪽으로 가져왔다. "저자가 스톤을 가지면 우주의 절반이 죽어." 그는 그녀의 눈을 깊숙이 들여다보았다. "그래, 불공평하다는 거 알아. 당신에게 이런 짐을 지울 순 없어. 하지만 결국 짊어지게 됐잖아. 다 괜찮아."

완다는 손을 뻗은 채 비전에게서 천천히 물러났다. 자신의 최후가 가깝다는 걸 직감한 비전의 목소리는 이제 침착해져 있었다. "괜찮아, 당신은 날 절대 아프게 할 수 없는걸."

완다는 비전이 스스로의 운명을 수용하는 모습을 보고, 마침내 자신의 의무를 받아들였다.

비전은 그녀의 눈에서 시선을 떼지 않았다. 그 부드러운 목소리에서는 애정이 배어 나왔다. "그냥 당신이 느껴질 뿐이야."

심호흡을 크게 들이쉰 완다는 에너지를 끌어올려 스톤을 파괴하기 위해, 그리고 평생의 연인을 죽이기 위해 능력을 사용하기 시작했다.

그녀도 자신의 시선을 비전과 억지로 맞췄다. 비전이 생애 마지막으로 보는 광경이 자신의 얼굴이기를 바랐다. 하지만 비전의 몸에서 생명이 천천히 빠져나가는 장면을 도저히 보고 있을 수가 없었다. 결국 그녀도 한 순간 눈을 돌려버렸다. 가슴은 한없이 찢어졌고 눈물은 끊임없이 흘러내렸다. 감정은 끝도 없이 격해지고 있었다.

완다는 다시 비전을 바라보았다, 비전의 고통을 끝내주어야 했다. 자신의 진정한 사랑에서 우러나온 행동을 마지막으로 보여주어야 했다. 완다는 다른 손까지 들어 스톤에 가하는 에너지를 두 배로 늘렸다. 비전은 곧 아무 고통도 느끼지 못하게 될 것이다. 곧 이 모든 것으로부터 해방될 것이다. 그것만큼은 확신할 수 있었다. 비전은 두 눈을 감은 채 완다의 에너지를 그대로 받아들였다.

그 뒤에서는 히어로들이 여전히 타노스에게 맞서고, 또 빠르게 패배하고 있었다. 버키, 오코예, 위도우, 모두가 타노스에게 달려들거나 자신이 가진 무기를 들이댔지만, 타노스는 그 공격들을 모조리 막아내거나 아예 공격의 방향을 그 주인에게 되돌려버렸다. 타노스의 뒤에서 달려온 스티브 로저스는 무릎으로 미끄러지더니 타이탄의 다리를 공격했다. 타노스는 누군가 자신에게 공격을 성공시켰다는 사실 자체에 꽤나 놀랐다. 그는 건틀렛을 낀 손으로 주먹을 쥐고 자신을 가로막는 귀찮은 장애물을 박살내려 했다. 하지만 타노스에겐 경악스럽게도 스티브 로저스는 양손으로 그 주먹을 단단히 쥐고 버텨냈다. 그는 이를 악물고 타노스를 뒤로 밀어내려 했다. 결국 타노스마저도 탄복했다…. 그러고는 다른 손으로 일격을 가해 스티브를 날려버렸다.

마침내 스칼렛 위치의 힘이 마인드 스톤에 조금씩 금을 갈라놓기 시작했다. 그녀는 등 뒤에서 타노스가 다가오는 소리를 듣고 한쪽 손은 타노스에게 에너지를 퍼부으면서, 다른 쪽 손의 에너지는 여전히 스톤에 집중하여 파괴하려 들었다.

완다는 다시 비전을 바라볼 수 있는 시간을 벌기 위해서 힘의 장벽을 만들어냈다. 이제 끝이 머지않았다. 두 사람 모두가 알고 있었다.

"괜찮아." 비전이 속삭였다. 그 두 눈은 완다의 두 눈과 마주친 채 떨어지지 않았다. 완다는 스톤을 파괴하기 위해 모든 힘을 쏟아 부었다. "괜찮아." 비전이 되뇌었다.

장벽 너머에서는 타노스가 건틀렛으로 역장을 강하게 후려쳤지만, 장벽은 꿈쩍도 하지 않았다. 일평생 달려왔던 목표를 눈앞에 두었거늘, 그 마지막 조각을 놓치기 일보 직전이었다.

마인드 스톤은 더 이상의 피해를 견뎌내지 못하고 갑자기 쩍 갈라졌다. 완다는 흐느꼈으나 비전은 부드럽고 친밀한 목소리로 입을 열었다. "사랑해." 비전의 눈이 감기는 모습을 본 완다가 기어코 울음을 터뜨렸다. 마인드 스톤이 박살나는 이 순간에도 그의 얼굴은 평온하고 고요했다. 일순 노란 에너지가 뿜어져 나오더니 주위에 있던 모두를 훑고 지나갔다. 비전은 쓰러졌다. 그 시신은 온통 잿빛이 되어 있었다.

"다 이해한다, 아이야." 타노스는 완다에게 다가가 말했다. "그 누구보다도 더 잘 이해할 게다."

완다의 두 눈이 번뜩였다. "넌 절대로 이해하지 못 해!"

놀랍게도 타노스는 그저 부드러운 눈길로 그녀를 쳐다볼 뿐이었다. "난 오늘 네가 절대 알지 못할 많은 것을 잃었다." 그는 생기라고는 하나도 없는 비전의 시신 옆에 다가와 섰다. "하지만 애도할 시간은 없다. 지금은 그럴 때가 아니지."

타노스가 건틀렛을 꽉 쥐자 녹색 마법진이 나타나 그의 손목을 감쌌다. 타임 스톤을 사용해 시간을 돌리기 시작한 것이다. 완다의 슬픔, 스톤의 파괴, 비전이 고백한 애정, 모든 것이 거꾸로 되돌려지더니 끝내 비전이 다시 나타나 타노스 앞에 서게 되었다. 마인드 스톤 역시 털끝 하나 상하지 않은 채 그의 이마에 박혀 있었다.

"안 돼!" 완다는 비명을 질렀지만, 타노스에 의해 공터 너머로 날려가버렸다.

타이탄은 비전을 마주보고는 그 목줄을 틀어쥐었다. 그러고는 그대로 비전을 들어 올려 이마에 박힌 마인드 스톤을 단단히 잡았다. 비전의 이마는 박살났고 온몸이 축 늘어졌다. 타노스는 그 시신을 옆으로 던져버렸다.

2

타노스는 마인드 스톤을 쥔 채 인피니티 건틀렛에서 유일하게 비어 있던 마지막 홈으로 가져와 떨어뜨렸다. 태초의 빅뱅이 일어났던 이후 단 한 번도 한 자리에 모인 적이 없었던 우주적 에너지가 타노스의 몸을 감싸 흘렀다.

타노스는 상체를 쭉 펴면서 함성을 질렀다. 주먹을 높이 들자 에너지가 사그라들기 시작했다.

이제 여섯 개의 스톤 모두가 하나 된 채 고동치고 있었다. 타노스의 눈길은 스톤들에게 못 박혀 있었기에, 웬 벼락 한줄기가 자신의 가슴팍을 노리며 날아오는 것을 미처 보지 못하고 정통으로 직격당하고 말았다. 타노스는 쓰러진 고목들을 박살내면서 뒤로 나가 떨어졌다.

하늘에서 나타난 토르가 스톰브레이커를 높이 들어 올렸다. 타노스가 미처 대응하기도 전에 토르는 스톰브레이커를 집어 던졌다. 도끼는 맹렬히 날아가 제 주인이 겨누었던 타노스의 가슴팍에 둔중한 소리를 내며 깊숙이 박혔다.

토르는 숨을 헐떡이던 타이탄에게 걸어갔다. "내가 분명 죽음으로 갚아준다고 했지." 토르는 타노스의 가슴에 스톰브레이커를 더욱 깊이 밀어 넣으면서 타노스로부터 고통 어린 비명을 뽑아냈다.

숨을 헐떡이던 타노스는 토르의 눈빛을 마주보고 씩 웃더니, 자신만이 이해할 촌철살인의 농담을 던졌다.

"머리를… 노렸어야지…" 타노스는 헐떡이면서도 한 손을 들어 올렸다. 토르는 그 손에 끼워진 인피니티 건틀렛을 보았다. 그리고 여섯 개의 인피니티 스톤이 모두 박혀 빛나고 있는 것도 보았다. 토르의 두 눈이 공포로 커지는 것을 보며 타노스는 더 큰 미소를 지었다.

"안 돼!"

타노스는 손가락을 튕겼다.

0

CHAPTER 14

타노스는 건틀렛도 끼지 않고
천 옷 하나만 걸친 채 단촐한 관문 앞에 서 있었다. 주변에는 온
통 얕은 물이 고여 있었다. 이곳은 지구가 아닌 것 같았다. 사실
어디인지도 전혀 감이 잡히지 않았다.

그는 등 뒤에서 무슨 소리를 듣고 몸을 돌렸다. 녹색 피부의 어
린 아이가 자신에게 다가오고 있었다.

"딸아?"

"해냈어요?" 그녀가 물었다.

"그래."

"그 대가는요?"

타노스는 깊은 한숨을 내쉬고는 대답했다. "모든 걸 치렀지."

타노스는 찰나간 헤매던 백일몽으로부터 빠르게 제정신을 차리고, 현실 속 지구의 와칸다로 돌아왔다. 토르가 자신을 내려다보고 있었다.

타노스는 인피니티 건틀렛을 보았다. 온통 그을린 채 쩍쩍 갈라져 있었지만, 스톤들은 여전히 빛났다. 그의 등 뒤에서 갑자기 순간이동 포탈이 열리면서 타노스는 지구에서 사라져버렸다. 남은 것은 아직까지도 타노스가 일으킨 사태의 여파를 파악해보려는 지구인들뿐이었다. 포탈이 닫히면서 스톰브레이커가 땅에 떨어졌다.

"뭘 한 거야?" 토르가 외쳤지만 타노스는 이미 사라진 후였다. 스티브가 달려왔다. "어디 갔어?" 그는 토르에게 물었지만 아스가르드인은 아무 대답도 하지 않았다. "토르. 놈은 어디로 간 거야?"

그때 공터로 휘청휘청 걸어오던 버키의 목소리가 두 사람의 대화를 끊었다. "스티브?" 그는 더 입을 열지도 못하고 총을 떨어뜨리고는 먼지로 변해 사라져버렸다. 스티브는 방금 전까지만 해도 친구가 서 있던 곳으로 달려갔지만, 버키 반즈가 존재했음을 증거하는 것은 그 자리에 남은 잿더미뿐이었다.

음바쿠는 자신의 동료 와칸다 전사들과 시민들이 주변에서 먼지로 변해가는 광경을 무력하게 지켜보았다.

"어서 일어나, 장군! 여기서 죽을 수는 없잖아." 티찰라는 오코예를 부축해 일으키다가 먼지가 되어버렸다. 그가 사라지면서 도로 땅에 쓰러진 오코예는 미친 듯이 자신의 왕을 찾아 헤맸다.

오코예에게서 멀리 떨어지지 않은 빈터에는 로켓이 그루트 옆에 앉아 있었다. 그루트 역시 아무 고통도, 비명도 없이 조용히 먼지가 되어 사라지는 중이었다. "나는 그루트다." 그는 미약한 목소리로 말했다.

"아. 안 돼… 아, 안 돼, 안 돼, 안 돼! 그루트!" 로켓이 자신의 절친한 친구를 끌어안으려 손을 뻗은 그 순간, 그루트는 로켓의 손 안에서 재가 되어버렸다. "안 돼!" 로켓은 가슴이 찢어질 듯 비통하게 절규했다. 그 주위에는 그루트가 남긴 잿더미가 널려 있었다.

완다는 비전의 죽어버린 시신을 끌어안은 채 먼지로 변해가면서도, 얼굴에는 미소를 지었다. 연인이 죽어버린 삶을 단 1초라도 더 견딜 필요가 없어졌다는 게 너무나 편안했다.

팰콘은 아무도 보지 못한 곳에 혼자 추락한 채 어떻게든 일어나보려고 애썼지만, 결국 먼지가 되어버렸다. 그가 외롭게 남긴 잿더미는 두렵다는 듯이 와칸다의 바람에 실려 표류하였다.

"샘?" 로디는 샘에게 달려갔지만 결국 아무것도 발견하지 못했다. "샘? 어디 있어?" 로디는 다시 외쳤다.

대답은 없었다.

은하계 멀리 떨어진 타이탄에서, 맨티스가 시선을 들었다.

"뭔가 일어나고 있어요." 그녀는 그 경고만을 남긴 채 먼지가 되어버렸다. 토니가 두려움에 찬 눈길로 그 모습을 바라보던 사이, 드랙스도 고개를 들었다.

"퀼?" 그 역시 이 말만 남기고는 먼지로 변해버렸다. 그가 남긴 잿더미는 타이탄의 먼지투성이 폐허의 일부가 되었다. 퀼은 공포 어린 눈으로 토니 쪽을 보았다.

"진정해, 퀼." 토니가 그에게 걸어가며 퀼을 안심시키려 했다. 퀼은 자신의 팔을 보고는 뭔가 직감했는지, 쓸쓸하게 "아, 진짜"라는 말만 남긴 채 사라져버렸다.

다 부서져버린 계단에 앉아 있던 닥터 스트레인지가 아이언맨을 불렀다. "토니." 그는 토니에게 명확하게 말했다. "다른 방법이 없었어." 그러고는 본인도 먼지가 되어 사라졌다.

"스타크 씨?" 피터 파커의 목소리는 나약하고 겁에 질려 있었다. "느낌이 안 좋아요." 안 돼. 토니는 생각했다. 제발, 안 돼. 저 아이만은 안 돼. 피터는 토니에게 팔을 뻗은 채 휘청거렸다. 토니는 피터에게 달려갔다. "넌 괜찮아." 토니는 피터에게 확신을 심어주려 했다, 지금껏 그랬던 것처럼.

"무슨 일이 일어나는지 모르겠어요. 전 모르겠어요." 피터가 토니의 품 안에 쓰러지자 토니는 소년을 힘주어 안았다. 피터는 토니에게 안긴 채 흐느끼기 시작했다. 결국 어린애인데. 토니는 울고 있는 피터를 안아주었다. "죽기 싫어요. 죽기 싫어요, 아저씨. 제발. 제발요. 죽기 싫어요. 죽기 싫다구요." 피터는 토니와 함께 땅에 쓰러졌다. 그 두 팔은 여전히 토니의 목덜미를 단단히 감싸고 있었다.

토니는 피터에게 몸을 기울였다. 날 봐라, 꼬마. 난 침착하잖냐.

넌 괜찮을 거야. 그는 생각했다. *내가 여기 있다. 내가 여기 있어. 그냥 나만 봐라.* 토니는 피터의 어깨를 부여잡았고 피터의 두 눈을 똑바로 쳐다보았지만, 피터는 작은 속삭임만 남긴 채 먼지로 변하기 시작했다.

"죄송해요." 토니는 피터가 누워 있던 자리를 손으로 쾅, 내리쳤다. 하지만 손에 쥐어지는 것은 한 줌 잿더미뿐이었다. 토니는 이게 다 거짓말이길 바랐다. 꼬마가 다시 돌아오길 바랐다. 녀석을 구할 기회가 다시 주어지길 바랐다. 곁에 있어줄 기회가, 지켜줄 기회가, 사랑해줄 기회가 오길 바랐다.

"놈이 해냈군." 네뷸라의 목소리가 토니의 등 뒤에서 들려왔다. 사실 토니는 그녀가 아직 여기 있었는지도 까맣게 잊고 있었다. '최소한 이 우주의 황량한 파편 속에 나 혼자만 남은 건 아니군.' 토니는 생각했다. 그제야 네뷸라의 말이 토니의 머리를 후려쳤다. 타노스는 자신의 계획을, 무슨 수를 써서든 우주의 균형을 맞추겠다는 계획을 성공시켰다.

페퍼. 페퍼는 살아남았을까? 자신은 대체 얼마나 많은 것을 잃어버린 걸까?

캡틴 아메리카가 비전의 시신을 돌려 눕히고 그 이마에 뚫린 상처를 살펴보는 동안, 나타샤도 그에게 달려왔다.

"이게 대체 뭐야?" 로디가 토르, 배너, 나타샤, 캡, 그리고 자기 자신 등 주위에 남은 다섯 명의 어벤져스를 둘러보며 말했다. "대체 무슨 일이 일어나고 있는 거야?"

비전이 남긴 잿빛 무채색의 시신 옆에 앉은 채, 캡은 마침내 이 상황이 실감나기 시작했다. 얼굴에서 핏기가 가셨고 온몸에서 힘이 쭉 빠졌다.

"신이시여." 캡은 타노스가 무슨 짓을 저질렀는지 깨달았다.

저 멀리 떨어진 행성 어딘가에서는 태양이 떠오르고 있었다. 타노스는 소박한 오두막 앞에 앉은 채 얼굴에 내리쬐는 햇빛을 느꼈다. 자신이 기억하는 한 처음으로, 타이탄의 얼굴에는 마침내 잔잔한 미소가 어려 있었다.

타노스는 해냈다.

EPILOGUE

"아직 스타크 소식은 없나?" 닉 퓨리가 물었다.

"아직요. 지구에 있는 모든 위성들을 감시하고 있지만 아직 아무 정보도 안 들어왔습니다." 마리아 힐은 자신의 핸드폰에 뜬 정보를 살펴보면서 대답했다.

"뭐지?" 퓨리가 물었다.

"와칸다 상공에서 다수의 비행체가 감지됐어요." 힐이 다급하게 말했다.

"뉴욕 때와 같은 에너지 신호인가?"

"열 배는 더 커요." 마리아는 심각하게 말했다.

"클라인한테 만나자고…."

바로 그때 두 사람의 앞쪽에서 검정 SUV가 끼익, 하고 바닥을 미끄러지면서 자신들에게 부딪혀 왔다.

"국장님! 국장님!" 마리아는 자신들 앞에서 크게 선회한 차량을 가리키며 소리쳤다.

퓨리는 힐과 함께 차에서 내렸다. 그녀는 검정 SUV 쪽으로 다가갔다.

"다친 사람 없나?" 퓨리는 그 차의 운전사가 괜찮은지 물었다.

"차 안에 아무도 없어요." 힐은 닉과 시선을 마주하며 말했다. 그 목소리는 혼란과 공포에 질려 있었다.

머리 위에서 헬기 한 대가 건물에 충돌했다. 도시 전체가 완전한 혼란에 휩싸였다. 치타우리 사태는커녕, 울트론 때보다도 훨씬 더 나빴다.

"통제실에 연락해, 적색 상황이다." 퓨리가 명령했다.

하지만 힐은 대답하지 않았다. "국장님." 그녀가 가냘프게 말했다. 그쪽으로 돌아선 닉 퓨리는 자신의 부관이 먼지로 변하는 모습을 보았다.

"안 돼." 닉은 1990년대에나 썼을 법한 구형 호출기를 꺼내 버튼 몇 개를 누르다가 자신의 손까지 먼지로 변하고 있는 것을 보았다.

"이런, 젠…." 퓨리는 한탄만 남긴 채 사라져버렸다.

호출기는 땅에 떨어졌다. 그 화면에는 전송 중… 전송 중… 이라는 낱말만 반짝거리다가… 마침내 연결이 되었다.

호출기의 빛나는 화면에는 빨갛고 파란 바탕에 노란색의 문양이 떠 있었다. 누가 보더라도 무슨 뜻인지 알지 못할 호출이었다. 하지만 그게 무슨 뜻인지 아는 자에게는, 이 신호를 받았을 자에게는 단 하나의 의미, 바로 도와달라는 의미를 담고 있었다.